현대 영미 문학 40

문학의
명장면

현대 영미 문학 40

문학의
명장면

김성곤 지음

에피파니

책머리에

위대한 작가나 작품의 등장은 언제나 문학사에 큰 획을 긋는 기념비적 사건이 된다. 작품을 통해 당대의 시대정신을 구현하기도 하고, 사람들의 인식과 시대정신을 바꾸어놓기도 하며, 새로운 시대를 여는 패러다임을 제시해주기 때문이다.

작가들이 매 시대 문학의 신기원epoch-making이 되는 명장면을 만들어낸 경우는 많다. 예컨대 식민지에서 더 큰 세상으로 나가 불후의 명작을 산출한 망명 작가 제임스 조이스와 에드워드 사이드가 그랬고, 스타일이 전혀 다른 두 부류의 문학전통을 만들어낸 윌리엄 포크너와 어니스트 헤밍웨이가 그랬다. 또 지적인 문명비판 시로 수많은 추종자를 거느렸던 에즈라 파운드와 T. S. 엘리엇이 그랬고, 강렬한 호소력으로 다가오는 고백시의 창시자 로버트 로웰과 투사시의 원조 찰스 올슨이 그랬다.

경제공황기에 탁월한 사회저항 소설을 썼던 존 스타인벡도 그랬고, 흑인의 부조리한 상황을 고발한 리처드 라이트가 그랬으며, 산업사회에서 소외되던 왜소한 지식인을 그려낸 유대계문학의 원조 솔 벨로우가 그랬고, 세상의 인식을 바꾸어놓은 포스트모던 소설의 원조인 토머스 핀천과 존 바스도 그랬다.

포는 추리소설을 창시했고, 호손은 「주홍글자」를 통해 과감히 청교도주의를 비판했으며, 멜빌은 「모비 딕」을 통해 민주주의와 자본주의에 내재해 있는 문제들, 그리고 인간은 과연 무엇을 추구해야 하는가를 천착했다. 에머슨은 당대의 지배종교에 저항해 범신론과 초절주의, 그리고 유럽으로부터의 문화적 정신적 독립을 주창했고, 소로는 개인의 자유와 비폭력 저항을 주장했으며, 트웨인은 「허클베리 핀의 모험」에서 연약한 뗏목처럼 부서지기 쉬운 아메리칸 드림을 성찰했다. 피츠제럴드 역시 「위대한 개츠비」에서 미국의 정체성을 통찰했다.

심지어는 외설소설이라는 이유로 금서가 된 「북회귀선」의 저자 헨리 밀러도 인간성을 억압하는 청교도주의로부터의 일탈을 추구했고, 모두가 정치이데올로기를 부르짖던 시절에, 홀로 개인의 자유를 선언해 세상을 놀라게 했다. 샐린저의 「호밀밭의 파수꾼」은 보수주의 시대에 과감하게 기성세대의 위선과 허위를 고발했고, 평론가 레슬리 피들러는 대중문화의 포용과 인종 간의 화해를 선언해서 한 시대의 인식을 바꾸어 놓았다.

그러한 문학의 명장면을 통해 우리는 매 시대에 어떤 중요한 일들이 일어났으며, 그것들은 어떤 방향으로 흘러갔고, 또 어떤 문화적 사회적 변화를 초래했는가를 거시적 통시적으로 고찰해볼 수 있을 것이다. 문학의 명장면을 살펴보는 것이, 곧 인류문명사와 지성사를 관통하는 지적 모험이 되는 이유도 바로 거기에 있다.

2017년 가을의 끝에서
김성곤

차례

Part 2

미국문학의 시작과 '아메리칸 드림'의 명장면

I. 미국인의 원형을 창조한 작가

II. "어둠의 핵심"을 본 작가들

Part 3
현대문학의 명장면

I. 모더니즘 시대의 시

II. 마르크스주의 시대: 경제공황기의 문학

Part 1

사건으로 본 명장면

위대한 시인인가, 국가의 반역자인가?

에즈라 파운드

미국시인 에즈라 파운드는 20세기 초 유럽 이미지즘 운동의 선구자였고, 저명한 시인 T. S. 엘리엇을 키워낸 스승이었으며, 미국의 국민시인 로버트 프로스트를 런던의 출판사에 데뷔시켜준 20세기 서구시단의 대부였다. 사실 파운드가 출판해주지 않았다면 당시로서는 이상한 연애 시였던 엘리엇의 「J. 알프레드 프루프록의 연가」는 빛을 보지 못했을 것이고, 파운드가 대폭 수정 편집해주지 않았다면 엘리엇의 대표작 「황무지」도 성공하지 못했을 것이다. 또 파운드가 첫 시집을 런던에서 출간해주지 않았더라면 로버트 프로스트 역시 시인의 길을 걷지 못했을 수도 있다. 파운드는 제임스 조이스의 기념비적 대작 「율리시스」도 문예지에 연재하도록 도와주었고, 어니스트 헤밍웨이의 후견인 역할도 했다. 당시 파운드는 한 시대를 대표하는 문단의 대가였고, 영미작가들의 아버지와도 같은 존재였다.

Ezra Pound 1885-1972

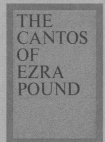

The Cantos, 1917~1969

Hugh Selwyn Mauberley,

1920

그러나 그와 같은 그의 문학사적 위치와 공적에도 불구하고 파운드에 대한 평가는 단순하지 않다. 물질주의적인 자본주의와 천박한 마르크시즘을 둘 다 싫어했던 파운드가 이탈리아로 가서 무솔리니와 파시즘을 옹호했고, 제1차 세계대전에 참전한 미군들을 비난하는 방송을 했기 때문이다. 더구나 파운드는 유대인을 싫어했고, 가난한 유럽국가로부터 이민들이 몰려오고 있었던 세기말의 미국사회를 비난했던 인종 차별주의자였다.

파운드는 모더니스트시인답게, 자신이 살았던 20세기 초를 저속하며 무질서하다고 느꼈으며, 대신 숭고함과 질서가 존재했다고 생각되는 고전시대에 강한 향수를 느꼈다. 그래서 그는 그리스와 로마의 고전문화와, 중국과 일본의 고대문화에서 현대가 결여하고 있는 예술적 숭고함과 총체성을 찾으려 했다. 그런 그에게 세기말의 혼란이나 무질서, 또는 물질주의적인 자본주의나 전체주의적인 마르크스주의는 경박하고 저급한 현대문명의 상징일 뿐이었다. 그의 그런 태도는 그가 평생 써온 장시 「캔토스」에 잘 나타나 있다.

자신의 시대를 혼란과 무질서로 파악했던 파운드는 파시즘에서 총체성과 질서회복의 가능성을 보았다. 당시 서구의 엘리트 지식인들은 천민자본주의와 체제전복적인 마르크시즘이 서구문명의 종말을 초래할 거라는 위기의식을 느끼고 있었다. 파운드보다 훨씬 더 온건했던 T. S. 엘리엇조차도 당시 첨예했던 파시즘과 마르크시즘의 대립과 상호비판에 대해 이렇게 말했다—"파시스트들과 마르크스주의자들의 대립은 둘 다 비이성적이다. 그러나 나는 둘 중 하나를 고르라면 파시즘에 더 이끌린다는 것을 고백하며, 감히 내 독자들도 그러리라고 생각한다. 그러한 선호가 전적으로 비이성적인 것만은 아닌 이유는 파시즘의 비이성이 마르크시즘의 비이성보다는 나의 비이성에 더 가깝기 때문이다." 즉 당시 파운드 같은 엘리트 모더니스트 작가들에게는 파시즘과 마르크시즘, 또는 고급문화와 대중문화라는 두 가지 선택이 있었고, 파시즘이나 고급문화가 공산주의나 저급문화보다는 그래도 더 나은 것으로 생각했다는 것이다.

예술가로서 파운드는 자신이 잘못된 시대에 잘못된 나라에서 태어났다고 생각한 사람이었다. 그는 시 「휴 셀윈 모벌리」에서 이렇게 자신의 좌절과 환멸을 기록하고 있다―"삼 년 동안이나 자신의 시대에 어울리지 않게/ 그는 죽은 예술인 시를 부활시키려고 노력했다/ 예전의 "숭고함"을 되찾으려고/ 그건 처음부터 틀린 일이었다./ 물론 그것 자체가 틀린 건 아니지만, 반은 야만적인 나라에서/ 그것도 뒤늦게 태어나서/ 도토리에서 백합꽃을 피우려고 노력했지만/ 결국 제우스에게 대들었다가 죽은 커페니우스나, 가짜 미끼를 문 송어 꼴이 되고 말았다."

파운드는 시인으로서는 소설의 시대였던 19세기 빅토리아시대의 단순한 세계관에 좌절했고, 지식인으로서는 소수인종들의 이민으로 인해 저속해지는 미국문화에 환멸을 느꼈다. 그는 제1차 세계대전도 자본주의자들의 전쟁으로 보았고, 그래서 미국이 싫어서 건너갔던 영국도 부정하고 다시 이탈리아로 갔다. 그리고 그 결과는 파시즘으로의 일탈이었다. 그러나 같은 모더니스트 작가였지만, 헤밍웨이는 파시즘에 반대해 스페인 내전 때, 프랑코의 파시즘에 대항해 싸운 좌파들의 편을 든 「누구를 위하여 좋은 울리나」를 썼다.

1945년 미군이 이탈리아를 점령하자, 파운드는 체포되어 미국으로 압송되었고, 국가반역죄로 재판에 회부되었다. 전시에 국가반역죄는 사형이었다. 그러나 그에게 은혜를 입었던, 그리고 당시 유명시인이었던 로버트 프로스트가 나서서 파운드를 적극 변호해, 뉴저지 주의 성 엘리자베스 정신병원 감금이라는 판결을 받아내었다. 이 에피소드는, 시 세계가 전혀 다른 두 시인이 인간적으로는 얼마나 서로를 아끼고 의리를 지켰는가를 보여준 문학사의 한 유명한 장면으로 남아있다. 런던에서 파운드는 프로스트가 건네준 시를 읽고 자신의 시 세계와는 전혀 달랐지만, 그 재능을 인정해 출판사에 추천도 해주고, 시집이 나오자 서평도 써주었다. 프로스트는 잘못 나섰다가 자칫 자신이 오해받을 수도 있는 상황이었지만, 그 고마움을 잊지 않고 자신과 정치적 견해가 전혀 다른 파운드의 목숨을 구해준 것이다. 1958년 정신병원에서 퇴원한 파운드는 다시 이탈리아로 가서 살다가 1972년에 타계했다.

에즈라 파운드를 어떻게 평가할 것인가는 당시에도 그랬지만, 지금도 여전히 논란의 대상으로 남아있다. 그럼에도 불구하고, 영미문단은 그의 문학적 업적과 정치적 과오를 구분해서 평가한다.

예컨대 유대계 연극평론가 라이오넬 에이블은 "시인으로서의 파운드는 칭송해야 한다. 그런 다음, 그를 쏘아 떨어뜨려려 한다."라고 말했으며, 문학이론가 에드워드 사이드도 "파운드가 위대한 시인이 아니었기 때문에 인종 차별주의자였고 파시스트였다고 할 수는 있지만, 그가 인종 차별주의자였고 파시스트였기 때문에 위대한 시인이 아니라고 할 수는 없다."라는 유명한 말을 했다. 즉 작가의 정치적 과오를 이유로 그 작가의 작품까지 폄하하거나 매도하는 것은 바람직하지 않다는 것이다. 과연 파운드가 아직 정신병원에 수감되어 있었던 1949년에 미국 의회도서관은 파운드에게 유명한 볼링겐 문학상을 수여함으로써, 그의 문학적 업적을 인정했다. 헤밍웨이도, 파운드의 정치적 과오에도 불구하고 "그의 시는 문학이 지속되는 한, 영원히 살아남을 것이다."라고 말했다.

파운드의 경우는 영국시인 월터 새비지 랜더를 연상시킨다. 랜더는 「75세 생일을 맞아」라는 감동적인 시를 썼다. "나는 아무와도 다투지 않았다/ 왜냐하면 아무도 다툴 가치가 없었기에/ 나는 자연을 사랑했고, 다음으로는 예술을 사랑했다/ 나는 인생의 모닥불에 두 손을 녹이고 있다/ 그리고 불이 꺼지면, 떠날 준비가 되어 있다." 그러나 실제로 랜더는 성격이 괴팍해서 많은 사람들과 평생 다투면서 살아왔고, 빌린 돈을 갚지 않고 고소를 당해서 두 번이나 이탈리아로 도망을 갔다. 그렇다면 그가 쓴 이 시도 허위로보고 읽지 않아야 하는가? 아니면 그의 성격이나 사생활과는 별도로 이 시가 주는 감동적인 성찰과 삶에 대한 관조를 인정해야만 할 것인가?

음악에서는 바그너도 많은 논란의 대상이 되었다. 바그너는 인간적으로 문제가 많은 사람이었다. 돈을 빌리면 갚는 법이 없고, 습관적으로 친구들의 아내를 유혹했으며, 극도로 이기적이었고 과대망상에 걸려 사람들을 모아놓고 지칠 때까지 자기자랑을 해 댔다. 그런 사람이 작곡한 음악이 과연 우리의 심금을 울리고 영혼을 구할 수 있는가는 많은 논란이 되어왔다. 더구나 바그너의 음악은 히틀러를 비롯한 나치들이 좋아했다고 알려져 있다. 정답은 없겠지만, 사람들은 바그너의 음악이 감동적이고 아름답다는 데 의견을 같이한다.

물론 위대한 작가가 되려면 먼저 제대로 된 인간이 되어야만 할 것이다. 인격적 미성숙자나 정치적 편견을 가진 작가가 쓴 작품이 어떻게 인간의 영혼을 구할 수 있겠는가? 그러나 그렇다고 해서 그 작가의 문학적 성취까지 부인하는 것은 옳지 않을 수도 있다는 것이 세계문단의 추세이다.

파운드의 경우는 정치적 격변의 시대에 살았던 작가의 정치적 성향과 그가 산출하는 작품의 관계에 대해 커다란 논란을 불러 일으켰던 현대문학사의 명장면으로 남아있다.

SCENE 2

사라져 가는 전통

윌리엄 포크너

어니스트 헤밍웨이와 더불어 20세기 미국문학의 두 거봉을 이루고 있으며 미국문학을 명실공히 세계문학의 수준으로 이끌어 올린 작가가 바로 윌리엄 포크너이다. 포크너는 1897년 미국 미시시피 주 뉴올바니에서 출생하여, 1902년 같은 주 옥스퍼드로 이사한 다음, 오랜 세월을 그곳에서 살았다. 그의 부친 머리 포크너(원래는 Falkner였는데 1918년 6월 식자공의 실수로 'u'자가 들어가 포크너가 된 것을 계기로 작가 포크너는 자신의 성을 바꾸어 버렸음)는 원래 철도회사의 회계 직원이었으나 집에서 경영하던 그 회사가 팔리자 마차 세놓는 일, 철물점 주인, 미시시피 대학 관리인 등을 전전했다. 윌리엄 포크너 자신도 작가로 성공하기 전에는 책방 점원, 대학 우체국장, 목수, 페인트공 등 여러 가지 궂은일을 많이 했었다.

1918년, 연모하던 에스텔 올드햄이 코넬 프랭클린 변호사와 결

William Faulkner 1897-1962

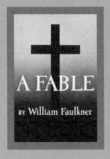

A Fable, 1954
The Sound and the Fury,
1929

혼하자(에스텔은 후에 프랭클린과 이혼하고 포크너와 결혼한다), 이에 크게 실망한 포크너는 미 육군에 자원입대하려고 했으나 체중미달과 신장미달(그의 키는 5피트 5인치였음)로 신체검사에 불합격되었다. 그러나 그는 포기하지 않고 캐나다의 왕립 공군사관생도로서 입대하여 조종사 훈련을 받았다(조종사는 오히려 체중이 가볍고 신장이 작을수록 더 유리했다). 하지만 사관학교를 졸업하기도 전에 제1차 세계대전이 끝나자 포크너는 명예소위로 임관된 후 다시 옥스퍼드로 돌아온다.

제대군인의 특전을 이용해 미시시피 대학에 입학한 포크너는 불과 일 년 만에 학업을 중단하고 뉴욕에 가서 잠시 지내다가 다시 옥스퍼드로 돌아와 1924년 친구 필 스톤의 도움으로 첫 시집 「대리석의 판 神」을 출간한다. 1925년에는 뉴올린스에 체류하면서 당대의 문호였던 셔우드 앤더슨과 친교를 맺게 되고, 그의 도움으로 첫 장편인 「병사의 보수」를 1926년에, 그리고 두 번째 장편인 「모기」를 1927년에 각각 출간하게 된다. 이어서 1929년에는 장편 「사토리스」와 「소음과 분노」가 출판되고, 1930년에는 「내가 누워 죽어갈 때」가 1931년에는 「도피처」가, 1932년에는 「8월의 빛」이, 그리고 1936년에는 「압살롬, 압살롬!」이 출판되는 등, 포크너의 대표작들은 모두 이 시기(1929-1936)에 씌이게 된다. 그 외에도 「정복되지 않는 자」, 「야생의 종려나무」, 단편집 「모세여, 내려가라」, 단편집 「기사의 함정」, 「수녀를 위한 진혼곡」, 「우화」, 그리고 스놉스 삼부작인 「촌락」, 「마을」, 「저택」, 그리고 마지막 작품인 「습격자들」 같은 작품들이 포크너의 중기와 말기를 장식하고 있다.

그러나 1946년 비평가 맬컴 카울리가 편집하고 서문을 쓴 「포터블 포크너」가 나오기 전까지는 미국에서의 포크너의 명성은 보잘것없었다. 그는 포처럼 오히려 프랑스에서 더 인기가 있었다. 예컨대 앙드레 말로는 「도피처」의 서문을 썼고 사르트르는 「소음과 분노」에 대해 유명한 논문을 썼다. 미국의 비평가들이 그에 대한 관심을 가지기 시작했던 1946년까지는 출판사들이 그의 소설들을 절판시키고 더 이상 찍어 내지 않고 있었다.

그러나 그의 작품들이 재평가되고 그의 명성이 확고해짐에 따라, 그는 1950년에는 노벨상을, 그리고 1955년에는 퓰리처상과 내셔널 북 어워드를 수상하게 되었다. 1955년에는 일본의 나가노長野의 세미나에 참석했으며, 1958년에는 초빙작가Writer-in-Residence로 버지니아대학에 잠시 체류하기도 했던 포크너는 말년에는 아마도 상상력의 고갈과 후기작들의 실패 때문이었는지, 도피처를 술에서 찾다가 1962년 미시시피 주의 요양소에서 심장마비로 타계했다.

그가 1929년에 발표한 「소음과 분노」는 아일랜드 작가인 제임스 조이스의 「율리시스」와 더불어 20세기 초반을 장식하는 현대소설의 금자탑으로 알려져 있다. 이 두 소설은 본격적으로 "의식의 흐름the stream of consciousness"기법과 "내면독백interior monologue"과 합성어portmanteau를 사용하고 있으며, 두 주인공인 퀜틴과 스티븐의 성격 또한 대단히 비슷하다. 물론 「소음과 분노」가 위와 같이 혁신적인 요소만 갖고 있는 소설은 아니다. 그것은 혁신적임과 동시에 전통적 토대에도 뿌리를 박고 있는 고전적 가치를 지닌 작품이다. 예컨대 「소음과 분노」는 그것이 가족들의 갈등으로 인한 한가문의 비극적 몰락을 그렸다는 점에서 도스토옙스키의 「카라마조프의 형제들」과 맥락을 같이 하고 있고, 또 심미주의적 이상주의자인 주인공이 인생의 근본의미를 탐구한다는 점에서도 역시 도스토옙스키의 「죄와 벌」과 좋은 비교가 된다.

「소음과 분노」는 캄슨가※라는 한 귀족가문의 몰락을 통해 미국 남부의 도덕적 몰락 그리고, 더 나아가서는 현대인의 정신적 붕괴를 그리고 있는 탁월한 수작이다. 캄슨은 조상 중에 미시시피 주지사도 있고 남군 장군도 있는 전통적인 남부의 귀족가문인데, 당대에 오면 아버지인 변호사 캄슨씨는 무기력하고 좌절한 지식인을 연상시키는 알코올 중독자가 되어 있고, 어머니인 캄슨 부인은 이기주의자에다가 우울증환자 그리고 편애주의자로서 둘 다 부모의 능력을 상실하게 된다. 부모로부터 이렇게 아무런 보호나 안정을 얻지 못하는 캄슨가의 자녀들 중 큰아들인 하버드 대학생 퀜틴은 극도의 이상주의자, 순결지상주의자 및 전통주의자로서 가문의 몰락을 애통해 하다가 1910년 6월 2일 보스턴의 찰스 강에 뛰어들어 자살하고 만다. 그는 누이동생 캐디를 자기 가문의 마지막 보루라고 생각했던 '순결chastity'의 이미지로 생각하는데, 캐디는 달튼 에임스라는 건달의 아이를 갖게 되고, 그 사실을 감추기 위해 북부에서 온 은행가인 허버트 헤드와 결혼(1910년 4월 25일)한 직후에 극심한 고뇌 속에서 스스로 목숨을 끊는다.

둘째 아들이고 캐디의 동생인 제이슨은 새로 밀려들어오는 상업주의와 물질주의에 영합하는 극도의 이기주의자이고 현실주의자이다. 매형이 그에게 은행원의 자리를 약속했으나 임신이 탄로가 나서 캐디가 쫓겨나자 은행원이 되지 못한 제이슨에게 있어서 캐디는 잃어버린 은행원 자리의 상실, 곧 '돈의 상실'을 상기시켜 주는 증오의 대상일 뿐이다. 그래서 그는 캐디의 사생아 딸인 퀜틴(캐디는 자기가 좋아하는 오빠의 이름을 자기 딸에게 주었다)에게 캐디가 매달 부쳐오는 양육비를 모두 가로챈다. 그는 또한 백치인 남동생 벤지를 잭슨 정신병원에 보내자고 주장하는 냉혈한이기도 하다.

막내아들 벤지는 태어나면서부터 백치로서 어머니에게 받지 못한 사랑을 캐디로부터 받게 되는데, 캐디가 결혼해서 떠나 버리자 그녀를 잃은 상실감에 울부짖으며 나날을 보낸다. 왜냐하면 벤지에게 있어서 캐디의 상실은 곧 '사랑의 상실'이기 때문이다. 그 외에 중요한 인물로는 이 집의 충실한 흑인하녀인 딜시가 있는데, 그녀는 이 소설에서 캄슨가의 몰락을 목도하며 정리하는 인물로서, 포크너가 노벨상 수상 연설에서 지적한 대로 현대인의 구원을 위해 필요한 동정compassion, 희생sacrifice, 인내endurance의 화신 같은 긍정적인 역할을 맡고 있다.

「소음과 분노」의 구성은 종래의 소설과는 아주 다른 특이한 것이었다. 우선 이 소설은 하나의 동일한 사건을 성격, 교육 정도 및 의식이 각기 다른 네 사람의 시점을 통해서 파악하고 진술하는 수법을 택하고 있다. 더욱이 그 네 사람의 내러티브는 문체나 분위기, 이미지가 서로 판이하게 다르다. 예컨대 제1장의 화자는 서른세 살 난 백치인 벤지로, 그는 백치답게 자기가 보고 느끼는 것을 마치 카메라의 눈처럼 그대로 기록하고 있다. 「소음과 분노」는 다음과 같은 벤지의 이야기로 시작되고 있다.

울타리를 통해, 물결치는 꽃 사이로 나는 그들이 무엇인가를 치고 있는 것을 볼 수 있었다. 그들은 깃발이 있는 곳으로 오고 있었고, 나는 울타리를 따라 걸어갔다. 러스터는 꽃나무 옆 풀밭에서 무엇인가를 찾고 있었다. 그들은 깃발을 뽑은 다음, 무엇인가를 치고 있었다. 그러자 그들은 깃발을 다시 꽂고 평지로 갔으며, 그중 한 사람이 치자 또 다른 사람이 쳤다. 그러고 나서 그들은 움직였고 나도 울타리를 따라 움직였으며, 그들이 멈추자 우리도 멈추었고, 러스터가 풀밭에서 무엇을 찾고 있는 동안 나는 울타리를 통해 바라보았다. "자, 캐디." 그는 쳤다. 그들은 목초지를 가로질러 가버렸다. 나는 울타리에 딱 붙어서 그들이 가버리는 것을 바라보았다.

벤지는 말을 하지 못하며 원인과 결과 또는 과거와 현재를 전혀 구별하지 못한다. 따라서 자신이 관찰하는 것에 아무런 주관적 의

미나 패턴을 부여하지 못하는 벤지의 내러티브를 통해 포크너는 가장 객관적인 진술을 첫 장에서 제시해 주고 있는 것이다. 위 인용은 바로 그러한 순수한 객관성의 극치를 잘 보여 주고 있다. 이 장면은 벤지가 캄슨저택의 정원에서 울타리와 인동넝쿨honeysuckle 사이로, 골프 치는 사람들을 바라보고 있는 단순한 광경을 기술한 것이다.

그러나 책을 읽어 나감에 독자들은 이 객관적인 서술 속에 많은 의미가 함축되어 있다는 것을 알게 된다. 우선 '울타리'는 벤지와 골프장 사이의 단절을, '인동넝쿨'은(특히 퀜틴의 장에 가면 명백해지지만) 캐디에 대한 그리움을, 골프공을 세게 치는 것은 거세 당할 당시 벤지의 느낌을, 그리고 '깃발'은 북부의 남부점령을 각각 의미하고 있다고 볼 수 있다. 또 풀밭에서 무엇인가를 찾고 있는 러스터는 극장표를 사기 위해 잃어버린 동전을 찾고 있다는 것, 그리고 골프치는 사람들이 '캐디caddie'를 부르는 목소릴 듣고 벤지는 북부에 빼앗겨 버린 누나 캐디 생각이 나서 운다는 것, 또 골프장이 원래는 벤지의 것이었는데 형 퀜틴을 하버드에 보내기 위해 팔아 버렸다는 것 등을 독자는 곧 알게 된다.

제2장에 오면 백치의 정교하지만 단순한 내면독백은 고도로 자의식이 강한 지식인 퀜틴의 내면독백으로 바뀐다. 흔히 햄릿과 비교가 되는 이 극도로 예민하고 상처입기 쉬운 고뇌하는 지성인 퀜틴은, 누이 동생 캐디의 순결의 상실(그에게 있어서 그것은 곧 자기 가문의 도덕적 몰락을 의미한다)에 대해 고민하다가 결국은 자살하

는데, 제2장은 바로 자살하기 직전의 퀜틴의 혼란된 의식을 '의식의 흐름 기법'을 사용해서 추적하고 있다.

제3장에 오면 독자는 비로소 극도의 내면세계와 사적 경험의 세계로부터 벗어나 독자는 캄슨가의 둘째 아들 제이슨의 외면적이고 사실적인 내러티브와 만나게 된다. 그와 동시에 제3장에서부터는 캄슨가의 몰락이 개인의 의식세계를 통해서라기보다는 미시시피 주 제퍼슨과의 사회적 관계를 통해 제시되기 시작한다. 그리고 제4장에 오면 비로소 작가가 전지적 관점에서 모든 사건들을 삼인칭 서술로 종합하고 정리한다(비평가에 따라서는 제4장을 딜시의 장으로 보는 경우도 있다).

포크너는 일본의 나가노에 갔을 때, 자기는 「소음과 분노」에서 같은 이야기를 네 번 되풀이 했다고 말한 적이 있다. 하지만 놀랄 만한 것은, 이 네 장에서 공통된 모티프를 제외하고는 서로 불필요하게 중복되는 부분이 전혀 없다는 점이다. 그만큼 이 네 장은 놀랄 만큼 정교하게 짜인 건축물같이 구성되어 있으며, 독자적이면서도 동시에 교향곡처럼 전체적인 조화를 이루고 있다. 포크너가 이와 같이 같은 이야기를 각기 다른 화자를 통해 네 번 되풀이한 이유는, 우선 현실을 입체적으로 파악하려는 의도 때문이었던 것 같다. 다른 모더니스트 작가들이 그랬듯이 포크너도 역시 큐비즘적인 태도를 통해 현실을 파편적이고 왜곡되고 입체적인 것으로 파악했다. 동시에 포크너는 그와 같은 네 개의 시점을 제시함으로써, '진리'에 도달하는 것이 얼마나 어렵고 부정확한 것인가를 암시해 주고 있다. 왜냐하면 벤지나 퀜틴이나 제이슨은 각기 편견과 성격의 차이로 인해 진리를 왜곡시키고 있기 때문이다.

「소음과 분노」를 보다 잘 이해하기 위해서는 캄슨가의 몰락과 미국사회와의 유기적 연관에 대해 고찰해 볼 필요가 있다. 남북 전쟁 이후 북부의 상업주의, 물질주의, 산업주의가 남부에 쏟아져 들어오고 정치적 경제적 이득을 노린 북부의 뜨내기들carpetbaggers 이 대거 남부로 몰려들어 실권을 장악하게 되자 남부의 귀족주의 적 문화와 전통은 급속도로 무너져가기 시작했다. 동시에 인간의 존엄성과 인간의 고귀함도 저속한 신흥문화에 의해 속절없이 짓 밟히게 되었다. 이러한 비극적 상황에서는 당연히 두 부류의 사람 들—즉 미스터 캄슨이나 퀜틴 같이 패배주의와 냉소주의로 후퇴 해 들어간 사람들과, 제이슨 같이 신흥문화와 야합하여 도덕적으 로 타락해 버린 물질주의자들—이 생겨나기 시작했다.

그러나 포크너는, 위대한 작가들이 언제나 그래왔듯이, 단순히 남부의 전통과 문화만을 옹호하고 신흥문화를 매도하지만은 않았 다. 그는 캄슨가의 붕괴, 더 나아가서는 남부의 몰락 이면에 감추 어져 있는 인종차별과 노예제도(즉 사랑과 순수의 부재)를 날카롭 게 비판하고 있으며, 동시에 시대의 변화에 수반되는 어쩔 수 없 는 산업문화의 도래와 그 현실성만큼은 인정하는 복합적인 안목 을 갖고 있었던 작가였다. 특히 남부의 내부적 몰락요인인 인종차 별 문제는 포크너의 다른 작품들인 「곰」, 「8월의 빛」, 「압살롬, 압 살롬!」 등에서도 반복해서 다루어지고 있다.

물론 포크너는 모더니스트였기 때문에 현재에 대한 집착보다는 과거에 대한 향수가 더 강렬했던 작가였다. 예컨대 벤지의 끊임없는 과거에 대한 회상(캐디와 더불어 행복했었던), 그리고 똑딱거리며 시간을 진행시키는 시계(아버지가 물려 준)를 부수는 퀜틴의 행동은 모두 과거 지향적인 그들의 성격을 잘 표출해 주고 있다. 바로 그런 의미에서, 시간의식이 없고 과거와 현재를 구별 못하는 백치 벤지와, 시간의 흐름에 대한 과도한 강박관념에 사로잡혀 있는 고도로 복합적인 인간 퀜틴은 궁극적으로는 동일한 '시간의식'을 갖고 있는 셈이 된다. 사르트르는 「소음과 분노」의 주인공들이 '무개차를 타고 뒤쪽 창밖으로 멀어져 가는 풍경을 바라보고 있는 사람들과도 같다'고 말한 적이 있다. 즉 그런 상황 속의 사람들에게 있어서는 가까운 곳의 풍경(현재)은 흐릿하게 보이지만 멀어져 가는 풍경(과거)은 점점 더 선명하게 보인다는 것이다.

시간의 모티프와 더불어 또 하나 중요한 것이 질서의 모티프이다. 벤지 장과 퀜틴 장은 포크너가 파악하는 현실이 그렇듯이, 무질서와 혼란의 극치를 보여 주고 있다. 그러나 그와 동시에, 자살하러 가면서 모자에 손질을 해야 되겠다는 생각을 하고 양치질을 하는 퀜틴의 모습에서, 또는 러스터가 평소와는 달리, 기념비의 왼쪽으로 마차를 몰자 울부짖는 벤지의 모습에서 질서order에 대한 이들의 염원이 얼마나 강렬한가를 엿볼 수 있다(혼란과 무질서에 대한 '질서의 부여'도 역시 모더니스트들의 명제였다). 질서의 모티프는 또 현대의 황무지에 비를 가져다 줄 수 있는 풍요의 모티프와도 통한다. 「소음과 분노」에서 이러한 풍요의 이미지는 캐디를 통해서 나타난다. 소설이 시작되면 그녀는 이미 상실된 존재로서 현재 부재하고 있는 상태이다. 즉 그녀는 현대인이 상실한, 재생과 풍요를 다시 가져다 줄 수 있는 사랑(벤지에게 있어서)과 순결(퀜틴에게 있어서)의 이미지로서 제시되고 있다. 이 작품에서 네 사람의 화자가 캄슨가의 몰락과 더불어 캐디의 모습을 서로 각기 달리 회상하며 그려 내고 있는 이유도 바로 거기에 있다.

「소음과 분노」라는 제목은 셰익스피어의 비극 「맥베스」 5막 5장의 "인생이란 백치가 하는 이야기, 소음과 분노로 가득차고, 아무런 의미도 없는 것It is a tale/Told by an Idiot, full of Sound and fury,/Signifying nothing"에서 빌려온 것으로서, 포크너는 이 작품 속에서 한 가족의 붕괴를 통해 현대사회의 붕괴와 현대인의 도덕적 타락, 정신적 불모현상, 그리고 상실감을 탁월한 솜씨로 묘사하고 있다. 포크너는 본질적으로 비극적 비전을 가진 작가였지만 인간의 가능성에 대한 신뢰만큼은 결코 잃지 않았던 작가였다. 노벨상 수상 연설에서 그는 다음과 같이 말하고 있다.

나는 인간이 다만 견디어 내는 것에서 그치지 않고 승리하게 되리라고 믿습니다. 인간은 불멸의 존재입니다. 그것은 만물 중에서 오직 그만이 불멸의 목소리를 갖고 있어서가 아니라, 그가 연민과 희생과 인내의 정신을 갖고 있기 때문입니다.

포크너는「소음과 분노」를 스스로 자신의 실패작이라고 불렀다. 그 이유가 어디있든지간에 (포크너는 준열한 자아비판자였다) 만일 이 작품이 정말 실패작이었다면, 그것은 분명 '위대한' 실패작이었을 것이다.

전쟁의 폐허와 "길 잃은 세대"

어니스트 헤밍웨이

간결하고 강력하며 하드보일드hard-boiled한 문체로 인해 20세기 들어 가장 많은 모방자를 배출했으며, 윌리엄 포크너와 더불어 현대 미국문학의 두 거장으로 불리는 어니스트 헤밍웨이는 1899년 7월 21일 일리노이 주 시카고 근처의 오크 파크에서 태어났다. 그의 부친 클라렌스 헤밍웨이는 내과 의사였는데 어린 아들을 미시간 북부의 숲으로 데리고 다니면서 사냥과 낚시질을 가르쳐 주었다. 헤밍웨이는 어려서부터 권투와 미식축구 등 스포츠에 취미가 있었지만, 특히 사냥과 낚시 그리고 그가 나중에 탐닉했던 투우는 그의 문학세계와 불가분의 관계를 맺게 된다.

1917년 고등학교를 졸업한 헤밍웨이는 〈캔자스시티 스타〉 지의 기자로 일하다가 같은 해에 프랑스에 있는 미국 앰뷸런스 부대에 자원했다. 곧 이탈리아 전선으로 전속된 그는 1918년 7월 8일 전선에서 세 명의 이탈리아 병사와 함께 있다가 박격포탄에 맞아

Ernest Miller Hemingway 1989-1961

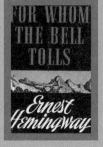

The Old Man and the Sea,
1952
For Whom the Bell Tolls,
1940

혼자 살아남지만, 다리에서 237개의 파편을 빼내는 대수술을 밀란의 육군병원에서 받게 된다. 종전 후 그는 이탈리아 정부로부터 훈장을 받고 1919년 미국에 돌아와 〈토론토 스타〉 지에 입사했다. 1920년 헤밍웨이는 그리스와 터키의 분쟁을 취재했으며, 1921년 9월 3일에는 해들리 리처드슨과 결혼하여, 〈토론토 스타〉 지 특파원으로 파리에 주재하게 된다.

'길 잃은 세대'의 기수였던 헤밍웨이의 문학적 영감의 근원이자 동시에 강박관념의 근원이었던 것은 바로 그가 직접 겪었던 '전쟁'이었다. 헤밍웨이는 자신의 경험을 통하여, 전쟁이 단순히 폭력과 부상과 죽음만을 초래하는 것이 아니라, 인간의 존엄성과 죽음의 존엄성마저도 파괴시키는 것을 보았다. 따라서 개인적이고 상징적인 경험으로서의 전쟁은 헤밍웨이에게 있어서 곧 혼란의 와중에서 살고 있는 인간의 조건을 잘 나타내 주고 있는 강렬한 은유가 되었다. 또한 죽음의 문턱에서 겨우 살아남게 될 이탈리아 전선에서의 그의 부상은 헤밍웨이로 하여금 안일했던 과거로부터 떠나 불확실한 미래에 대해 눈을 뜨게 해주었다. 그러므로 헤밍웨이에게 있어서 육체적 부상은 곧 정신적 상처를 의미하는 것이었으며, 그의 대다수의 주인공들은 바로 그러한 정신적 상처로 인해 고통받는 사람들로 그려지고 있다.

예컨대 「해는 또 다시 떠오른다」의 주인공인 제이크 반스는 전쟁으로 인해 성 불구가 된 저널리스트인데, 그가 전장에서 입은 육체적 부상인 성 불능은 곧 그의 정신적인 상처―즉 전후 작가의 정신적인 황폐와 불모―를 상징해 주고 있다. 그런 의미에서 헤밍웨이의 세계관은 당시 서구 문명사회를 황무지로 보았던 T. S. 엘리엇의 세계관과도 일치된다.

전쟁과 부상에 대한 헤밍웨이의 강박관념은 곧 죽음과의 대면이라는 또 하나의 강박관념을 불러온다. 그의 소설 속에서 죽음은 잔혹한 '함정'으로 묘사되거나 아니면 피할 수 없는 '불운'으로서 처리되며, 또한 경험과 시련의 최후의 시금석으로서 제시된다. 헤밍웨이는 죽음과의 대면과 상징적인 상처, 그리고 거기에서 비롯되는 공포, 용기, 패배, 승리 등의 모티프를 전쟁을 통해서뿐만 아니라 투우와 사냥을 통해서도 제시하고 있다. 예컨대 「해는 또 다시 떠오른다」와 「오후의 죽음」에서 시련과 제식으로 제시되고 있는 '투우'가 그렇고, 「아프리카의 푸른 언덕」과 「프랜시스 매컴버의 짧고 행복한 생애」에서 역시 죽음과의 대면과 시련으로서 제시되고 있는 '사냥'이 그러하다.

헤밍웨이가 보는 세계는 전쟁으로 인해 인간의 존엄성과 이성적 역사의 흐름이 파괴되어 버린, 폭력과 상처와 죽음만이 남아 있는 세계였다. 헤밍웨이의 이러한 세계관은 그의 초기작 「우리들의 시대에」의 주인공 닉 애덤스를 통해 잘 나타나고 있다.

모두 16편의 단편으로 된 이 작품은 매 단편 앞에 16개의 삽입문interchapters을 싣고 있는데, 이 삽입문들은 모두 전쟁 중에 헤밍웨이가 직접 겪고 목격했던 장면들을 기록한 것으로서 단편 속의 닉 애덤스의 경험과 긴밀하게 병치되고 있다. 이 작품은 성인세계의 폭력과 상처와 죽음을 목격하고, 안정과 안락을 마련해 주지 못하는 어른들의 무능력을 깨달으며 성인세계에 눈을 떠가는 닉 애덤스라는 한 소년의 입문과정을 추적한 일련의 단편들의 묶음이자 동시에 하나의 통일된 장편이라고 할 수 있다.

두 번째 수록된 단편인 "인디언 캠프Indian Camp"는 바로 그러한 폭력과 상처의 죽음의 세계를 처음 목도하고 충격을 받는 닉의 모습을 극명하게 묘사하고 있다. 이 단편은, 두 명의 인디언이 이틀째 해산을 못하고 있는 한 여인을 살리기 위해 백인의사인 닉의 아버지를 데리러 새벽에 찾아오고, 닉과 닉의 아버지, 그리고 삼촌 조지가 그들을 따라 강을 건너 인디언 부락으로 가면서부터 시작된다. 그들이 인디언 움막에 도착했을 때, 아이가 거꾸로 나오고 있어서 인디언 여인은 고통에 못 이겨 비명을 지르고 있었는데, 그녀의 위 침상에는 사흘 전 도끼로 발을 심하게 다친 그녀의 남편이 누워 있었다. 어린 닉은 인디언 여인을 동정하여 전지전능인 아버지에게 그녀를 도와달라고 부탁한다.

바로 그때 여인이 비명을 질렀다. "오, 아빠, 소리를 지르지 않도록 저 아줌마에게 무슨 약을 좀 주실 수 없나요?" 닉은 물었다. "없어, 난 마취제를 가져오지 않았어." 그의 아버지가 대답했다. "하지만 저 비명소리는 중요하지 않아. 저 비명소리가 중요하지 않기 때문에 난 그 소리를 듣지 않는단다."

아버지는 그렇게 말한 다음 마취제도 없이 칼로 제왕절개 수술을 해서 아이를 꺼내고 9피트짜리 낚싯줄로 여인의 상처를 꿰맨다. 수술을 마친 후 그들은 윗침상에 누워 있던 남편이 아내의 고통을 차마 견딜 수 없어 면도칼로 자신의 목을 잘라 자살한 것을 발견한다. 아버지는 그때야 닉에게 그 끔찍한 광경을 보이지 않으려고 하지만 그때는 닉이 이미 모든 것을 본 후였다.

"인디언 캠프"에서 닉의 아버지는 닉에게 아무런 신뢰나 안정을 주지 못한다. 즉 문명과 과학의 대표자인 의사로서 그는 우선 여인의 고통을 덜어 줄 마취제나 새로운 생명의 탄생을 위한 적절한 기구를 가져오지 못한 의사이다. 그는 마취제도 없이 그것도 잭나이프로 수술을 하면서도 "저 여인의 비명소리는 중요하지 않다."라고 닉에게 말한다. 그러나 실제로 그녀의 비명은 남편을 자살하게끔 만들 정도로 '중요'한 것이었다. 닉은 아버지와의 여행을 통해 폭력과 상처와 죽음을 보았고, 그러한 세상에서 새로운 생명의 탄생은 곧 죽음을 수반할 만큼 고통스러운 것이라는 것도 깨닫는다.

사실 헤밍웨이에게 있어서 탄생birth은 언제나 죽음death을 수반하며 자궁womb은 언제나 무덤tomb과 연결되는 것이었다. 예컨대 「무기여 잘 있어라」에서 여주인공 캐서린 바클리는 스위스의 병원에서 끝내 새 생명을 탄생시키지 못하고 아이와 함께 죽고 만다.

또 단편 「흰 코끼리 같은 언덕」에서도 아이를 낳고 싶어 하는 여자와 임신중절을 원하는 남자가 낙태수술 여부를 둘러싸고 벌이는 다툼에서 탄생과 죽음의 이미지가 고통스럽게 교차되고 있다.

「우리들의 시대에」 역시 암울한 현실과 주인공 닉 애덤스의 고통스러운 성장과정을 그리고 있다. 예컨대, 세 번째 이야기인 "의사와 의사의 부인The Doctor and the Doctor's Wife"에서는 아버지의 소심함과 어머니의 독선에 대한 실망을, 그리고 네 번째 이야기인 "어떤 것의 종말The End of Something"에서는 여자 친구와의 사랑으로부터도 아무런 위안이나 즐거움을 느끼지 못하고 결국은 애인과 헤어지는 주인공의 상황을, 다섯 번째 이야기인 "사흘 동안의 강타The Three-Day Blow"에서는 친구와의 우정, 그리고 술과 스포츠와 문학의 세계에 눈을 뜨기 시작하는 닉 애덤스의 모습을 보여준다. 여섯 번째 이야기인 "싸움The Battler"에서는 드디어 닉이 가출하는데 그는 세상에 나가자마자 우선 악질 기차제동수로부터 얻어맞고 기차에서 떨어진다.

그런 다음, 그는 고등학교 시절 그렇게도 숭배했던 영웅인 권투선수 애드 프랜시스를 만나는데, 그는 이제 더 이상 영웅이 아닌 미친 부랑아로서 얼굴은 끔찍하게 일그러져 있었다. 닉이 부모로부터 떠나 세상에서 처음 만난 사람이 바로 기형적으로 일그러진 광인이라는 사실은 어린 시절의 낭만적 이상과 성인사회의 현실이 얼마나 다른 것인가를 잘 보여 주고 있다.

여덟 번째 이야기인 "병사의 집Soldier's Home"은 전장에서 돌아온 어느 병사의 소외와 고립을 뛰어난 솜씨로 묘사하고 있다. 전장에서 모든 전통적인 가치관을 상실하고 죽음과 대면하다가 돌아온 병사 크렙스는 가정도 마을도 사회도 자신에게 아무런 위안과 안정을 주지 못한다는 것을 발견하고 점점 더 고립되어 간다. 그는 전쟁에 대해 이야기하고 싶어하나 아무도 듣기를 원하지 않았다. 간혹 그의 어머니가 잠들기 전에 찾아와서 전쟁 이야기를 해달라고 했으나, 그녀는 이미 그의 말을 듣고 있지 않았다. 끝내 등장하지 않는 그의 아버지도 아들에게 아무런 안정을 주지 못하고 있다. 자신의 어머니가 매달려 있는 종교와 사회로부터 아무런 위안이나 연계성을 찾지 못한 채 크렙스는 모든 것을 상실해 간다.

그럼 크렙스가 전쟁에서 겪었고 상실했던 것은 과연 무엇이었는가? 거기에 대한 하나의 해답은 1929년에 나온 헤밍웨이의 초기 문학의 결산이자 그의 가장 탁월한 작품으로 알려져 있는 「무기여, 잘 있어라」에서 찾아볼 수 있다. 닉 애덤스의 성장한 모습, 그리고 귀향하기 전 전장에서의 크렙스의 모습은 이 작품 속에서 프레드릭 헨리 중위를 통해서 나타난다. 이 소설은 단순한 반전소설이 아니고, 주인공 헨리가 겪는 전쟁과 사랑이 절묘하게 병치되는 복합적인 은유와 구조를 가진 격조 높은 문학작품이라고 할 수 있다.

이 소설 속에서 주인공 헨리 중위는 이탈리아 전선에서 다리에 부상을 당해 말라노의 육군병원에 입원 중, 미모의 영국 간호원 캐서린과 사랑에 빠진다. 캐서린 역시 약혼자를 전장에서 잃은 상처받은 여인이다. 헨리는 군무에 충실했고 최선을 다해 살려고 노력했으나 그 결과는 부조리한 폭력과 죽음의 위협뿐이었다. 연합군 대후퇴the Carporetto Retreat 때 헌병들에게 잡혀 탈영병이라는 누명 아래 즉결처분 총살을 당하기 전에 극적으로 탈출해 나온 헨리는, 이제 군대와 전쟁에 환멸을 느끼고 전쟁과는 영원히 작별한 다음, 임신한 캐서린을 데리고 사랑과 평화를 찾아 중립국인 스위스로 도망친다. 그러나 그곳에서 그들을 기다리고 있는 것은 안정이나 안락함이나 위안이 아니고 다만 냉혹하고 허무한 죽음뿐이었다. 사랑과 평화와 새로운 생명의 탄생에 대한 그들의 간절한 염원에도 불구하고 병원에서 제왕절개 수술 중에 캐서린과 어린아이는 둘 다 죽고 만다. 헨리는 비를 맞으며 쓸쓸히 호텔로(그에겐 집이 없다) 돌아오고 소설은 거기서 끝이 난다. 헤밍웨이가 극적 효과를 살리기 위해 수십 번 고쳐 쓴 후 비로소 완성시켰다는 이 소설의 유명한 마지막 문장은 다음과 같이 간결하고도 강력하게 이 소설을 끝맺고 있다.

잠시 후 나는 밖으로 나가 병원을 떠나 비를 맞으며 호텔로 돌아왔다After a while I went out and left the hospital and walked back to the hotel in the rain.

작품 전반을 통해 우울한 비가 내리고 있는 이 소설은 좌절과 환멸로 끝나는 한 병사의 사랑과 그가 참여하고 있는 전쟁을 대비시켜, 전후의 허무의식과 부조리한 세계를 신랄하게 고발하고 있는 '길 잃은 세대'의 탁월한 대표작이다. 동시에 이 소설은 전쟁과 죽음을 미화시키는 모든 이데올로기에 대해서도 강력한 회의를 제기하고 있다. 헨리는 이렇게 독백한다.

나는 언제나 신성, 영광, 희생 같은 말을 들을 때마다 염증을 느꼈다. (…) 나는 아무것도 신성한 것을 본 적이 없다. 영광이니, 명예니, 용기니, 신성이니 하는 추상적인 단어들은 다만 외설일 뿐이다.

캐서린은 죽으면서 "전 조금도 두렵지 않아요. 이건 그저 짓궂은 장난일 뿐예요."라고 말한다. 과연 헤밍웨이에게 있어서 '죽음'은 어쩔 수 없는 불운이자 더러운 속임수였다. 마치 「프랜시스 매컴버의 짧고 행복한 생애」에서 매컴버가 마지막 공포를 극복하고 죽음과 대면할 수 있는 진정한 용기를 얻는 순간, 자기 아내의 더러운 속임수에 의해 죽어야만 했듯이, 그리고 마치 「킬리만자로의 눈」에서 헨리가 불운으로 인해 우연히 다친 다리의 상처가 덧나서 죽어가듯이.

후기의 헤밍웨이는 좀 더 긍정적이 되었고, 인간의 의지와 신념에 대한 신뢰를 갖게 되었다고 알려지고 있다. 예컨대 「누구를 위하여 좋은 울리나」에서는 평소 반전주의자였던 자신의 소신에도 불구하고 헤밍웨이는 자신의 신념과 이념을 위해 전쟁에 뛰어들어 스스로를 희생시키는 인물 로버트 조던을 창조해 냈으며, 후기의 마지막 걸작인 「노인과 바다」에서도 불굴의 투지력을 가진 노인을 통해 "인간은 파멸될 수는 있지만 패배할 수는 없다."라는 유명한 말을 했다.

헤밍웨이는 1953년 퓰리처상을, 그리고 1954년에는 노벨문학상을 수상했으나, 노년의 질병과 작가로서의 번민, 그리고 자신감의 상실 등으로 인해 침울해지고 괴로워하다가 1961년 7월 2일 이른 아침, 아이다호 주 케첨의 자택에서 자신이 아끼던 엽총으로 스스로 목숨을 끊었다. 20세기 소설의 내러티브 기법과 대화에 혁신적인 영향을 끼쳤고 수많은 모방자들과 추종자들을 가졌던 헤밍웨이는 자신의 생을 스스로 폭력과 상처와 죽음으로 끝맺음으로써 그러한 것들을 고발해 온 자신의 위대한 문학을 완성시켰다.

헤밍웨이의 유작 「에덴동산」

"무덤에 들어간 지 사반세기가 지났건만, 그는 아직도 계속해서 책을 출판하고 있다."라고 〈뉴스위크〉가 지적하고 있듯이, 1961년에 타계한 어니스트 헤밍웨이는 죽어서도 그 막강했던 영향력을 잃지 않고 최근 미국 스크리브너스 출판사를 통해 자신의 10번째 사후 저서인 「에덴동산」을 출판했다. 「에덴동산」은 1970년에 출판된 「물 위의 섬」에 이어 헤밍웨이의 사후에 출판된 두 번째 소설로서(나머지 8권은 회고록, 서한집 등이다), 원래는 헤밍웨이가

1947년부터 15년 동안이나 집필해 왔으나 완성하지 못하고 1,500여 매의 방대한 미완성 유고로 남긴 작품이었다. 이 원고는 그동안 스크리브너스 출판사의 창고에 25년 동안이나 묵혀져 왔다가 작년 7월 〈에스콰이어〉의 편집인을 사임하고 스크리브너스 출판사로 옮겨온 한 재능 있는 35세의 젊은 편집인인 탐 젱크스의 손에 의해 과감히 삭제 및 재편집되어 이번에 247페이지의 소설로 빛을 보게 된 것이다.

「에덴동산」의 시대적 배경은 1920년대이다. 장소는 프랑스의 지중해 연안과 스페인이며, 주인공은 제1차 세계대전 참전 용사이자 소설가인 20대 중반(또는 후반)인 데이빗 본이라는 미국인이다. 그는 아내 캐서린과 함께 프랑스 남부와 스페인으로 신혼여행을 떠나 파라다이스의 분위기를 즐긴다. 그러나 그 파라다이스는 데이빗의 문학적 명성이 서서히 올라감에 따라 붕괴되기 시작한다. 데이빗은 출판사로부터 방금 발표한 두 번째 소설에 대한 좋은 서평들이 동봉된 편지들을 받게 되는데, 아름답고 부유한 캐서린은 남편의 명성을 질투하여 그의 저술활동을 방해한다. 그녀의 이상한 성벽은 침실에서 남자의 역할을 하려고 하는 것이나, 머리를 아주 짧게 깎는 것에서도 나타나지만, 마리타라는 젊은 여자를 끌어들여 데이빗과 관계를 갖도록 유도하는 데에서 그 극치를 이루고 있다.

헤밍웨이는 한때 "진정으로 악한 모든 것들은 순진성에서 시작된다All things truly wicked start from innocence."라고 말한 적이 있다. 그야말로 에덴동산의 아담과 이브처럼, 리비에라 해안에서의 데이빗이나 캐서린은 처음엔 순수하고 순진한 관계로 시작하지만, 곧 타락의 그림자가 낙원을 오염시키기 시작한다. 주도권을 쥐고 낙원의 위기를 초래하는 것은 물론 남편의 관심을 문학에 뺏기지 않으려고 노력하는 캐서린이다. 그런 의미에서 캐서린은 데이빗의 예술세계(곧「에덴동산」)를 위협하고 방해하는 '외부세계'를 상징하고 있으며, 따라서 이 소설은 예술(내면세계)에 대한 사랑과 아내(외부세계)에 대한 사랑 사이에서 갈등을 느끼는 한 작가의 고뇌를 그린 작품이라고 할 수 있다.

한 가지 더 주목해야 할 것은 비록 이 소설의 화자가 데이빗이지만, 사실 그와 소설의 내러티브를 동시에 지배하고 있는 것은 능동적이고 강렬한 성격의 소유자인 캐서린이라는 점이다. 과연 데이빗은 헤밍웨이의 다른 주인공들과는 달리 대형 야수사냥을 싫어하고 여성에 의해 지배되는 수동적인 인물로 묘사되고 있다. 그런 의미에서 보면,「래그타임」과「다니엘서」의 저자로 유명한 닥터로우E. L. Doctorow가 〈뉴욕타임스〉 '북 리뷰'에서 "이 소설의 주요 업적은 캐서린이다. 헤밍웨이의 문학을 그만큼 지배했던 여주인공은 아직 없었다. 캐서린은 사실 헤밍웨이의 작품 속의 그 어느 여주인공보다 더 인상적이다."라고 말한 것은 대단히 정확한 지적이라고 할 수 있다.

아름답고 부유한 여자가 남편의 예술생활을 망치는 예는 1936년에 나온 헤밍웨이의 두 대표적 중편인「킬리만자로의 눈」의 헬렌과 「프랜시스 매컴버의 짧고 행복한 생애」에서도 찾아볼 수 있다. 전자의 경우, 여자는 부와 안락함으로 남편의 문학적 재능을 마비시켜 죽어가게 하고 있으며, 후자의 경우, 여자는 남편이 자신의 생활을 일신할 수 있는 용기를 회복하는 순간 그를 쏘아 죽인다.

헤밍웨이에게 있어서 여자는 결코 안락함을 제공해 주거나 구원의 가능성을 시사해 주는 존재가 되지 못했을 뿐 아니라(예컨대 「무기여 잘 있어라」나 「누구를 위해 종은 울리나」), 심지어는 주인공의 예술세계를 위협하는 파괴적인 존재이기도 했다(그런 이유로 헤밍웨이는 많은 페미니스트 비평가들로부터 비난을 받아 왔다). 작가의 재능을 망치는 부와 안락함의 상징으로서의 여자에 대한 헤밍웨이 주인공들의 강박관념은 곧 헤밍웨이 자신의 강박관념에서 비롯된 것이다.

예컨대 1936년에 쓴 전술한 두 훌륭한 중편은, 1929년 「무기여 잘 있어라」를 쓰고 난 후(이 책은 나온 지 넉 달 만에 무려 8만 부가 팔렸다) 거의 7년 동안이나 좋은 작품들을 쓰지 못하고 슬럼프에 빠져 있었던 자신에 대한 일종의 반성문과도 같은 글이었는데 (「오후의 죽음」(1932), 「승자 독식」(1933), 「아프리카의 푸른 언덕」(1935)은 크게 성공하지 못했다), 헤밍웨이는 그 이유를 부와 안이함 때문이라고 보았으며 거기에 큰 역할을 한 것이 바로 여자라고 생각했다. 또한 「에덴동산」에서의 데이빗, 캐서린, 마리타의 삼각관계가 빚어내는 위기도 헤밍웨이 자신이 첫 부인 해들리와 파리의 〈보그〉지 기자였던 폴린 파이퍼와 셋이서 같이 지냈던 어느 여름의 상황과 대단히 흡사하다(결국 폴린은 헤밍웨이의 두 번째 아내가 되었다).

 헤밍웨이의 이러한 강박관념의 뒤에는 물론 좋은 작품을 쓰지 못했던 후기에 그가 느꼈던 작가로서의 갈등과 번민이 도사리고 있지만, 보다 더 근원적인 심층에는 그가 직접 경험했으며 또 일생 동안 그를 따라다니며 괴롭혔던 '전쟁'과 '죽음', '공포'와 '용기', '상실'과 '발견', 그리고 '창조'와 '파괴'의 문제가 숨어 있었다. 헤밍웨이가 1917년 앰뷸런스 부대의 일원으로 이탈리아 전선에 참전했다가 박격포탄에 맞아 237개의 파편이 다리에 박히는 중상을 입고 죽음 직전에 겨우 살아났다는 것은 이미 잘 알려져 있는 사실이다. 헤밍웨이에게 있어서 전쟁은 인간이 창조한 것들의 파괴일 뿐만 아니라 '죽음의 존엄성'마저도 허용치 않는 참혹한 것이었다. 인류문명의 파괴와 가치전도의 세계에서 돌아온 고국, 아메리카는 전후의 물질만능주의로 그를 실망시켰다.
 당시 파리는 전후의 정신적 패배의식과 환멸의식에 사로잡힌 작가들의 정신적 실제적 망명지였다. 헤밍웨이도 파리로 망명길에 오르고 거기에서 그의 첫 저서인 「세 편의 단편과 열 개의 시」와 첫 단편집 「우리들의 시대에」 그리고 「봄의 급류」, 첫 장편인 「해는 또 다시 떠오른다」가 출판된다.
 그의 첫 단편집인 「우리들의 시대에」는 전술한 대로 모두 18편의 단편과, 이탤릭체 활자로 매 단편 앞에 삽입된, 전쟁과 살인과 투우 등에 관한 스케치들로 구성되어 있다. 여기 수록된 단편들 중 몇 편에 주인공으로 등장하는 소년 닉 애덤스의 눈을 통해 헤밍웨이는 폭력과 죽음에 대한 성인세계와 문명과 이성의 무력함을 날카롭게 지적하고 있으며, 폭력 및 죽음과의 대면을 통해 성인세계로 발을 들여놓게 되는 닉의 순진성으로부터 경험으로의 입문과정을 허무의식 속에서 잘 표출해 보여 주고 있다.

그의 첫 장편인 「해는 또 다시 떠오른다」는 전쟁으로 인해 성불구가 된 저널리스트 제이크 반스, 그를 따라다니는 34세의 영국여자인 브렛 애슐리, 그녀의 약혼자 마이크 캠블, 제이크의 친구인 유대계 작가 로버트 콘, 그리고 투우사 로메로 등 일단의 남녀들이 프랑스의 센 강변 카페와 스페인의 투우장에서 허무주의와 향락 속에서 방황하는 모습을 그린 비극이다. 이 작품은 그 제목을 성서 「전도서」의 "헛되고 헛되도다. 모든 것이 헛되도다. 해는 또다시 떠오르고…"라는 구절에서 빌려왔으며, 이 작품을 통해 헤밍웨이는 전후 허무주의와 패배의식과 환멸 속에서 방황하던 당시 젊은 망명 예술가들의 상황을 극명하게 묘사함으로써, 소위 "길잃은 세대"의 대표작가가 되었다.

1929년 헤밍웨이가 미국으로 돌아와서 (이때쯤 대부분의 망명 작가들은 귀국하고 있었다) 발표한 「무기여 잘 있어라」는 전쟁문학의 걸작으로서 헤밍웨이의 문명文名을 확고하게 다지게 해준 작품이 되었다. 헤밍웨이가 「무기여 잘 있어라」를 출판한 지 불과 얼마 뒤에 미국은 경제적으로는 대공황에 휩쓸리게 되고, 정치적으로는 마르크시즘의 대두, 그리고 문학적으로는 사회저항 소설과 프롤레타리아 문학이 등장하게 되었다. 당시의 시대조류에 거역할 수 없어 헤밍웨이는(포크너도 그랬지만)「소유와 비소유」(1937)라는 일종의 사회저항 소설을 썼으나, 그 결과는 참담한 것이었다. 헤밍웨이나 포크너는 둘 다 사회저항 소설에 재능을 가진 작가는 아니었다.

앞에서도 잠간 언급했지만, 헤밍웨이는 또 1940년에 나온 「누구를 위하여 종은 울리나」에서 자신의 평소 신념인 반전주의에도 불구하고 당시의 추세였던 반파시즘을 위해 전장에서 영웅적인 죽음을 맞는 로버트 조던을 등장시킴으로써 자신의 평소 신념에서 벗어났다(비폭력주의자였던 헨리 데이비드 소로도 흑인 반란자 냇 터너를 위해서 자신의 신념에서 벗어나, 터너의 폭력에 눈을 감아 주었는데, 작가들의 이러한 일탈은 매력적이다). 미국의 몬태나대학 스페인어 교수인 조던은 스페인 내란에 참여하여 파시스트들과 싸우는 도중 마리아라는 게릴라 여자와 사랑에 빠지게 되고, 마지막에는 자신의 정치적 이념 뿐 아니라, 마리아를 살리기 위해 스스로 희생적인 죽음을 선택한다.

그로부터 10년 후에 나온 「강을 건너 숲속으로」는 독자들과 비평가들에게 실망을 주었다. 이 소설은 오십이 된 리처드 캔트웰 대령이 베니스에 사냥을 와서 열 아홉의 레나타와 연애를 하는 한편, 제2차 세계대전을 회상하다가 돌아가는 길에 심장마비로 죽는다는 이야기로, 초기 헤밍웨이의 날카롭고 세련된 문체나 주제가 심각하게 결여된 범작이었다.

그가 죽기 전 마지막으로 발표된 「노인과 바다」(1952)는 그의 후기작 중 가장 뛰어난 수작이었고, 헤밍웨이는 이 작품의 인기에 힘입어 인기를 만회하는 동시에 퓰리처상(1953)과 노벨상(1954)을 수상하게 되었다. 그러나 그의 사후에 출판된 소설 「물 위의 섬」(1970)은 다시 한 번 문체나 주제 면에서 결함이 있는 작품으로 평가되었다.

헤밍웨이는 후기에 특히 '어떻게 쓸 것인가?' 그리고 '예술가와 예술을 방해하는 외부 현실'에 대해 심각한 갈등을 겪었던 것으로 알려지고 있다. 젊은 시절을 죽음과 대면하고 살았던 그가 생명을 탄생시키는 여자에 대해 큰 기대를 갖지 않았던 것도, 그리고 사냥과 투우와 스포츠에서 죽음과 대면하는 용기를 찾았던 그가 여자로부터의 구원을 원하지 않았던 것도, 어쩌면 당연한 일이었다. 그러나 헤밍웨이가 창조했던 그 어느 여자보다도 더 강렬한 개성을 가진 「에덴동산」의 캐서린 경우는, 예술가에게 있어서 여자가 의미하고 있는 것이 사실은 결코 가볍게 무시해 버릴 수 있는 것이 아니라는 것을 헤밍웨이가 이미 잘 알고 있었다는 것을 말해 주고 있는 것처럼 보인다. 예술가의 창작(상상)과 여성의 출산(현실)이 두 가지 창조행위의 갈등과 대립은 「에덴동산」으로 끝을 맺은 헤밍웨이의 작품세계에서 뿐만 아니라, 나아가 모든 작가들이 필연적으로 그 의미를 구명해야 되는 문제라고 생각된다.

The Sun Also Rises, 1926
A Farewell to Arms, 1929

헤밍웨이 작품 속의 여인들
「무기여 잘 있어라」의 경우

헤밍웨이가 1929년에 발표한 장편소설 「무기여 잘 있어라」는 그의 첫 장편인 「해는 또 다시 떠오른다」, 그리고 첫 단편집인 「우리들의 시대에」와 더불어 소위 "길 잃은 세대"의 문학을 대표하는 금세기 초의 걸작이자 헤밍웨이 초기 문학의 총결산이었다.

「해는 또 다시 떠오른다」가 전후 사회의 '길 잃은' 세대들이 어떻게 당대의 사회현실에 적응하지 못하고 절망과 좌절과 허무 속에서 방황하고 있는지를 그린 소설이었다면, 「무기여 잘 있어라」는 그들의 좌절과 허무감의 이유와 배경을, 전쟁으로 인해 모든 것을 '잃어버린' 한 병사를 통해 밝혀 제시해 준 작품이었다. 그러므로 시간적으로 볼 때, 「무기여 잘 있어라」는 「해는 또 다시 떠오른다」 이전의 세계를 묘사하고 있으며, 그런 의미에서 두 작품의 순서는 서로 바뀐 셈이다.

헤밍웨이는 「무기여 잘 있어라」라는 제목을 조지 필의 시에서 빌려왔는데, 아이러니한 것은 필은 그 구절을 통해 자신이 더 이상 참전할 수 없음을 한탄하고 있는 데 반해, 헤밍웨이의 경우엔 그것이 전쟁에 대한 환멸을 의미하고 있다는 점이다. 전쟁과 그 전쟁을 일으킨 사회, 그리고 전쟁에서의 죽음을 애국, 희생, 영광과 결부시켜 미화시키는 위정자들에 대한 이 소설의 주인공 헨리 중위의 환멸은 다음의 독백에서도 잘 나타나 있다.

신성한, 영광스러운, 희생 같은 말들. (…) 때때로 우리는 시끄러워 아무것도 거의 들리지 않는 빗속에서 그런 말들을 들었고 따라서 그것들은 다만 고함치는 소리로만 들릴 뿐이었다. (…) 오랫동안 나는 아무것도 신성한 것을 보지 못했다. 영광스러운 것에는 영광이 없었고 희생이란 그 고기를 먹지 않고 땅에 묻는다는 것만이 다를 뿐, 마치 시카고의 도살장과도 같았다.

「무기여 잘 있어라」는 모두 5권의 책, 41장으로 되어있는데 1권에서 5권까지는 각각 봄, 여름, 가을, 늦가을, 겨울이 그 배경으로 되어 있으며, 그러한 계절적 배경과 더불어 전장, 사랑, 후퇴, 탈출, 죽음이 병치되고 있다. 앞에서 약술한 대로, 주인공인 미국인 프레드릭 헨리 중위는 이탈리아 군 의무부대에 근무하는 도중 캐서린 바클리라는 영국인 간호사와 사랑에 빠진다. 그러던 어느 날 헨리는 적의 박격포탄에 맞아 다리를 크게 다치고 머리에도 약간의 부상을 입은 채 밀라노의 병원으로 후송된다. 거기에서 캐서린을 다시 만난 헨리는 그녀와 짧지만 강렬한 사랑을 불태운다. 잠시나마 전쟁을 잊고 있었던 그들에게 다시 이별의 시간이 온다.

헨리의 부상이 회복되어 다시 전선으로 귀대해야 될 날이 온 것이다. 둘은 다시 헤어지고 전선으로 나간 헨리는 아군이 대패하는 바람에 유명한 카포레토 후퇴의 행렬에 끼어 퇴각하게 된다. 그러나 같이 우군 헌병에게 잡힌 병사들이 탈주병으로 오인되어 약식 군법회의 후 그 자리에서 총살당하는 것을 목격한 헨리는 처형되기 직전 강으로 뛰어들어 목숨을 건진다(물속에 뛰어듦으로써 살아나는 것은 그의 낡은 자아의 죽음과 새로운 자아의 탄생을 상징한다. 뭍으로 나온 그는 이제 군대와 무기와 전쟁으로부터 영원히 떠날 것을 결심한다).

화물열차를 몰래 타고 밀라노까지 간 그는 캐서린이 이미 다른 곳으로 떠나 버린 것을 발견하지만, 그곳까지 쫓아가 결국 두 사람은 기쁨의 해후를 하게 된다. 헌병들의 눈을 피해 두 사람은 어느 날 밤 보트를 타고 스위스로 탈출하는 데 성공한다(이때 물을 건너 전쟁이 없는 세계로 가는 장면 역시 새로운 인생을 상징하고 있다).

그러나 스위스의 산장에서 평화를 찾았다고 생각하는 순간, 임신한 캐서린은 제왕절개 수술을 받게 되고 결국에 그녀와 어린아이까지 모두 죽게 된다. 무기로부터 떠났음에도 불구하고 사랑과 평화와 미래를 모두 '잃어버린' 헨리는 다시 혼자가 되어 비를 맞으며 병원을 떠나 호텔로 돌아온다.

그렇다면 「무기여 잘 있어라A Farewell to Arms」에서 'Arms'는 비단 '무기'만을 의미하는 것이 아니고 동시에 캐서린의 부드러운 '품'을 의미한다고도 볼 수 있다. 왜냐하면 헤밍웨이가 보는 부조리한 이 세계는 '무기'와 작별하고 평화스럽게 살려고 노력하는 인간에게 결코 평화와 안정과 사랑의 '품'을 허용하지 않기 때문이다. 결국 헨리는 두 가지 모두와 작별해야만 되고, 상실과 좌절과 허무의 세계 속에서 혼자 남아 방황하는 "길 잃은 세대"가 되는 것이다.

과연 이 소설은 일견 상충되는 것처럼 보이는 '전쟁의 모티프'

와 '사랑의 모티프'가 병치되고 있는 이중적 구조를 갖고 있다. 이 작품을 잘 살펴보면, 헨리와 전쟁과의 관계가 가벼운 관계에서 진지한 참여, 부상, 회복, 후퇴, 탈영의 여섯 단계로 이어지는 것과 나란히, 그와 캐서린의 관계도 역시 가벼운 애정관계에서 진지한 사랑, 임신, 도망, 알프스로의 피정retreat, 죽음의 여섯 단계로 진행된다는 것을 알 수 있다. 이것은 궁극적으로 인간은 사회적으로 그리고 개인적으로 함정에 빠져 있어서 결코 그 운명에서 벗어날 수 없고 그 대가를 치를 수밖에 없다는 헤밍웨이의 비관주의를 잘 보여 주고 있다.

「무기여 잘 있어라」의 여주인공 캐서린 바클리는 헤밍웨이가 이탈리아 전선에 있을 때 실제 사랑에 빠졌었던, 독일계 미국인 아버지를 가진 아그네스 폰 쿠로우스키를 모델로 해서 창조되었다(「우리들의 시대에」의 단편 "아주 짧은 이야기"는 바로 이 여인과 주인공과의 이루어지지 않는 사랑을 다룬 것으로써 「무기여 잘 있어라」의 전신이 된다).

캐서린은 비록 아이를 사산하고 자신도 죽지만, 헨리에게 있어서 부정적인 역할을 한다기보다는 오히려 사랑과 평화와 안정을 상징하는 존재로서 제시되고 있는 것처럼 보인다(여주인공이 긍정적인 이미지로 등장하고 있는 또 하나의 작품이 「누구를 위하여 좋은 울리나」인데, 그 경우 여주인공인 마리아는 전쟁과 이데올로기의 순진한 피해자로서 그리고 주인공 로버트 조던에게 잠시나마 삶의 의미를 느끼게 해주는 존재로서 등장한다). 그러나 만일 캐서린이 죽지 않고 살아남았다면 어떻게 되었을 것인가? 그래도 그녀는 계속해서 헨리에게 긍정적인 의미를 가질 것인가?(평론가 레슬리 피들러는 헤밍웨이가 캐서린이나 마리아 같은 외국여자들에게는 이례적으로 관대했다고 지적하고 있다.) 죽지 않고 살아남았을 때 그녀가 미래에 보여 주었을지도 모를 모습의 한 가능성은 헤밍웨이가 1936년에 발표한 두 중편인 「킬리만자로의 눈」과 「프랜시스 매컴버의 짧고 행복한 생애」에 등장하는 여주인공들로부터 찾아볼 수 있다.

「킬리만자로의 눈」과 「프랜시스 매컴버의 짧고 행복한 생애」의 경우

「킬리만자로의 눈」은 아내 헬렌과 같이 아프리카에서 사냥하다가 다리에 입은 조그마한 상처가 악화되어 죽어가는 실패한 작가 해리가 마지막 비행기를 타고 눈 덮인 킬리만자로 산봉우리를 향해 날아가는 환상에 사로잡힌 채 죽는다는 이야기이다(이 작품은 그레고리 펙과 수전 헤이워드 주연으로 영화화되어 한국에서도 상영된 바 있다). 이 작품 속에서 부유한 과부였던 헬렌은 해리와 결혼한 후 돈과 안락함으로 해리의 예술가적 재능과 작가적 의욕을 마비시키는 여인으로 등장한다. 헬렌은 다음과 같은 여인으로 묘사되고 있다.

그녀는 사격 솜씨가 좋았다. 이 부유한 계집, 이 친절한 후견인, 그의 재능의 파괴자는 (…)

「킬리만자로의 눈」의 헬렌이 착한 여인이지만 돈과 안락함으로 남편의 작가적 재능을 마비시킨 여자였다면, 반대로 자기 남편이 죽음과 대면하고 그것을 극복할 수 있는 진정한 용기를 얻는 순간 그를 쏘아 죽이는 악한여자가 바로 「프랜시스 매컴버의 짧고 행복한 생애」의 여주인공 마고이다. 「프랜시스 매컴버의 짧고 행복한 생애」는 부유한 미국인 매컴버가 아프리카 사냥터에서 사자사냥을 하던 중 처음엔 죽음의 공포에 못 이겨 비겁하게 도망치나, 드디어는 죽음의 공포를 극복할 수 있는 용기를 갖고 사자보다 더 위험한 들소사냥에서 상처 입은 들소와 정면대결을 하는 순간 자기 부인이 쏜 총에 맞아 죽는다는 아이러니컬하면서도 강렬한 주제를 가진 이야기이다.

남편의 돈과 사회적 지위가 필요해서, 그리고 아내의 미모가 필요해서 각각 이혼하지 못하고 계속되는 이들의 타산적인 부부관계 속에서 아내 마고는 매컴버의 비겁함을 핑계로 남편을 무시하고 자기 마음대로 조종할 뿐만 아니라, 심지어는 남편의 영국인 사냥안내인인 윌슨과 아무런 죄의식도 없이 정사를 즐기기도 한다. 그러나 매컴버가 진정한 용기를 회복하고 죽음과 대면해서 그 공포를 극복하는 순간, 그녀는 이제 더 이상 자신의 방종한 생활 태도가 용납되지 않으리라는 것을 깨닫고, 자신으로부터 독립해 떠나가 이제는 자신에게 오히려 위협적인 존재가 될 남편을 향해 방아쇠를 당긴다.

「킬리만자로의 눈」의 헬렌과 「프랜시스 매컴버의 짧고 행복한 생애」의 마고는 서로 각기 다른 방법으로 헤밍웨이의 남자 주인공들을 파멸시키는 여인들이다. 그녀들은 「무기여 잘 있어라」의 캐서린이 중년여인이 되었을 때의 모습으로서, 역시 중년이 된 헨리 중위의 모습인 해리와 매컴버를 간접적 또는 직접적으로 살해한다. 그렇다면 역설적으로 말해 캐서린이 아이를 낳다가 죽은 것은 헨리를 위해서는 어쩌면 다행한 일이었는지도 모른다. 왜냐하면 함정에 빠진 이 세상에서 날마다 죽음과 대면해야만 되는 헤밍웨이의 남자 주인공들에게 있어서 여자는 우선 아무런 위안도, 새 생명을 탄생시킬 희망도 되지 못하기 때문이다.

그리고 더 나아가 「킬리만자로의 눈」이나, 유작인 「에덴동산」에서처럼 헤밍웨이의 작품들 속에서 여자는 남자의 예술세계를 위협하고 결국엔 예술가로서의 남편을 상징적으로 살해하는 존재이기 때문이다. 그런 의미에서 헤밍웨이의 문학세계는 그의 단편집의 적절한 제목처럼 언제나 "여자 없는 남자들Men without Women"만의 세계였다.

작가의 망명과 조국
제임스 조이스

영미문학사에서 1922년은 기념비적 해로 기록된다. 당대뿐 아니라 후세 작가들에게도 막강한 영향력을 끼친 20세기 문학의 금자탑인 T. S. 엘리엇의 「황무지」와 제임스 조이스의 「율리시스」가 출간된 해이기 때문이다.

작가 제임스 조이스는 20세기 초, 문화적 변방이자 정치적 투쟁과 종교적 속박이 개인의 삶을 짓누르던 조국 아일랜드를 떠나, 당시 유럽문화의 중심지였던 파리로 가서 세계적인 작가가 되었다. 그래서 조이스는 평생 자신을 망명 작가라고 불렀다. 그러나 그의 망명은 슬프거나 박탈당한 것이 아니라, 아일랜드의 숨 막히는 정치이데올로기와 종교적 억압으로부터 벗어나 예술가의 자유를 찾은 정신적 해방을 의미했다. 만일 조이스가 켈트어로 글쓰기를 강요하는 당시 아일랜드의 극단적 민족주의와, 인간의 영혼을 구속하는 편협한 종교교리로부터 벗어나지 못했다면, 세계문학사

James Augustine Aloysius Joyce 1885-1972

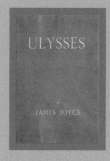

Ulysses, 1922

Finnegan's Wake, 1939

에 빛나는 위대한 작가가 되지는 못했을 것이다.

당시 아일랜드는 영국의 오랜 지배에 반발해 반영주의와 반제 국주의를 부르짖는 국수주의자들, 경직된 종교교리로 인간의 영혼을 억압하던 독선적인 성직자들, 그리고 낡은 관습에 얽매여 영혼과 선택의 자유를 상실한 사람들의 나라였다. 그러한 상황에 비판적인 사람들은 정치적으로는 친영파로, 종교적으로는 타락자로 낙인찍혀 매도되었다. 조이스는 예술가의 날개를 꺾는 그러한 암울한 환경에서 탈출을 꿈꾸었고, 그래서 그리스 신화에서 날개를 만들어 달고 크레타 섬을 탈출한 장인匠人 대달러스의 이름을 자기 작품의 주인공에게 붙였다.

첫 단편집 「더블린 사람들」에서 조이스는 더블린을 떠나려고 부단히 노력하지만, 보이지 않는 끈에 붙잡혀 끝내 주저앉고 마는 소심한 더블린 시민들의 삶을 보여주고 있다. 얽히고설킨 인간관계와 강력한 중력으로 잡아다니는 자신의 고향과 조국을 떠나 타지의 망명객이 되는 것은 평범한 소시민으로서는 결코 쉬운 일이 아니기 때문이다. 그러나 조이스는 예술가만큼은 속박의 사슬을 끊고, 비상해 더 큰 세상으로 나가야 한다고 보았다. 그래서 조이스는 자신이 출간한 유일한 희곡에도 「망명객들」이라는 제목을 붙였다.

조이스의 첫 장편 「젊은 예술가의 초상」은 작가 자신의 예술가의 소명에 대한 깨달음, 정신적 자유를 향한 갈망, 그리고 섬나라를 떠나 대륙으로 비상하는 과정을 그린 성장소설이다. 주인공 스티븐 대달러스는 조이스가 그랬던 것처럼 제스윗 학교에 다니는데, 편협한 교리를 강요하는 비인간적인 사제나 수녀 교사들에게 환멸을 느낀다. 그래서 스티븐은 수업시간에 몰래 세계지도를 들여다보면서 더 넓은 세상으로의 비상을 꿈꾼다. 집에서는 아버지의 지인들을 통해 극단적 정치이데올로기에 경직된 사람들과, 이념의 차이로 편을 갈라 정쟁을 일삼는 정치인들의 모습을 보고 실망한다.

「젊은 예술가의 초상」에서 스티븐은 이렇게 말한다. "이 나라에서는 인간의 영혼이 태어나면 날지 못하도록 그물을 씌운다. 사람들은 민족, 모국어, 종교를 내게 강요한다. 그러나 나는 그런 그물을 뚫고 비상해야만 한다." 그래서 스티븐은 이념과 편견, 그리고 갈등과 투쟁으로 점철된 아일랜드가 쳐놓은 속박의 그물을 벗어나, 대륙으로의 비상과 망명을 결심한다. 그는 자유로운 영혼을 가진 위대한 작가가 되려면, 자신의 고향과 조국과 종교에 대한 애착의 끈을 끊어야 한다는 것을 깨닫는다. 그래서 스티븐은 이렇게 말한다. "나는 그것이 내 고향이거나, 조국이거나, 교회거나 간에, 내가 더 이상 믿지 않는 것을 섬기지는 않을 것이다. 나는 내가 할 수 있는 한, 자유롭게 또 다른 삶과 예술 양식으로 나 자신을 표현할 것이다. 스스로를 방어하기 위해 내가 사용할 수 있는 유일한 무기인 침묵과 망명과 영민함을 사용해서."

망명을 원하는 예술가는 고독과 고립을 견디어야 하고, 자신이 아끼는 것을 과감히 버릴 줄 알아야한다. 스티븐은 다음과 같이 말함으로써, 자신이 망명 준비가 되어 있음을 밝힌다. "나는 혼자 고립되거나 비난받거나, 내가 결별해야만 하는 것을 떠나는 것을 두려워하지 않는다. 나는 실수도 두려워하지 않는다. 그것이 큰 실수건, 영원한 실수건 간에." 작품의 마지막에 스티븐이 대륙으로 떠날 결심을 하는 장면은 마치 이상의 「날개」의 주인공이 백화점의 옥상에서 암울한 현실을 떠나 날아가고 싶어 하는 장면과 흡사하다. 조이스는 스티븐에 대해 이렇게 말한다. "그는 위대한 장인 대달러스처럼, 자기 영혼의 자유와 힘 속에서 새롭고, 특별하며, 아름답고 미묘한, 그리고 영속하며 살아있는 예술을 창조할 것이었다."

그리스 신화 「오딧세이」의 구성과 모티프를 빌려서 쓴 대작소설인 조이스의 두 번째 장편 「율리시스」 역시 망명객의 소설이다. 의식의 흐름 기법으로 쓴 이 소설에서 유럽으로 떠난 스티븐은 어머니의 임종을 보러 오라는 소환장을 받고 더블린으로 돌아간다. 죽어가는 스티븐의 어머니는 스티븐에게 다시 가톨릭에 귀의해 달라고 부탁하지만, 스티븐은 거절한다. 사실 이 에피소드는 조이스 자신이 죽어가는 자기 어머니와 직접 겪었던 실화이기도 하다. 이 소설에서 스티븐은 「오딧세이」에서 텔레마커스가 아버지 율리시스를 찾아 헤매듯이, 자신도 정신적인 아버지를 찾아 하루 동안 더블린 시내를 헤매다가 자정에 창녀촌에서 정신적 아버지인 유대인 레오폴드 블룸을 만난다. 유대인이 돌아갈 조국이 없는 영원한 망명객/방랑객의 상징이라는 사실은 이 소설에서 중요한 의미를 갖는다. 사실 「율리시스」는 심리적 방황을 겪고, 조국을 상징하는 생부를 떠나 정신적 아버지를 찾아 헤매는 모든 망명객의 상황을 상징적으로 묘사한 소설로 볼 수 있다.

「율리시스」는 파운드의 도움으로 문예지에 연재는 되었지만, 출판은 거절당하는 불운을 겪었다. 마침 당시 파리에서 서점을 경영하던 미국 여인 실비아 비치의 도움으로 「율리시스」는 '셰익스피어 앤 컴퍼니'라는 그녀의 서점에서 출간되었다. 그러나 미국에서 「율리시스」는 외설 검열에 걸려서 조이스의 지인들이 몰래 밀반입해야만 했다.

조이스는 보르헤스, 베케트 등 많은 유명작가들에게 지대한 영향을 끼쳤다. 조이스의 후배문인으로 망명 중에 대작을 쓴 20세기 문인으로는 사무엘 베케트, 에리히 아우얼바하, 에드워드 사이드 등이 있다. 아일랜드 작가 베케트는 파리로 망명해 「고도를 기다리며」를 썼고, 유대인 사상가 아우얼바하는 나치의 박해를 피해 이스탄불로 망명해서 걸작 「미메시스」를 썼다. 팔레스타인 출신 평론가인 사이드는 미국으로 망명해 명저 「오리엔탈리즘」과 「문화와 제국주의」를 썼다. 망명에는 강요된 망명이 있고, 스스로 자청하는 망명도 있다. 그러나 작가는 기본적으로 자신의 고향이나 조국과는 거리를 두고, 더 넓은 세상, 더 나은 세상을 꿈꾸는 사람들이다. 또한 주어진 현실에 만족하지 않는 사람들이 작가다. 그렇다면 본질적으로 망명 작가가 아닌 문인이 어디 있으랴?

조이스는 22세 때 아일랜드를 떠나 이탈리아의 트리에스테에서 십 년 정도 살다가 스위스의 취리히로 옮겨갔고, 다시 파리로 가서 살다가 죽어서는 스위스에 묻혔다. 조이스는 평생을 망명 작가로 살았지만, 그의 작품의 배경은 마지막 작품인 「피네간의 경야」까지도 언제나 더블린이었다. 그 이유에 대해 그는 이렇게 말했다. "나는 언제나 더블린에 대해서 쓴다. 내가 더블린을 잘 알게 되면, 세계의 모든 도시도 잘 알 수 있기 때문이다."

조이스 외에도 위대한 작품을 산출한 망명 작가들은 많다. 예컨대 에즈라 파운드, 블라디미르 나보코프, 알렉산드르 솔제니친은 자기 나라를 떠난 망명작가였고, 20세기 초에 파리에 모였던 "길 잃은 세대" 작가들은 모두 정신적 망명 작가였다. 그러나 아일랜드의 숨 막히는 현실을 분연히 탈출해 대륙으로 날아간 조이스의 경우가 그중 가장 극적이었으며, 그렇기 때문에 조이스는 20세기 모든 망명 작가들의 전범이 되었고, 그의 망명은 문학사의 한 중요한 장면으로 남아있다. 조이스의 망명은 12세기 프랑스 사상가 성 빅터 휴의 말을 연상시켜준다. "자신의 조국에만 애정을 느끼는 사람은 아직 어린아이와 같다. 세계 모든 곳을 다 자기 조국처럼 느끼는 사람은 강한 사람이다. 그러나 어디를 가도 다 타국처럼 느끼는 사람이야말로 완성된 사람이다."

개츠비는 왜 위대한가?

F. 스콧 피츠제럴드

아메리카는 콜럼버스, 제퍼슨, 프랭클린 같은 "건국의 아버지"들의 꿈과 이상理想에 의해 세워진 나라다. 그러나 꿈은 깨지거나 악몽으로 변질되기 쉽고, 이상은 타락하거나 현실에 오염되기 쉽다. 사실, 건국초기의 신선하고 순진했던 아메리칸 드림마저도 이미 그 안에 악몽은 내재해 있었다. 신대륙에 제2의 에덴동산을 건설하기 위해 미국인들이 돌이킬 수 없는 두 가지 원죄를 저질렀기 때문이다. 하나는 원주민들로부터 토지를 강탈한 것이고, 또 하나는 방대하고 광활한 대륙을 경작하기 위해 흑인을 노예로 만들어 학대한 것이 바로 그것이다. 그 원죄는 오늘날에도 미국이 지고 가야할 숙명적 짐이 되어 미국인들을 괴롭히고 있다.

꿈은 우리가 눈을 감을 때, 어둠 속에서만 찾아온다. 그것은 곧 꿈은 현실과 다르다는 것을 의미한다. 아침이 오면 우리는 꿈에서 깨어나 눈을 뜨고, 다시 현실과 대면하게 된다. 꿈은 우리의 소망

Francis Scott Key Fitzgerald 1896-1940

The Great Gatsby, 1925

일뿐, 현실은 아니다. 미국은 바로 그런 이상과 꿈 위에 세워진 나라여서, 언제라도 냉혹한 현실 앞에 속절없이 무너질 수 있는 속성을 갖고 있다. 2016년에 있었던 세계를 놀라게 한 미국 대통령선거의 결과도, 미국의 꿈과 순진성이 거친 현실 앞에서 얼마나쉽게 깨지고 오염될 수 있는가를 보여준 좋은 예다. 일본 수상 아베 신조는 도널드 트럼프의 백악관 입성을 아메리칸 드림의 성취라고 찬양했지만, 많은 세계의 지식인들과 전문가들은 그것을 아메리칸 드림의 실패로 보고 있다.

물질주의와 기계문명이 지배하는 비정한 현실세계에서 순수한꿈은 속절없이 오염되고 힘없이 부숴진다. 과연 미국문학과 역사에서 순수한 아메리칸 드림을 추구했던 "꿈꾸는 자"들은 언제나반대자들의 총탄에 맞아 쓰러지고 사라져갔다. 아브라함 링컨이그랬고, 존 F. 케네디와 로버트 케네디가 그랬으며, 마틴 루터 킹이 그랬고, 말콤 X가 그랬다. 그리고 미국작가 F. 스콧 피츠제럴드가 창조한 꿈꾸는 청년 개츠비도 예외가 아니었다. 현실주의자들은 꿈꾸는 자들을 싫어하기 때문이다. 개츠비는 이기적이고 타락한 세상에서 아직 오염되지 않은 순수한 아메리칸 드림을 추구하다가 기계의 상징인 총탄에 맞아 살해당한다. 그런 면에서 총에맞을 때, 개츠비가 자기 집에 있는 녹색의 수영장pool에 누워 있었다는 것, 즉 물 위에 떠 있었다는 것은 대단히 상징적이다. 그가 녹색의 꿈을 꾸다가 살해당했고, 죽어서도 녹색의 꿈을 간직했다는것을 의미하기 때문이다. 개츠비는 전후의 풍요로 인해 생겨난 물질주의와 기계주의에 오염된 1920년대 미국사회에서 홀로 순수한 아메리칸 드림을 꿈꾸었던 순수하고 순진한 사람이었다. 그가 몰랐던 것은, 이제는 시대가 변했다는 것, 그래서 자신이 되찾고 싶어 했던 옛 애인 데이지가 물질주의적이고 속물적인 여자로 변했다는 것, 그리고 과거는 결코 돌이킬 수 없다는 사실이었다. 개츠비는 타락한 세상에서 홀로 순수한 아메리칸 드림을 꿈꾸었던 최후의 "로맨틱 드림 보이"였다. 개츠비를 위대하게 만드는 것은, 오염되고 타락한 시대에도 꿈과 순수성을 믿었던 바로 그 순진함이다.

피츠제럴드의 「위대한 개츠비」는 닉 캐러웨이라는 중서부 출신 주식중개인의 회상소설이다. 뉴욕시 근처 롱 아일랜드로 옮겨 간 닉은 자기 이웃에 사는 개츠비라는 신비스러운 인물과 친구가 된다. 개츠비는 젊었을 때, 벤자민 프랭클린의 가르침에 따라 검소하고 절제하는 삶을 살았지만 가난에서 벗어날 수 없었고, 그런 이유로 군 장교시절에 사귀었던 데이지하고도 헤어지게 된다. 좌절한 개츠비는 제1차 세계대전에 참전하게 되어 유럽으로 떠나고, 데이지는 탐 뷰캐넌이라는 부자와 결혼한다.

제대하고 돌아온 개츠비는 돈이 없어서 잃어버렸던 데이지를 되찾기 위해 은밀한 방법—아마도 밀주사업—으로 부자가 된다. 개츠비는 데이지가 결혼해서 살고 있는 곳 근처에 큰 저택을 구입하고, 날마다 파티를 열면서, 언젠가 그녀가 찾아오기를 기다린다. 닉은 개츠비가 밤마다 만(灣)의 건너편 데이지 집 쪽에 있는 녹색의 불빛을 하염없이 바라보는 것을 발견한다. 개츠비가 가엾어진 닉은 자기 사촌인 데이지를 개츠비에게 데려다 주고, 두 옛 연인은 재회하게 된다. 그러나 허영심 많은 데이지는 개츠비의 순수한 사랑을 이기적으로 즐기려고만 할뿐, 그의 마음을 받아들이려하지는 않는다. 데이지의 남편 톰은 인종차별주의자며, 다른 여자와 바람을 피우는 속물이지만, 데이지는 톰의 사회적 신분과 재산때문에 톰을 떠나지 못한다. 데이지는 변했고 지나간 과거는 돌이킬 수 없는데, 개츠비는 그것을 인정하려 하지 않는다. 그래서 결국 파멸하게 된다.

데이지가 실수로 남편 톰의 애인 머틀을 차로 치어 죽게 하자, 개츠비는 자기가 운전한 것처럼 가장해서 곤경에 빠진 데이지를 구한다. 그러나 톰과 데이지는 머틀의 남편에게, 사고 차를 운전한 사람이 개츠비라고 무고해서 그로 하여금 개츠비를 죽이게 만든다. 개츠비의 장례식에는 아무도 오지 않는다. 개츠비에게 도움을 받은 사람도, 개츠비의 파티에 참석했던 사람도, 심지어는 데이지조차도 나타나지 않는다. 닉은 사람들의 그런 이기적 비정함을 슬퍼한다. 닉은 개츠비를 죽인 사람들이 바로 녹색의 아메리칸 드림과는 거리가 먼, 즉 기계와 돈이 만들어내는 회색먼지 속에 살고 있는 비정하고 무책임한 톰과 데이지 같은 인간들이라고 탄식한다. 닉은 톰과 데이지 같은 사람들은 함부로 차(기계)를 몰아 남을 다치게 하는 "부주의한 운전자"라고 비난한다. 닉은 이렇게 회상한다─"개츠비는 자신의 꿈이 이미 자신을 지나쳐갔다는 사실을, 도시너머의 광대한 어둠 속으로 사라져버렸다는 사실을 모르고 있었다. 개츠비는 녹색의 불빛을 믿었다. 그는 순진하게도 그 꿈의 순수성을 믿었던 것이다."

헤밍웨이는 개츠비를 20세기의 허클베리 핀이라고 불렀다. 1890년 미국정부가 미국에는 더 이상 프런티어가 없다고 선언한 이후, 더 이상 서부로 모험을 떠날 수 없는 헉 핀이 현대인이 되어 이번에는 동부로 다시 돌아가서 겪는 모험이 바로 「위대한 개츠비」라는 것이다. 개츠비는 순수한 아메리칸 드림을 믿었다. 그러나 시대는 변했고, 꿈꾸는 사람인 개츠비는 현실의 거리에서 "부주의한 운전자들"에 의해 살해당한다. 평론가들은 개츠비가 오리지널 아메리칸 드림을 꿈꾸었던 마지막 미국인이었다는데 동의한다. 그래서 미국식 순진함의 종식을 알리는 「위대한 개츠비」의 출현은 미국문학사에서 중요한 명장면이자, 기념비적 사건으로 기록된다.

도널드 트럼프의 미국 대선 승리는 개츠비가 꿈꾸었던 순수한 아메리칸 드림이 돈과 기계와 인종적 편견에 의해 얼마나 쉽게 오염되고 깨질 수 있는가를 다시 한 번 상기시켜준다. 소위 "러스트 벨트" 노동자들과 분노한 하층 백인들의 표가 만들어낸 트럼프 시대는 20세기 초, 돈 많은 인종 차별주의자이자 성차별주의자였던 톰 뷰캐넌의 사대를 연상시킨다. 20세기 초에 미국의 엘리트 상류층들은 사 방에서 들려오는 소수인종 이민자들과 범람하는 외국어에 위기를 느끼고, 백인 서구문명의 몰락을 걱정 했다.

최근 영국의 브렉시트도 쏟아져 들어오는 난민들에 대한 영국백인들의 바로 그러한 불안의식에서 비롯되었다고 볼 수 있다. 그리고 트럼프 또한 바로 그러한 불안을 느낀 백인들의 지지로 당선되었다. 전문가들은 트럼프의 등장이 한때 개츠비가 꿈꾸었던 순수한 아메리칸 드림의 실패, 미국의 특징인 다인종, 다문화, 다양성의 폄하, 그리고 돈과 기계를 추구하는 물질적 성공의 추구가 다시 한 번 미국사회를 지배하게 되었음을 의미한다고 말한다.

순수한 아메리칸 드림과 녹색의 목가적 꿈을 꾸었던 개츠비를 쏘아 쓰러뜨린 총탄은 이제 미국 내 소수인종을 향해 발사되고 있는 것처럼 보인다. 미국은 세계 유일의 이민국가다. 그렇기 때문에, 아메리칸 드림과 인종적/문화적 다양성이 없는 미국은 그 순간 정체성을 상실하고 존재의 의미가 사라지게 된다. 아메리카를 위대하게 만들어주는 그러한 가치와 덕목을 포기하는 순간, 미국은 더 이상 세계의 지도자가 아니며, 모든 사람이 동경하던 자유와 기회의 땅도 아닐 것이다. 「위대한 개츠비」는 미국이 진정으로 위대한 국가가 되려면 어떻게 해야 하는지를 예시해주는 기념비적인 명작이다.

미국의 금서들

SCENE 6

미국의 금서들

헨리 밀러

미국의 금서들

미국에는 청교도주의 전통 때문인지 유독 금서가 많다. 물론 미국은 주마다 법이 다르기 때문에, 주에 따라 금지하기도 하고, 마을에서 금서로 지정하기도 하며, 학교 도서관에서 금지하기도 한다.

너새니얼 호손의 「주홍글자」는 출간되자마자 청교도사회에 큰 반발을 일으켜 1852년에 금서가 되었는데, 놀랍게도 1977년에도 내용이 외설적이라는 이유로 미국 내 여기저기에서 금지되었다. 1996년에는 텍사스 주 어느 마을에서 허만 멜빌의 「모비 딕」을 금서로 지정했는데, 이유는 "마을 정서와 맞지 않기 때문"이었다. 텍사스 주는 미국에서 가장 보수적이고 백인남성 위주 사회로 알려져 있어서 그 마을 정서라는 것은 그저 미루어 짐작할 수밖에 없다.

마크 트웨인의 「허클베리 핀의 모험」도 그것이 아직 소년인 헉 핀이 상스러운 말을 한다는 이유와, 성서와 교회를 모독했다는 이

Henry Valentine Miller 1891-1980

Tropic Of Cancer, 1934

Tropic Of Capricorn, 1939

유로 1885년에 매사추세츠 주에서 첫 금서가 되었고, 최근에도 헉 핀이 흑인을 비하하는 용어를 사용한다는 이유로 일부 중고교 도서관에서 금서가 되고 있다. 이 책은 미국 국회도서관이 발표한 '미국을 형성한 금서들' 30권 중 1위에 올라갔다.

J. D. 샐린저의 「호밀밭의 파수꾼」도 출간 되자마자 금서가 되었는데, 그 이유는 이 책에 미국도서 중 최초로 'F'로 시작되는 욕이 인쇄되어 나왔고, 주인공 홀든 콜필드가 기성세대의 위선에 반발해 학교를 자퇴하고 뛰쳐나가기 때문이었다. 이 소설이 나왔을 때, 켄터키 주 루이빌에서는 이 소설을 수업시간에 강독한 고교 교사가 파면 당했고, 텍사스 주에서는 변호사인 아버지가 텍사스 대학에서 강의 시간에 이 소설을 가르쳤다는 이유로 자기 딸을 다른 학교로 전학시키는 일도 있었다. 「호밀밭의 파수꾼」은 1998년에 미국도서관 연합회가 발표한 '위대한 금서 50권' 중 13위에 올라갔고, 미국 국회도서관 선정 '미국을 형성한 금서들' 중 7위에 올라갔다.

그 외에도, 미국시인 앨런 긴즈버그의 장시 「울부짖음」도 미국에서는 퇴폐적이라는 이유로 금서가 되어 영국에서 출간된 후, 미국으로 역 반입되었으며, 조이스의 「율리시스」 역시 음란성과 교회모독을 이유로 미국에서 금서가 되어, 유럽에서 미국으로 밀반입되었다.

미국의 초중고교에서는 아동들에게 적절하지 않다는 이유로 학부모들이 학교 도서관 측에 금서지정을 요청하는 경우가 많기 때문에, 금지된 책들이 많다. 그러나 미국 국회도서관이 지적했듯이, 금서를 중에는 미국의 정신을 형성한 중요한 책들이 많이 있다. 그래서 아이러니하게도 금서들은 매 시대 문학의 명장면을 만들어내었다. 예컨대 「주홍글자」는 미국의 경직된 청교주의에 대한 과감한 비판서였고, 「모비 딕」은 19세기를 지배했던 백인우월주의와 산업자본주의, 그리고 서구제국주의에 대한 고발장이었다. 또 「허클베리 핀의 모험」은 부숴지기 쉬운 아메리칸 드림을 상징하는 뗏목 위에서 생겨나는 백인소년 헉과 흑인 도망노예 짐의 우정을 그림으로써, 인종 간의 화해와 이해를 추구한 기념비적 작품으로 평가된다. 또 「호밀밭의 파수꾼」은 기성세대와 보수주의의 위선에 반발하는 자유주의의 등장을 알리는 선언문이었고, 「울부짖음」은 체제 저항적인 비트세대의 도래를 알리는 전령사의 역할을 했다.

헨리 밀러의 「북회귀선」과 「남회귀선」

　헨리 밀러의 대표작 「북회귀선」은 미국에서는 빛을 보지 못하고 에로소설 출간으로 유명한 프랑스의 오벨리스크 출판사에서 출간되었다. 이 책은 미국이 금서로 지정해 1960년대 초까지도 미국에 들어오지 못했지만, 오늘날 당당한 세계의 고전으로 평가받고 있다. 그러므로 오벨리스크는 헨리 밀러 덕분에 고전문학 작품을 출간한 유일한 도색출판사가 되었다. 미국에서는 1961년에 유명한 그로버 출판사가 「북회귀선」을 출간했지만 음란도서로 기소

되어 재판을 받게 되었고, 1964년에 미 연방 대법원에 의해 무혐의 처분을 받을 때까지 이 책은 금서목록에서 풀리지 않았다.

밀러는 문학적 망명객/방랑객으로 파리에서 살면서 「북회귀선」을 썼다. 그는 파리에서 배고픔과 외로움과 절망을 겪으며 인간의 조건에 대해서 생각하게 되었는데, 당시의 경험을 기록한 것이 소설 「북회귀선」이었다. 그에게 파리는 다음과 같은 곳이었다. "파리는 고뇌와 슬픔의 도시다. 그래도 나는 아직 절망하지는 않고 있다. 나는 다만 재난과 유희하고 있을 뿐이다. 나는 왜 파리가 고문을 당한 자, 환각을 보는 자, 또는 광적으로 사랑하는 사람을 끌어당기는지 알 것 같다. 나는 왜 사람들이 찾아도 찾을 수 없는 환상과 불가능을 파리에서 찾으려 하는지 알 것 같다. 파리에서는 모든 것의 경계가 소멸한다."

파리에서 망명객/유목민으로 살면서 밀러는 인간과 인간사이의 교감과 소통과 관계를 성찰한다. 「북회귀선」을 도색소설이라고 비난하는 근거인 거대한 여성 성기에 대한 묘사도 사실은 자세히 읽어보면 남녀 간의 진정한 교감과 커뮤니케이션 추구의 은유로 제시되고 있다는 것을 알 수 있다.

「북회귀선」은 영어로 "Tropic of Cancer"인데, 그런 제목을 붙인 이유를 밀러는 이렇게 말했다. "왜냐하면 암은 문명의 질병을 상징하기 때문이지요. 암은 잘못 접어든 길의 종착지이며, 동시에 처음부터 다시 시작해서, 가는 길을 완전히 바꿔야 한다는 뜻이기도 하지요."

헨리 밀러는 파업과 데모, 그리고 마르크시즘이 미국인들의 주 관심사였으며, 모든 것이 정치이데올로기로 귀결되던 1930년대 경제공항 시대에 홀로 초연히 사적이고 개인적인 고뇌를 자신의 소설에 담았던 특이한 작가였다. 밀러는 1891년에 뉴욕 맨해튼에서 태어나 43세가 되던 1934년에야 비로소 작가생활을 시작하다가, 자신과 비슷한 연배의 소위 "길 잃은 세대"의 작가들이 유럽에서 돌아오기 시작했던 1920년대 말에야 홀로 유럽으로 건너가서, 파리에서 1930년대를 보냈다. 밀러의 두 대표작인 「북회귀선」과 「남회귀선」은 모두 1930년대에 씌어졌는데, 그것들은 당시의 관심사였던 경제적, 정치적 이슈들과는 무관한 개인의 자유와 청교도주의의 종말을 추구하는 사적인 이야기를 담은 소설이었다. 밀러는 경제적 착취로부터의 자유가 아닌, 관습과 도덕과 윤리, 그리고 모든 정치이데올로기로 부터의 자유를 추구했다. 밀러의 「북회귀선」의 등장은, "모든 미국작가들이 사회진보를 외치던 정치이데올로기의 시기"에 개인의 자유와 고뇌를 다루었다는 점에서, 그리고 개인을 억압하는 청교도주의적인 집단 윤리에 반발하며, 1960년대 자유주의 시대의 도래를 예시했다는 점에서 현대문학의 명장면으로 남아있다.

당시 밀러의 그러한 태도는 정치이데올로기와 경제적 분배에 주된 관심이 있었던 미국작가들에게는 용납될 수 없는 것이었다. 그들이 보기에 밀러는 사회적, 도덕적 책임의식도 없었고 자신의 사적인 세계 외에는 타인에게 아무런 관심이 없는 것처럼 보였기 때문이었다. 밀러에게는 남녀의 육체적 관계마저도 진정한 인간 교류가 되지 못하는 희극적 행위일 뿐이었다. 그러나 분명한 것은, 그가 1960년대에 들어서면서부터, 청교도주의가 부과한 죄의식에서 벗어나 극도의 개인주의와 쾌락을 추구하게 될 미국인들의 모습을 1930년대에 이미 예시해 주고 있었다는 점이다. 그런 의미에서 밀러는 포와 호손과 멜빌이 묘사했던 어두운 청교도적 죄의식에 종말을 고하며, 자유주의의 도래를 선언한 새로운 시대의 기수였다고 볼 수 있다.

과연 밀러는 미국 중산층의 속물적 근성을 조롱했으며, 그들이 스스로를 속박하고 있는 청교도적 관습의 굴레를 비웃었던 진정한 자유주의 작가였다. 그는 1940년대가 되어서야 유럽을 떠나, 미국으로 돌아왔다. 그동안 오래 떠나 있었던 미국을 돌아보기 위해 대륙 횡단여행을 마친 그는 미국을 "냉방된 쾌적한 악몽an air-conditioned nightmare"이라고 불렀다. 편안하고 안락하지만 무엇인가가 잘못되어 있다는 뜻이었다. 사실, 1930년대의 미국사회를 보는 밀러의 시각도 그랬다. 밀러에게 있어서 1930년대의 정치이데올로기나 집단의식은 개인의 자유를 위해 벗어 버려야만 하는 이념적 굴레일 뿐이었다. 그는 정치이데올로기의 시대에 정치이데올로기가 부재한 작품을 썼다. 그럼에도 불구하고 그의 소설들은 예술성을 추구하는 순수문학과는 거리가 멀었다. 정치이데올로기가 모든 것을 지배하던 시대에 그는 다만 자유롭고 싶었던 영원한 유목인이자 보헤미안이었을 뿐이다.

"비트세대"와 "성난 젊은이들"의 등장

J. D. 샐린저

지금 한국의 젊은 세대는 잔뜩 화가 나 있다. 꽉 막히고 답답한 기성세대의 위선이 싫고, 학교를 지옥으로 만드는 대학입시도 싫고, 대학을 나와도 취직이 안 되는 사회가 싫다. 그래서 그들은 자기나라를 '헬조선'이라고 부르며, 다른 나라로 떠나고 싶어 한다.

그러나 어디에 간들 낙원이 있으랴. 게르만 민족의 대이동 같은 중동난민들의 이주로 위기를 느낀 유럽은 지금 초비상사태이며, 이민자들의 국가인 미국조차도 트럼프로 인해 이제는 문을 닫으려하고 있다. 물론 영국은 이미 브렉시트를 통해, 난민이 들어갈 진입로를 차단했다. 더구나 일자리가 없어 취직이 어려운 것은 요즘 전 세계적인 현상이다.

1950년대에는 미국과 영국의 젊은이들도 화가 나 있었다. 그들은 기성세대의 위선에 분노했고, 매카시즘 시대의 냉전이데올로기에 화가 났으며, 인류와 문명을, 한 도시와 주민들을 일순간에

Jerome David Salinger 1919-2010

The Loneliness Of
The Long Distance
Runner, 1959
The Catcher In
The Rye, 1951

사라지게 한 가공할 위력을 가진 원자탄에 좌절했다. 그들이 보기에 현실은 답답했고 미래는 암울했다. 인간이 만든 파괴적 테크놀로지인 원자탄 앞에서 이성이나 논리가, 또는 미래의 희망이나 계획이 얼마나 속절없이 무너지고 사라지는가를 목도했기 때문이었다.

내일이 전혀 보장되지 않는 불안한 상황에서 공부가 무슨 의미가 있겠는가? 더구나 학교는 기성세대가 학생들의 자유를 통제하는 실패한 제도가 아닌가? 그래서 미국의 비트세대 젊은이들은 대학을 자퇴한 후, 낡은 자동차를 타고 미 대륙을 횡단하거나, 아메리칸 익스프레스 신용카드를 들고 유럽으로 여행을 떠났다. 그동안 자신들을 결속시켜준다고 믿었던 결혼이나 가정 같은 사회제도는 그 의미를 상실했고, 인간의 선과 교양을 함양한다는 종교나 교육도 그 힘을 잃어버렸다는 사실을 깨달았을 때, 그들은 집과 학교를 떠나 낯선 타지로 나갈 수밖에 없었다. 그들이 당면한 문제는, "인간의 존엄성과 인류문명의 위대함을 내세우며 허위와 기만의 삶을 계속할 것인가? 아니면 거짓의 가면을 벗고, 언제라도 닥칠 수 있는 죽음을 받아들이며 현재 속에서 진정한 자유를 추구할 것인가?"였다. 미국의 비트세대The Beat Generation와 영국의 성난 젊은이들The Angry Young Men은 바로 그러한 상황인식과 문제의식에서 생겨났다.

미국의 "비트운동"은 두 사람의 뉴욕 컬럼비아대학 출신인 소설가 잭 케루악과 시인 앨런 긴즈버그에 의해 주도되었다. 비트

운동은 기성세대의 위선을 신랄하게 비판한 J. D. 샐린저의 「호밀밭의 파수꾼」이 나온 1951년에 이미 시작되었다고도 볼 수도 있겠지만, 그것이 본격적으로 시작된 것은 긴즈버그의 장시 「울부짖음」이 출간된 1956년과 케루악의 소설 「길 위에서」가 발표된 1957년이라고 할 수 있다. 1955년 샌프란시스코 노스 비치에 있는 한 주차장에서 긴즈버그가 「울부짖음」을 낭송한 후, 샌프란시스코는 비트세대의 본산지가 되었다. 당시 비트 작가들이 자주 모여 문학과 삶은 논의했던 "시티 라이츠 북 스토어"와 "카페 트리에스테"는 오늘날 관광객들이 즐겨 찾는 명소가 되었다.

"비트세대"라는 명칭에서 "비트"는 원래 "피곤한," "패배한," "싫증난"의 뜻이지만, 케루악은 거기에 "박자가 상승적이고 낙관적인upbeat," 또는 "북소리처럼 울리는"이라는 뜻도 부여했다. 비트세대는 기성세대의 가식과 위선을 조롱했고, 기존의 규범과 권위를 부인했으며, 자기들이 "스퀘어The Squares"라고 부른 기성세대 보수주의자들을 조롱했다. 제임스 딘이 출연한 1955년 영화 〈이유 없는 반항〉처럼, 기성세대가 보기에 비트세대의 저항은 "이유가 없는 무조건적 반항"처럼 보였지만, 그들에게는 엄연한 이유가 있었다. 비트세대는 밝은 미래가 있다고 거짓말을 하는 대신, 현실의 고뇌와 문제를 위장이나 가식 없이 받아들였으며, 비록 고통스럽더라도 진실과 대면하고자 노력했다. 또한 그들은 인간이나 자연을 지배하려 하지 않았고, 명상 속에서 인간과 자연의 합일을 추구했다. 비트세대가 동양의 선불교 사상에서 새로운 가능성을 찾으려 했던 것도 바로 그런 이유 때문이었다.

비트세대는 관습적인 사회규범을 비웃었고, 인간의 정신적 해방을 추구했다는 점에서는 체제 저항적이었고, 자연이나 타인을 지배하려 하지 않았다는 점에서는 반제국주의적이었으며, 자연과 평화에 이끌렸다는 점에서는 문명비판적이었다.

영국은 제2차 세계대전 직후의 선거에서 노동당이 승리해 중하층 계급에 희망을 주었다. 그러나 전후 복구를 위한 막대한 재원의 부족과 지도력의 결핍은 노동당의 패배와 보수당의 집권을 불러왔고, 가난한 계층의 좌절감을 초래했다. 영국의 "성난 젊은이들"은 바로 그러한 상황에서 생겨났다. "성난 젊은이들" 중의 하나였던 조지 스코트는 「시간과 장소」에서, "전쟁의 공포, 영국 사회주의의 도덕적 실패, 좌우이데올로기의 냉전"이 "성난 젊은이들"을 만들어내었다고 지적하고 있다.

"성난 젊은이들"은 대부분 중하류층 노동자계급의 자녀들로서, 부유한 상류층인 옥스퍼드나 케임브리지 출신들과는 달랐다. 독특한 운동을 만들어낸 미국의 비트세대와는 달리, 이들에게는 어떤 공동의 목표도 없었으며, 각자 나름대로 기존사회에 대한 저항을 시도했다. "성난 젊은이들"이라는 명칭은 레슬리 폴의 회고록 「성난 젊은이들」에서 빌려온 것이다. 폴이 이 회고록에서 언급했던 것은, 좌파 이념을 통해 더 나은 세상을 만들어보려고 했던 1920년대와 1930년대의 "성난 젊은이들"이었다. 1950년대 영국의 "성난 젊은이들"은 모든 정치이념을 다 거부했으며, 보다 더 나은 세상의 존재도 믿지 않았다. 그들은 또한, 모든 기존의 조직과 체제를 부정했기 때문에 스스로도 어떤 조직이나 파당을 만들지 않았으며, 다만 서로 같은 인식하에 각기 다른 성격의 글들을 쓰고 있었다. 콜린 윌슨은 영국의 그러한 "성난 젊은이들"을 "인사이더"인 보수 기성세대와 대비해서, "아웃사이더"라고 불렀다.

앨런 실리토의 「장거리 주자의 고독」은 "성난 젊은이들"을 대표하는 작품이다. 빵가게를 털다가 잡힌 주인공 스미스는 그의 달리기 재능을 눈여겨본 교도소장의 눈에 띄어, 교도소 대항 내기 마라톤 시합에 나선다. 그러나 승리를 바로 눈앞에 두고, 스미스는 달리기를 포기함으로써 교도소장과 제도권에 저항한다. "성난 젊은이들" 계열의 소설들은 주인공들이 단순히 화가 난 것이 아니라, 이처럼 블랙유머를 통한 저항소설의 진수를 보여준다. "성난 젊은이들"을 대표하는 작가로는 존 오스본, 존 웨인, 콜린 윌슨 등이 있다.

"비트세대"와 "성난 젊은이들" 사이의 가장 중요한 차이는, 전자가 기존 체제를 철저히 불신하면서 그것을 대체할 새로운 가능성을 찾으려고 했다면, 후자는 자기들이 반대하는 인사이더들의 사회와 여전히 관련을 맺고 그 속에서 가능성을 발견하려고 했다는 점이다. "비트세대"와 "성난 젊은이들"은 모두가 복종하고 침묵하던 억압의 시대에 홀로 일어나서 저항했고, 기만과 허위의 시대에 과감히 가면을 벗어 던졌으며, 질서와 안정의 환상 속에서 살기를 거부하고, 자유롭고 진실한 삶을 추구했다는 점에서 문학사에 기념비적 사건으로 남아 있다.

비트정신은 1960년대에 히피운동으로 연결되면서 부작용이 생겨나기 시작했다. 예컨대 사회제도의 부인은 수많은 이혼과 가정파괴를 초래했고, 찰나주의는 마약이나 프리섹스를 정당화시켰다. 히피들은 케루악의 끝없는 탐색의 여로보다는, 도시의 거리에서 마약을 통해 경험하는 낙원을 더 좋아했으며, 긴즈버그의 예리한 문명비판보다는 환각을 통한 현실도피에 더 많은 관심이 있었다. 그리고 그들의 다문화주의와 사해동포주의는 백인중심의 보수주의자들을 불안하게 했다. 오늘날 트럼프의 등장은 미국 진보주의의 그러한 부작용과 폐해에 대한 보수층의 비판과 반발에서 비롯되었다고 보아 크게 틀리지 않을 것이다.

최근 우리나라도 경제발전과 더불어 생기는 산업사회의 병폐, 환경파괴, 도시빈민의 증가 및 물질주의의 팽배 같은 부작용을 겪고 있으며, 좌우이데올로기의 극단적 충돌과 갈등 속에서 살고 있다. 그런데도 우리는 가식과 허위의 가면 속에서 허영의 거울을 들여다보며 진실을 외면한 채 살아가고 있다. 모든 것은 정상처럼 보이고 사회는 눈부신 발전을 하는 것처럼 보인다. 그러나 그화려한 외양의 내면에서는 무엇인가가 서서히 무너져 내리고 있다. 그렇게 때문에 우리의 젊은이들은 화가 나 있고, 그래서, 북소리처럼, 또는 심장의 박동beat처럼 끈질기게 관습과 제도에 도전하고 싶어 한다. 물론 그와 같은 저항에는 부단한 정신적 방랑과 심오한 고뇌가 수반되어야만 한다. 그것이 바로 "비트세대"와 "성난 젊은이들"이 오늘날 한국의 "삼포세대"와 "화난 젊은이들"에게 주는 교훈이다.

「호밀밭의 파수꾼」이 등장한 시대적 배경

영화 〈파 프롬 헤븐〉에서 묘사되고 있듯이, 미국의 1950년대는 사회적 변혁보다는 평화와 안정을 추구했던 보수주의 시대, 즉 가정이 중요시되고 이혼이 거의 없었으며, 동성애가 용납되지 않았고 인종차별이 존재하던 시대였다. 경제적으로는 전후의 호황 덕분에 풍족한 시대였다. 중산층들은 교외로 집을 옮겨가 뒷마당 잔디밭에서 바베큐 파티를 열었고, 냉장고와 텔레비전과 세탁기와 진공청소기를 할부로 들여놓기 시작했다. 당시 미국인들은 가정과 교회와 커뮤니티의 미덕을 존중했고, 건강을 챙겨 정원에는 동양의 약초를 심었으며, 애국심과 건전한 정신을 중요시했다. 남자들은 점잖은 '회색 플란넬 양복'을 입었고, 여자들은 민가에 모여서 밀봉된 플라스틱 그릇을 구입하며 사교하는 '터퍼웨어 파티'를 즐겨 열었다.

그러나 1950년대를 다룬 또 다른 영화 〈플레전트 빌〉이 잘 보여주고 있듯이, 도덕과 질서를 중시했던 미국의 1950년대는 필연적으로 다양성이 결핍되고 단세포적인 모노크롬시대로 전락했고, 위선과 가식이 인간성을 억압하는 사회 분위기를 만들었다. 그 결과, 미국인들은 경제적 풍요와 안정을 즐기는 대신, 다양성이 결여된 단일문화와 위선적인 사회, 그리고 눈에 보이지 않는 감시와 통제를 그 대가로 치르고 있었다. 그래서 고백파Confessional 시인 로버트 로웰은, 50년대에 발표한 「스컹크의 시간」에서 "시대는 병들었고 내 정신도 정상이 아니다"라고 탄식했다.

그러한 시대의 병폐에 정면으로 도전한 J. D. 샐린저의 「호밀밭의 파수꾼」의 등장은 세계를 놀라게 했으며, 문학사에 오래 남을 명장면으로 남아있다. 이 소설의 주인공 홀든 콜필드는 모두가 선망하는 프렙 스쿨(아이비리그 대학에 진학하기 위해 부잣집 자녀들이 다니는 사립 대학입시 예비고등학교)을 분연히 뛰쳐나오는데, 이는 당시 위선적인 기성세대와 비인간적인 기존체제에 대한 용기 있고 멋진 저항으로 화제가 되었다. 물질적 풍요의 시대에 정신적 빈곤을 고발해 반문화의 원조가 된 「호밀밭의 파수꾼」은 제임스 딘이 주연한 영화 〈이유 없는 반항〉과 더불어 오늘날 1950년대 보수주의의 가식과 위선에 도전한 기념비적 명작으로 남아있다.

그렇다면 과연 무엇이 「호밀밭의 파수꾼」의 등장을 문학사의 명장면으로 만들었는가? 「호밀밭의 파수꾼」에서 기성세대와 사회제도의 위선과 허위에 반발하여, 학교를 그만 두고 홀로 뉴욕의 거리를 방황하는 홀든 콜필드의 반항은 당시 억눌려있던 청소년들의 가슴에 저항정신을 고취시켰다. 콜필드의 거칠 것 없는 언행, 당시에는 금기어였던 'F'로 시작되는 욕설, 그리고 체제저항적

태도는 안정과 평화로 위장한 허위와 기만 속에 살고 있었던 50년대 미국인들에게 엄청난 충격을 주었다.

「호밀밭의 파수꾼」은 1950년대 미국의 비트작가들과 영국의 "성난 젊은이들"의 반문화counter culture의 원조가 되었다는 점에서 시대를 앞서가는 예언자적 작품이었다. 샐린저는 원래 「호밀밭의 파수꾼」의 원고를 뉴욕의 한 유명출판사로 보냈는데, 당시로서는 충격적이었던 저속한 언어 때문에 말썽이 날 것을 두려워한 출판사 편집자가 샐린저를 점심식사에 불러내어 원고를 수정해줄 것을 부탁했다. 이에 자존심이 상한 샐린저는 원고를 되찾아 리틀 브라운 사로 보냈고, 이곳에서 바로 기념비적인 소설 「호밀밭의 파수꾼」이 출간되었다. 편집자의 순간적인 판단착오로 인해 천문학적인 수입과 출판사의 명성이 한 출판사에서 다른 출판사로 넘어가는 순간이었다.

「호밀밭의 파수꾼」의 주인공 홀든 콜필드는 위선과 허위로 오염되어 있는 어른들의 세상에서 순수한 아이들을 구해야 한다고 생각한다. 그러나 그는 그러한 보호가 사실은 불가능하다는 것, 어린이들의 성장은 멈출 수 없으며 종국에는 아이들도 순수성을 상실하고 성인의 세계로 들어간다는 것을 깨닫고 슬퍼한다. 부조리한 현실에서 구토를 느끼는 홀든의 모습은 제2차 세계대전 이후, 그리고 원자탄 투하 이후 미국의 젊은이들이 느꼈던 좌절과 고뇌를 잘 그려내고 있다. 「호밀밭의 파수꾼」은 질서와 안정이라는 캐치프레이즈를 내걸고, 위선과 기만 속에서 교육제도나 사회제도를 통해 자유로운 인간성을 억압했던 당시 기성세대에 대한 통렬한 비판이자 고발이었다.

"소설의 죽음"과 인종 간의 화해
레슬리 피들러

J. D. 샐린저가 보수주의 시대였던 1950년대의 반문화 이단아였다면, 진보주의 시대였던 1960년대를 대표하는 미국의 지성은 레슬리 피들러였다. 1960년대 초 미국의 저명한 문학평론가 레슬리 피들러는 돌연 "소설의 죽음"을 선언해 세계문단을 놀라게 했다. 그는 집집마다 컬러 TV가 보급되고, TV 드라마가 소설처럼 리얼리티를 만들어내는 상황에서 이제 작가들끼리만 돌려 읽는 모더니즘 예술소설은 그 생명이 끝났다고 보고, 용감하게 "소설의 죽음"을 선언했다. 물론 피들러가 선언한 죽음은 소설이라는 장르의 죽음이 아니라, 난해한 모더니즘 예술소설의 죽음이었다. 그래서 피들러는 후에 발표한 「소설의 부활」이라는 글에서 TV 드라마와 경쟁하려면 소설이 수준 높은 중간문학middlebrow literature으로 재탄생해야한다고 주창했다.

피들러의 시대는 비교적 단순한 컬러텔레비전의 시대였지만,

Leslie Aaron Fiedler 1917-2003

Cross the Border, Close
the Gap, 1972
Love and Death in the
American Novel, 1960

지금은 컴퓨터와 인터넷의 등장으로 인해 소설은 이제 영상매체뿐 아니라, 전자매체와도 경쟁해야만 하게 되었다. 영상매체는 활자소설에서 상상만 하던 것들을 비디오로 보여주지만, 전자매체는 정보를 순식간에 전 세계에 퍼트리고, 쌍방향 커뮤니케이션을 가능하게 해주었다. 그리고 소설에 음향과 비주얼을 제공해주었으며, 순간이동을 가능하게 해줌으로써, 페이지를 순서대로 넘겨야만 하는 종이책의 한계를 극복해주었다. 그러한 뉴미디어와 경쟁하려면 소설을 담는 그릇도 본질적으로 변화해야만 하는데, 피들러는 이미 1960년대 초에 그러한 미래를 예견하고, 소설의 필연적 변화를 주장했던, 시대를 앞서간 선각자였다.

1960년대 정신을 대표하는 피들러의 그러한 혜안은 결국 순수문학과 대중문학의 경계를 허무는데 결정적 공헌을 했다. 피들러는 「양극을 피하는 중간」과 적절하게도 〈플레이보이지〉에 발표한 「경계를 넘고, 간극을 좁히며」라는 두 글에서 순수문학(순수문화)과 대중문학(대중문화) 사이의 경계해체를 선언한 비평가로도 유명하다.

「미국소설에 나타난 사랑과 죽음」 문학을 통한 '인종 간의 화해' 주창

피들러는 30세 때 쓴 「헉 핀이여, 다시 뗏목으로 돌아와 다오!」라는 글에서, "백인 주인공과 유색인 동반자의 모험"이라는 미국소설의 원형적 패턴을 찾아내어 학계를 놀라게 했다. 이 글에서 피들러는 아메리칸 드림을 상징하는 연약한 뗏목을 타고 항해하

는 짐과 헉 사이에 생겨나는 사랑과 우정에 주목하며, 현실에서는 불가능한 인종 간의 화해의 꿈을 미국작가들이 상상 속에서 꾸었다고 선언함으로써, 또 하나의 문학적 명장면을 창출해냈다.

1960년에 출간한 「미국소설에 나타난 사랑과 죽음」에서 피들러는 대표적인 미국소설들을 분석하면서, 백인남성 주인공과 유색인 동반자의 우정과 사랑이 중요한 소재로 등장하고 있음을 지적한다. 그는 미국에서는 인종 간의 사랑이 남녀 간의 사랑보다 훨씬 더 절실하기 때문에 미국작가들이 그런 모티프를 차용했다고 지적 하면서, 그것을 미국문학의 원형 또는 미토스라고 불렀다. 그는 1982년에 쓴 「문학이란 무엇이었는가?」라는 저서에서는, 백인 주인공과 유색인 동반자의 광야에서의 우정이 비단 미국문학뿐만 아니라, 미국영화와 텔레비전 드라마에서도 부단히 나타나고 있다고 지적해서 많은 사람들의 공감을 불러 일으켰다.

지금 미국의 문단과 학계에서는 언어를 중시하는 프랑스 구조주의 비평의 영향에서 벗어나, "다시 피들러로 돌아가자Back to Fiedler!'라는 운동이 일어나고 있다. 미국의 그러한 최근 움직임은, 문학이나 평론을 우리의 현실이나 삶, 또는 역사적, 사회적 '컨텍스트'와 단절시킨 채, 단지 '텍스트 속의 관념적 언어'로만 축소시켜온 현학적이고 유럽지향적인 상아탑 이론들에 대한 반성을 보여주고 있다.

SCENE 9

매카시즘과 이데올로기 대립 시대의 문학
리처드 매드슨, 잭 피니, 필립 딕, 리처드 콘돈

미국의 1950년대는 매카시즘의 광풍 속에서 좌파와 우파가 첨예하게 대립하던 시절이었다. 경제공황이 미국을 강타하던 1930년대와 1940년대 초반은 마르크스주의자들이 득세하던 시대였다. 그러나 제2차 세계대전의 종전과 더불어 경제공항이 끝나고 소련과의 냉전이 시작되자, 1950년부터 1956년까지 미국사회에는 대대적인 공산주의자 색출이 진행되었다. 위스콘신 주 상원의원 조셉 매카시가 주도한 공산주의자 및 동조자 색출운동은 후에 "레드 스케어", "제2의 마녀사냥", 또는 "매카시즘"이라 불렸다. 당시 미 하원에 설치된 '비 미국적 행위 조사위원회HUAC, the House Un-American Activities Committee'는 정부기구와 시민단체와 영화계에 숨어들어간 공산주의자들을 추적했으며, 그 과정에서 "헐리웃 블랙리스트"에 오른 수많은 배우들과 감독들도 국회 청문회에 소환되었다.

그와 같은 공포 분위기 속에서 미국의 순수문학은 위축되었고 작가들은 몸을 사렸으며, 윌리엄 포크너나 헨리 제임스 같은 비정치적인 작가들이 부상했다. 그래서 평론가 어빙 하우는 미국의 1950년대를 "순응의 시대The Age of Conformity"라고 비판했으며, 시인 로버트 로웰은 문학과 지성이 "진정제를 맞은 시대"라고 탄식했다. 반면, 소위 장르문학 작가들은 추리소설이나 SF기법을 이용해 당대의 그러한 상황을 은유적으로 묘사하고 비판하는 기념비적인 작품들을 남겼다. 1950년대 문학의 명장면은 바로 그런 용기 있는 비주류 작가들이 만들어냈다.

리처드 매드슨의 「나는 전설이다」에서 '전설'의 의미

요즘 유행하는 좀비소설의 시효인 리처드 매드슨의 「나는 전설이다」는 단순한 호러픽션이 아니라, 당시의 상황을 심도 있게 성찰한 훌륭한 문명비판서다. 전염성이 강한 치명적인 바이러스에 감염된 인간들이 흡혈귀/좀비로 변해 폐허가 된 도시에 홀로 남은 로버트 네빌은 낮에는 흡혈좀비들을 사살하고, 밤에는 요새처럼 견고한 집에 숨어 혼자 살고 있다.

어느 날, 네빌은 거리에서 한 여자를 만나, 집으로 데려온다. 루스라는 그 여자는 햇빛 아래 돌아다니는 것으로 보아 흡혈좀비는 아니었다. 그러나 나중에 네빌은 루스로부터 놀라운 이야기를 듣게 된다. 흡혈좀비들 가운데 새로운 변종들이 생겨나 낮에도 돌아다닐 수 있게 되었고 루스도 그중 하나인데, 네빌의 집에 가 있다

Richard Burton Matheson 1926-2013

I Am Legend, 1954

가, 그의 체포를 도우라는 밀명을 받고 파견되었다는 것이다. 루스가 변종들까지도 무차별 학살했기 때문에, 자신들의 미래를 위해서 네빌을 죽여야만 한다는 것이었다.

네빌은 새로운 변종들에게 잡혀 사형선고를 받는다. 네빌을 가엾게 여긴 루스는 몰래 독약을 건네준다. 그동안 네빌은 자기는 정상인/문명인이고, 흡혈좀비들은 비정상인/야만인이기 때문에 멸종시켜야 한다고 굳게 믿었다. 그러나 이제 그는 새로운 변종들의 미래를 위해서 사라져야 할 사람은 바로 자기 자신이라는 것을 깨닫게 된다. 네빌의 눈에는 흡혈좀비들이 괴물이었지만, 그들의 눈에는 네빌이 구시대에 속하는 퇴물이었던 것이다. 그래서 네빌은 "나는 전설이다"라는 말을 남기며 자살한다. 이때, "전설"이라는 말은 "전설적인 영웅"이 아니라, "사라져야 할 퇴물"의 뜻이다.

이 소설에서 이성적이고 과학적이며 자신이 쌓아올린 것을 보호하려는 네빌은 보수주의자의 상징이고, 바이러스에 전염된 채, 무리지어 다니면서 자신의 패거리가 아닌 대상을 공격하는 흡혈좀비들은 사유재산과 사회질서를 파괴하는 공산주의자들의 상징처럼 보인다. 그러나 만일 시대가 변해 흡혈좀비들의 세상이 도래한다면, 문명인이자 정상인인줄 알았던 네빌이야말로 구시대의 퇴물이 된다는 것이다. 그런 의미에서 「나는 전설이다」는 매카시즘이 맹위를 떨치던 공포의 시대에 자기만 옳다는 독선이야말로 진정한 공포라는 사실을 깨우쳐줌으로써, 문학의 명장면을 만들어낸 기념비적인 소설이라고 할 수 있다.

잭 피니의 「신체 강탈자들」과 이데올로기의 세뇌

이데올로기의 폐해 중 하나는 경직된 사고와 독선, 그리고 자신의 노선에 동조하지 않는 타자에 대한 배타성일 것이다. 이데올로기의 또 다른 폐해는 그것이 사람들을 세뇌시켜서, 영혼을 빼앗긴 사람들을 만들어낸다는 것이다.

좌우이데올로기가 첨예하게 충돌하던 1955년에 출간된 잭 피니의 소설 「신체 강탈자들」은 바로 그러한 당시의 사회적 갈등과 충돌을 은유적으로 묘사하고 있다. 캘리포니아 주 '밀 밸리'라는 곳에 외계에서 날아온 정체불명의 씨앗들이 마을 주민들의 복제품을 만들어내고 진짜 인간들을 없앤다. 사람들은 갑자기 자기 가족이 외모만 같을 뿐, 전혀 다른 사람이라는 느낌을 갖게 되고, 그 결과 불신과 공포가 마을을 지배하게 된다. 그리고 마을은 영혼이 없는 복제품들로 가득 차게 된다.

사람들은 이데올로기에 세뇌되면 외모는 그대로지만, 정신은 전혀 다른 사람으로 변하게 된다. 그것은 우리에게 엄청난 공포감을 준다. 「신체 강탈자들」에서는 잠이 드는 순간, 복제품이 만들어진다. 그것은 이데올로기에 세뇌되지 않으려면 우리가 정신 차리고 깨어있어야 한다는 것을 의미한다.

Jack Finney 1911-1995

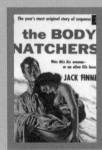

The Body Snatchers, 1955

필립 K. 딕의 「신분 위장자」와 이데올로기의 에이전트들

역시 매카시즘 시대의 산물인 필립 딕의 단편 「신분 위장자」는 지구인이 외계인과 스파이 냉전을 벌이고 있는 2079년이 배경이다. 외계인들은 지구인을 죽인 후, 몰래 복제인간을 만들어 놓았다가, 정부요인이 근처에 오면 몸속의 폭탄이 터져 둘 다 죽게 만든다.

정부기관에서 일하는 주인공 스펜서는 어느 날 갑자기 외계인 스파이라는 누명을 쓰고 정부요원들에게 쫓기게 된다. 너무나도 억울한 그는 부인과 같이 도망치다가, 산속에서 자신과 아내의 시체를 발견하게 된다. 그는 비로소 자신과 아내가 사실은 외계인들이 만들어놓은 복제품이었다는 사실을 발견하고 경악한다.

「신분 위장자」는 이처럼 우리가 자기도 모르는 사이에 외래이데올로기의 에이전트가 될 수도 있다는 사실을 경고해주고 있다.

Philip Kindred Dick 1928-1982

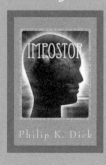

Imposter, 1953

리처드 콘돈의 「만주가 보낸 대통령 후보」와 허수아비 지도자

1959년에 출간된 리처드 콘돈의 소설 「만주가 보낸 대통령 후보」는 "만일 특정 이념에 의해 세뇌되고 조종받는 사람이 미국 대통령이 된다면?" 하는 미국인들의 두려움을 잘 나타내 주고 있는 소설이다. 한국전쟁 중, 일단의 미군병사들이 포로로 잡혀 만주로 이송되는데, 그중 하나였던 주인공은 공산주의이데올로기에 세뇌된 후 풀려난다.

최면에 걸린 채, 미국으로 돌아온 주인공은 훈장도 받고 전쟁영웅으로 부상한다. KGB의 하수인인 그의 어머니는 아들의 최면상태를 활성화시켜 대통령 후보를 암살하려 한다. 그러면 부통령 후보인 자기 남편이 미국 대통령이 되어 소련의 조종을 받는 허수아비가 될 수 있기 때문이다. 그러나 마지막 순간에 그들의 계획은 저지당한다.

「만주가 보낸 대통령 후보」는 특정 정치이데올로기에 세뇌되어 조종을 받는 사람이 대통령이 될 수도 있다는 가정을 주제로 하고 있는데, 미국인들에게 큰 호소력이 있어서 1962년에 영화화되었고, 2004년에는 덴젤 워싱턴 주연으로 리메이크되었다.

제2차 세계대전이 끝나고 소련과 서방세계 사이에 동서냉전이 시작되자, 1950년대 미국사회에는 공산주의를 두려워하는 소위 "빨갱이 공포Red scare"가 편만했다. 공산주의이데올로기가 마치 최면처럼 사람들의 정신을 바꾸어놓는 것을 보았기 때문이었다. 「만주가 보낸 대통령 후보」는 "만일 공산주의에 세뇌된 사람이 미국

Richard Thomas Condon 1915-1996

The Manchurian Candidate, 1959

대통령이 된다면?"이라는 당시 미국인들의 은밀한 두려움을 잘 묘사한 영화였다.

좌우 정치이데올로기가 첨예하게 충돌하던 1950년대에 미국작가들은 당시의 사회상을 은유적으로 비판하는 명작들을 산출함으로써 각기 나름대로 문학의 명장면을 만들어내었다. 리처드 콘돈의 「만주가 보낸 대통령 후보」의 등장 역시 문학사에 오래 남을 문학의 명장면으로 남아있다.

SCENE**10**

포스트모던 소설과 탈식민주의

토머스 핀천과 에드워드 사이드

토머스 핀천의 중요성

평론가들은 포스트모더니즘 문학의 선구자로 아르헨티나의 작가 호르헤 루이스 보르헤스와 프랑스에서 활동한 아일랜드 작가 사무엘 베케트, 그리고 미국에서 망명생활을 한 러시아 소설가 블라디미르 나보코프를 꼽는다. 그러나 미국 최초의 포스트모던 작품을 논할 때, 문학 비평가들은 주저 없이 토머스 핀천의 「브이를 찾아서」를 1순위로 뽑는다. 과연 1960년대의 시작과 함께 핀천이 발표한 이 소설의 등장은 미국문단에 포스트모더니즘의 도래를 알리는 문학의 명장면으로 기록된다.

예술지상주의와 이성중심주의, 그리고 엘리트주의로 집약되는 모더니즘에 반발해서 일어난 포스트모더니즘은 세 가지의 특징을 갖고 있는데, 첫째는 절대적 진리에 대한 회의, 둘째는 중심과 주변의 자리바꿈, 그리고 셋째는 사물의 경계해체이다. 그러므로 포

Thomas Ruggles Pynchon, Jr. 1937-

V, 1961

Gravity's Of Rainbow, 1973

스트포더니즘은 자신만 옳고 자기만 진리하고 생각하는 눈먼 절대적 신념을 해체하고, 소외된 주변부를 포용하며, 문화적 국경과 사고의 경계를 넘나드는 특징을 갖고 있다. 그러므로 포스트모던 시대에는 모든 문화와 학문과 예술장르가 크로스오버를 통해 융합되고, 작가들은 제3의 길을 추구하는 두 세계 사이의 지식인이 된다.

존 바스와 더불어 미국 최초의 포스트모던 작가로 꼽히는 토머스 핀천은 「브이를 찾아서」, 「제49호 품목의 경매」, 「중력의 무지개」 등 자신의 초기 소설에서 포스트모더니즘의 이념을 멋지게 구현했다. 「브이를 찾아서」는, 외교관이던 아버지의 수수께끼 같은 죽음을 조사하던 아들 허버트 스텐실이 아버지가 가는 곳마다 '브이'라는 신비한 여인이 나나났다는 사실을 발견하고, 그 여자의 정체를 추적하는 과정에서 서구 제국주의의 폐해를 깨닫는 이야기다.

핀천은 20세기 인류문명을 파멸시킨 것은 서구 제국주의와 나치즘이라고 지적하면서, 동시에 똑같이 나쁜 것이 제국주의와 파시즘에 대항하는 제3세계의 국수주의라고 말한다. 궁극적으로는 둘 다 인간 생태계를 파괴하기 때문이다. 「제49호 품목의 경매」에서 핀천은 "산업자본주의와 마르크시즘은 둘 다 똑같이 소름끼치는 공포일뿐이다"라고 실망을 표출하고 있으며, 「브이를 찾아서」에서는 "우리는 20세기의 유산인 좌파와 우파의 대립 속에서 살아왔다. 좌파는 성난 군중을 조종해 거리에서 정치적 이념을 실현

해왔고, 우파는 거리를 외면한 채 과거의 온실에서만 침거해왔다"고 두 이데올로기의 문제점을 지적한다. 핀천은 좌파는 거리의 질서를 회복하고, 우파는 온실에서 나와 거리의 소리와 고통에 귀 기울여야한다고 말한다.

핀천은 이제 "이것 아니면 저것"의 이분법적 선택의 시대는 끝이 났고, 지금은 "이것도 그리고 저것도"의 포용시대라고 선언한다. 보잉사의 컴퓨터 기사였던 핀천은 1966년에 출간한 「제49호 품목 경매」에서 벌써 매트릭스 이론을 펼치고 있으며, "우리는 컴퓨터의 조합인 0과 1사이에서 벗어나 그 사이에 존재하고 있는 제3의 길을 찾아야만 한다."고 주창한다. 제3의 길을 찾는 것은 물론 포스트모더니즘의 기본 명제 중 하나다.

「중력의 무지개」에서 핀천은 모든 경직된 이데올로기를 비판한다. 이 소설에서는 청교도주의, 파시즘, 나치즘, 제국주의, 공산주의, 서구의 이성 중심주의 등이 모두 비판의 대상이다. 「중력의 무지개」에서 핀천은 백색과 무지개 색을 대비시키는데, 백색은 창백한 시체나 화장실 변기 같은 부정적인 색으로 제시되는 반면, 현란한 무지개 색은 삶의 풍요, 또는 변화와 다양성을 상징하는 긍정적인 색으로 제시되고 있다. 특히 무지개가 이 세상을 파멸시키지 않겠다는 신의 약조임을 생각하면, 각기 다르면서도 조화를 이루는 일곱 가지 무지개 색은 더욱 긍정적인 의미를 갖는다. 핀천은 우리를 잡아당기는 경직된 이데올로기의 중력을 초월해 창공으로 비상할 때, 비로소 다양한 색들이 모여 조화를 이루고 있는 무지개에 도달할 수 있다고 말한다.

세계를 놀라게 한 책, 에드워드 사이드의 「오리엔탈리즘」의 등장

문학의 명장면을 논하면서 에드워드 사이드의 명저 「오리엔탈리즘」의 등장을 빼놓을 수는 없을 것이다. 서구 문헌에 나타난 동양에 대한 서구인들의 편견을 고발한 이 책은 출간되자마자 서구의 문단과 학계에 커다란 충격을 주었다. 우리가 미처 제국주의자라고 생각하지 못했던 수많은 서구의 작가들과 지식인들이 사실은 자기도 모르게 제국주의이데올로기에 젖어 있었다는 것을 이 책이 지적했기 때문이다. 사실 「오리엔탈리즘」을 피해갈 수 있는 19세기 유럽의 명사들은 거의 없다. 이 책에서는, 아라비아 편인 줄 알았던, 「아라비아의 로렌스」 즉 T. E. 로렌스도, 또는 약자인 동양 편인 줄 알았던 칼 마르크스조차도 동양은 미개한 지역이고 서구화되어야 한다는 편견을 가진 제국주의자였다는 사실이 드러난다. 가장 비정치적이고 비제국주의적인 작가로 알려진 조셉 콘라드나 찰스 디킨스나 제인 오스틴조차도 사이드의 예리한 화살을 피해가지는 못한다. 이 책이 "오리엔탈"이라는 말에 담겨있는 편견을 지적했기 때문에, 미국대학의 '오리엔탈 스터디즈' 학과들은 이 책 출간 이후 모두 학과 명칭을 '동아시아학과'로 바꾸는 일도 일어났다.

사이드의 위대함은 그가 단순히 오리엔탈리즘만 비판한 것이 아니라, 서구에 대해 동양이 갖는 옥시덴탈리즘도 똑같이 비판했

Edward Said 1935-2003

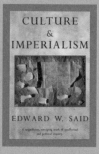

Orientalism, 1978
Culture and Imperialism,
1993

다는 데 있다. 그는 서구제국주의로 인해 나라를 잃고 평생을 타국에서 망명객으로 살았지만, 자신이 아랍인이라는 이유만으로 무조건 아랍 편을 들지는 않았다. 그는 이스라엘의 시온주의자들도 비판했지만. 동시에 아랍의 극단주의자들도 비난해서 양쪽에서 비난과 협박을 받았던, 또 다른 의미에서의 망명객이었다. 「문화와 제국주의」에서 사이드는 핀천이 그랬던 것처럼, "서구 제국주의와 제3세계 국수주의는 서로를 좀먹어 들어간다"라고 비판했으며, 서구 제국주의로 인해 나라를 빼앗겨 돌아갈 곳도 없으면서도, 서구에 대해 원한을 갖는 대신 이렇게 멋진 말을 남겼다. "나는 어쩔 수 없는 이유로 인해 서구교육을 받은 아랍인으로 태어나 자랐다. 나는 언제나 그 둘 중 하나에만 속한다기보다는 그 두 세계에 다 속하는 것으로 느끼며 살아왔다. 내가 자신을 '아웃사이더'라고 부를 때, 그것은 슬프거나 박탈당한 것을 의미하지는 않는다. 오히려 그 반대로 제국이 나누어놓은 두 세계에 다 속해 있다는 것은 그만큼 그 두 세계를 더 잘 이해할 수 있다는 것을 의미한다." 사이드는 가해자를 원망만 할 것이 아니라, 과거의 식민지 경험을 긍정적으로 바꾸어보자고 제안한다. "제국주의는 나쁘지만, 그래도 성과가 있다면 세계를 하나로 연결한 것이었다. 그렇다면 오늘날 우리가 해야 할 일은 증오와 원한과 복수보다는, 그 역사적 경험을 서로 연결하는 일이 되어야만 할 것이다."

핀천처럼 사이드 또한 문화는 국경을 넘어 부단히 서로 뒤섞인다고 보았다. "부분적으로는 제국주의에 의해 모든 문화는 서로 연결되어 있다. 그 어느 문화도 단일하거나 순수할 수는 없다. 모든 문화는 혼혈이며 다양하고 다층적이다." 그래서 사이드는 자기 문화 우월주의나 문화적 순혈주의를 경계한다. "편집증적인 국수주의자들은 유감스럽게도 교육현장에서 청소년들에게 자신들의 문화적 독창성을 숭상하고 찬양하며, 타문화는 비하하도록 가르치고 있다." 문화는 우열로 나누어지는 것이 아니라, 차이로 구분되는데, 국수주의자들은 그걸 깨닫지 못한다는 것이다.

사이드는 문화가 겹치는 영역을 새로운 가능성으로 제시하며 대위법적으로 사물을 바라보아야 한다고 말한다. 과연 사이드는 아랍인이면서 기독교도였고, 동양인이면서 서구교육을 받았으며, 팔레스타인의 옹호자이면서도 아라파트와 결별했다. 그의 이름 에드워드 사이드 또한 서양이름과 동양이름의 혼합이다. 프로 실력을 갖춘 피아니스트였던 사이드는 이스라엘인 작곡가 다니엘 바렌보임과 같이 분쟁지역에서 연주회를 열어 이스라엘과 팔레스타인의 화해를 추구했으며, 백혈병에 걸렸을 때도, 뉴욕의 유대계 병원인 '마운트 사이나이' 병원에서 진료를 받았다.

르네 웰렉 상을 수상한 「세상과 텍스트와 비평가」에서 사이드는, 비평은 '현세적worldly'이어야만 한다며 '세속적 비평secular criticism 이론'을 주창한다. 사이드는, "문학 비평은 우리의 현실이나 역사적 삶과 결코 분리되지 않는 것이고, 따라서 세속적이고 고통스러운 것이다"하고 말한다. 명저 「오리엔탈리즘」과 「문화와 제국주의」를 통해 탈식민주의의 원조로 부상한 사이드는, 격동의

한 시대를 대표하는 망명객이었고, 자신의 삶 자체가 문학의 명장면이었던 영원한 경계선상의 지식인이었다.

"정치적 올바름Political Correctness"
필립 로스

'나만 옳다는 정의감'이 초래한 "트럼프 시대"

　사람들은 왜, 어떻게, 무엇 때문에 정치인도 법조인도 아닌 트럼프가 대통령이 될 수 있었냐고 묻는다. 우선은 미국의 경제적 어려움 때문일 것이다. 대학 졸업자들이 취업이 잘 안되고, 은행이자가 턱없이 낮으며, 고임금 백인 노동자들이 저임금 이민 노동자들에 의해 밀려나면서 불만이 누적되었기 때문이다. 트럼프의 공약이나 우선 정책이 보여주듯이, 트럼프와 그를 찍은 사람들의 일차적 관심은 일자리 창출이다. 북미자유무역협정NAFTA나 한미 자유무역협정FTA의 수정 필요 주장이나 환태평양경제동반자협정TPP 탈퇴, 그리고 외국기업들에게 미국 내 공장건설을 요구하는 것, 또는 불법이민 추방이나 멕시코 장벽 같은 것들도 모두 미국인들에게 일자리를 만들어주기 위해서다.

　그러나 보다 더 심층적인 이유 중 하나는, 1960년대 이후 미국

Philip Milton Roth 1933-

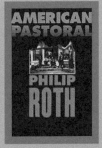

The Human Stain, 2000

American Pastoral, 1997

사회에 편만해진 자유주의의 물결을 타고 주변부에서 중심부로 옮겨온 유색인들이 "정치적 올바름Political Correctness" 운동 같은 것을 통해 백인들을 너무 벼랑 끝으로 몰아갔기 때문이었다. 예컨대 백인학생들은 소위 '소수인종 쿼터'로 인해 대학 입학과 취직에 심각한 불이익을 받고 있다고 느꼈으며, 백인교수들은 강의실에서 유색인이나 소수인종에 대한 편견을 드러내는 발언을 했다는 이유로 비난받고 해고당했다. 반면, 주변부와 소수인종을 우선시하는 사회분위기에 따라 대거 대학에 진출한 유색인 학생들이나 교수들은 정의감에 사로잡혀서 "정치적으로 올바르지 않은 politically incorrect" 백인들을 공격하기 시작했다.

결과적으로 "PC 운동"은 일종의 마녀사냥처럼 사상검열을 했고, 일부 과격한 소수인종 교수들은 거기에 편승해 마크 트웨인이나 윌리엄 포크너처럼 인종차별에 비판적이었던 백인작가들조차 인종주의자로 몰아 공격했다. 그러더니 드디어는 지난 2백 년 동안 미국인들이 사용해온 "메리 크리스마스"라는 인사조차 특정 종교적 표현이라는 이유로 금지하기에 이르렀다. 그런 극단적인 사회현상에 반발하는 백인들이 늘어나고 불만이 고조되는 상황에서 트럼프의 등장은 필연적이었다. 그러므로 트럼프의 미국대통령 당선은 경제적 어려움과 더불어, 미국 내 소수인종의 과도한 정의감과 자신만 옳다는 "정치적 올바름"이 초래한 필연적 현상이었다.

미국작가 필립 로스의 「휴먼 스테인」은 바로 그러한 잘못된 정의감이 편만한 사회현상이 어떻게 한 개인의 삶을 파괴하는가를 다룬 뛰어난 문학작품이다. 이 소설은 1998년에 있었던 클린턴의 성추문으로 시작된다. "1998년 여름, 미국 전역은 경건함과 순수함을 주장하는 목소리로 야단법석이었다. 대통령과 한 여성의 섹스스캔들은 공산주의를 밀어내고 국가 안보의 가장 큰 위협이 된 테러리즘보다도 더 우선순위로 떠올랐다. 그리고 자기만 성자인 척 하는 감정적 도취가 부활했다. 국회와 신문과 방송에서는 자기만 옳다고 주장하며 눈길을 끌어보려는 사람들이 자기만 성자인 척, 남을 욕하고 개탄하며 응징하지 못해 안달이 나서 도처에서 맹렬하게 설교를 늘어놓았다. 그들은 행정부를 거세해 엄격한 정화의식을 실행하지 못해 안달이 나 있었다."(「휴먼 스테인」, 문학동네, 박범수 역, 2009)

전 국민이 한 목소리로 클린턴을 비판하고 매도할 때, 로스는 그들과는 달리, 스캔들에 대한 가십이나 항의에 동참하기 보다는, 「휴먼 스테인」 같은 깊이 있는 작품을 통해 그런 사회적 현상을 비판적으로 바라보고 있다는 점에서 단연 돋보이는 작가다. 「휴먼 스테인」에서 그는 "정치적 올바름" 같은 극단적인 정의감이나 도덕적 우월감도 개인의 삶을 파괴하는 또 다른 테러가 될 수 있다는 점을 잘 보여주고 있다. 자기만 옳다는 독선과 잘못된 정의감이 유행처럼 번지던 시대에 그러한 사회현상 속에 내재해 있는 문제점을 발견해 독자들에게 깨우침을 주었다는 점에서, 그리고 모든 사람들이 "예스!"를 외칠 때, 홀로 "노!No! in thunder"라고 말했다는 점에서, 「휴먼 스테인」의 등장은 문학의 명장면 중 하나로 남아있다.

위험한 게임: 도덕적 우월감과 왜곡된 정의감

「휴먼 스테인」은 「미국의 목가」 및 「나는 공산주의자와 결혼했다」와 더불어 필립 로스가 쓴 삼부작 소설 중 마지막 작품이다. 로스는 이 삼부작에서 자기 세대 미국인들에게 지대한 영향을 끼친, 매카시즘과 베트남 전쟁과 빌 클린턴 스캔들을 소재로 당대의 미국사회가 드러내었던 문제점을 예리하게 비판하고 있다.

「휴먼 스테인」은 네이션 저커만이라는 65세의 작가가 이웃에 사는 71세의 은퇴한 교수이자 전 학장인 콜먼 실크의 회고담을 듣는 것으로 되어있다. 아테나 대학의 고전문학 교수였던 콜먼은 수업에 한 번도 안 나타난 두 학생을 지칭해, "이 학생들은 유령인가?"라고 말했다가 '정치적으로 올바르지 못한politically incorrect' 인종차별적인 발언을 했다는 이유로 징계위원회에 회부되어 대학을 그만 둔 사람이다. 그가 사용한 "유령spooks"이라는 말이 흑인을 비하하는 속어로도 사용되는 단어였기 때문이었다. 아이러니한 것은, 그동안 백인 유대인 행세를 해온 콜먼이 사실은 흰 피부의 흑인이었다는 점이다.

그 사건에 충격을 받은 콜먼의 아내가 심장마비로 죽자, 상처입고 외로워진 콜먼은 34세의 대학 청소부 포니아 팔리와 사랑에 빠지는데, 이 또한 정의감에 불타는 대학의 페미니스트 여교수로부터 "정치적으로 올바르지 못한" 비윤리적 행위라는 비난을 받는다. "정치적 올바름"이라는 용어는 러시아 혁명 때, 극단적인 볼셰비키들이 자기들이 하는 일은 무엇이든지 정치적으로 올바르다고 생각한 데서 시작되었다. 그것은 곧 "정치적 올바름"이, 나는 언제나 옳고 정의이며, 타자는 틀렸고 불의라는 이분법적 사고방식에 근거해 있다는 것을 의미한다. 그런데 20세기 후반에 그런 이분법적 흑백논리가 다시 부활한 것이다.

외모가 거의 백인인 콜먼은 젊었을 때, 스티나라는 백인여자 친구를 집으로 데려온다. 그러나 콜먼이 흑인이라는 것을 알게 된 스티나는 콜먼을 떠난다. 충격을 받은 콜먼은 그때부터 자신이 흑인이라는 사실을 감추고 백인행세를 한다. 콜먼은 집에는 알리지 않은 채, 두 번째 백인여자 친구인 아이리스와 결혼해 네 자녀를 둔다. 콜먼은 자기 가족에게는 자신이 흑인이라는 사실을 알리지 않지만, 나중에 만난 포니아에게는 비밀을 털어놓는다. 포니아의 전 남편 레스터는 정신상태가 정상이 아닌 베트남전 참전 군인인데, 포니아를 스토킹하며, 자신의 불행이 그녀의 잘못이라고 비난한다. 이러한 상황을 통해 로스는 베트남전이 미국인들에게 입힌 심리적 상처 문제도 다루고 있다.

「휴먼 스테인」에서 로스는 사회적 편견에 대처하는 세 가지 유형의 인간상을 제시한다. 첫째 유형은 주인공 콜먼처럼, 어리석은 사회나 시대에 순응하지 않고 자신의 삶을 자신이 직접 관리하는 타입이다. 그래서 그는 사회가 자기에게 편견을 갖지 못하도록 백인으로 살아간다. 둘째 유형은 콜먼의 형 월터처럼 사회적 편견에 맞서 투쟁하는 타입이다. 그래서 월터는 사회의 편견에 저항하지 않고 백인으로 살아가는 콜먼을 비겁하다고 생각한다. 셋째 유형은 아버지 클라렌스처럼, 편견의 대상이 되지 않으려면, 흑인도 백인과 같은 수준이 되어야한다고 믿는 타입이다. 그래서 그는 자녀들에게 백인 영어를 가르치고, 초서와 셰익스피어와 디킨스를 읽게 하며, 박물관과 음악회와 전시회에 데려간다. 그러나 로스의 소설에서 이 세 유형의 사람들은 모두 파멸한다. 사회가 좋아지려면, 피해자의 노력보다는 가해자의 인식의 전환이 우선되어야하기 때문이다.

도덕적 우월감과 왜곡된 정의감에 도취하게 되면, 바로 그 순간 우리는 타자의 심판관이 되고, 자신도 모르는 사이에 정의라는 이름으로 타인에게 폭력과 횡포를 행사하게 된다. 니체는 "괴물과 싸우는 사람은 자신이 괴물이 되지 않도록 조심해야만 한다. 심연을 오래 들여다보면, 심연이 너를 들여다보게 된다"라고 경고했다. 헤밍웨이도 "가장 사악한 죄악은 순진성에서 비롯된다"라고 스스로 의롭다함self-righteousness를 비판했다.

작가로서 로스가 부단히 시도하고 성취하는 것도 인간의 그러한 성향에 대한 깊은 반성과 통렬한 비판이다. 그런 의미에서, 「휴먼 스테인」은 도덕적 우월의식과 그릇된 정의감으로 타자를 심판하며, 독선과 편견의 패각에서 벗어나지 못하고 있는 우리에게도 강한 호소력으로 다가온다. "휴먼 스테인", 즉 "인간의 오점"을 극복하고, 21세기에 우리가 나아가야할 방향을 제시해주었다는 점에서, 「휴먼 스테인」의 출간은 21세기의 시작을 장식한 문학의 명장면으로 평가된다.

'포스트 디아스포라'와 '트랜스내셔널리즘'
단 리

새로운 시대, 새로운 감각의 아시아계 미국문학의 등장

'디아스포라'는 원래 나라를 잃고 전 세계로 흩어져 이산민족이 된 유대인의 상황을 지칭하는 용어였다. 그러나 최근 이민이나 난민의 형태로 민족의 이동이 급속도로 늘어나면서, '디아스포라'는 광의의 의미를 갖게 되었다. 예컨대, 최근의 문화이론에서 '디아스포라'는 트랜스내셔널리즘과 세계의 글로벌화로 인해 발생하는 인구이동이나, 중동난민처럼 종교적, 정치적 분쟁으로 인해 생겨나는 대규모 민족이주도 포함하게 되었다. 요즘에는 거기에서 한 걸음 더 나아가, 탈식민주의적 상황에서 자신의 문화적 뿌리로부터 떨어져 나온, 그래서 신체적 또는 정신적으로 망명객의 삶을 살고 있는 주변부 사람들도 디아스포라에 포함하는데, 학자들은 그것을 '포스트 디아스포라'라고 부른다.

포스트 디아스포라는 트랜스내셔널리즘과도 상통한다. 과거에

Don Lee 1959-

Yellow, 2001

이민들은 떠나온 나라는 버리고, 이주해간 나라에만 충성을 바치도록 요구 받았다. 그래서 아시아계 미국작가들의 관심사나 작품 주제도 주로 이민 온 교포들의 미국사회 동화 문제였다. 그러나 최근 문화적, 지리적 국경이 무너지면서 새롭게 등장한 트랜스내셔널리즘은 이민자들로 하여금 떠나온 나라와 정착한 나라 둘 다에 충성하고 지속적인 관계를 갖는 것을 허용한다. 또한 트랜스내셔널리즘은 한 나라의 경계를 초월해서 다른 나라로 건너가거나 다른 문화를 포용하는 것을 허용하기 때문에, 우리로 하여금 다중 정체성을 갖게 해주고, 지식인들의 정신적 망명도 가능하게 해준다. 트랜스내셔널리즘이 확산되자, 예전에는 그냥 '인터레이셜 interracial 매리지'라고 부르던 '국제결혼'도 요즘은 신랑신부의 국적이 다르면 '트랜스내셔널 매리지'라고 부른다. 이러한 변화에 따라, 아시아계 미국문학의 관심사와 주제도 점차 바꾸어지기 시작했다. 한국계 미국작가 단 리의 소설집 「옐로」의 출현은 바로 그러한 새로운 시대의 새로운 인식을 예시해주고 있다는 점에서 아시아계 미국문학의 명장면으로 꼽힌다.

단 리의 「옐로」는 기존의 아시아계 미국문학과 어떻게 다른가?

그렇다면 단 리의 「옐로」는 다른 아시아계 미국작가들의 작품과 어떻게 다른가? 우선 단 리의 「옐로」에 등장하는 주인공들은 이민 2세대나 3세대로서 이미 미국문화에 동화는 되어 있지만, 미국사회가 제공해주는 안락함에 마비되어 살아가며 자신의 고립된 울타리를 벗어나지 못하는 사람들이다. 그들은 미국사회에서 살고 있는 아시아 인으로서 갖게 되는 간헐적인 외로움이나 소외의식, 또는 인종적 편견을 느끼지만, 주 관심사는 부모나 조부모가 떠나온 조국에 대한 향수나, 미국사회로의 동화나, 두 나라 사이에서 갈등하는 충성심이라기보다는, 이미 미국인으로서 살고 있는 이민자들이 겪는 심리적 갈등이나 사회적 문제일 때가 많다. 그래서 단 리는 한 인터뷰에서 "내 소설에는 인종문제를 빼도, 여전히 소설이 된다"라는 말을 한 적이 있다.

단 리가 창조한 주인공들의 문제는 그들이 자신들만의 폐쇄된 공간에서 살고 있다는 것이다. 그들의 그러한 상황을 보여주기 위해 단 리는 허구의 지역인 '로사리타 베이'라는 마을을 창조한다. 샌프란시스코 근처의 해프문 베이를 모델로 했다고 알려져 있는 '로사리타 베이'는 들어가고 나가는 길이 두 개밖에 없는 고립된 마을이다. 단 리의 주인공들은 마치 조이스의 「더블린 사람들」처럼, 그곳에서 탈출하지 못하고 갇힌 채 살고 있다. 단 리는 그들에게 그 닫힌 공간에서 갈등하며 살지 말고, 넓은 미국사회로 나와서 다른 사람들과 어울리라고 제안한다. 그곳에 갇혀 있는 한, 그들은 닫힌 세계의 경직된 사고방식과 잘못된 편견으로 인해 실패한 삶을 살 수밖에 없기 때문이다.

물론 단 리의 주인공들도 미국사회의 인종적 편견을 느낀다. 그러나 그는 아시아 인들도 똑같은 인종적 편견을 갖고 있다고 비판한다. 대니는 키가 크고 외모가 유라시안 같아서 백인사회에 쉽게 동화된다. 그는 집에서 동생들이 한국말을 할 때도 영어로만 말했으며, 가족들이 한식을 먹을 때에도 혼자 양식을 먹을 정도로 철저하게 미국인이 되고 싶어 했다. 그러던 어느 날 백인 애인 제니와 대학 캠퍼스를 걸어가다가, 대니는 아시아 인 남학생들과 마주치게 된다. 그러자 그들 중 하나가 대니를 보고, "바나나"라고 수근거린다. 그들이 멀어지자 제니가 "그게 무슨 말이지?" 하고 묻는다. 대니는 대답하기 싫었지만 별 수 없이 대답한다. "겉은 노랗고 속은 하얗다는 뜻이야."

여기서 단 리는 서양인들의 편견에 비해 결코 뒤지지 않는 동양인들의 인종적 편견을 지적하고 있다. 이 작품의 초반부에 단 리는 "일본인들은 한국인들을 거칠다고 생각하고, 한국인들은 일본인들은 인정이 없다고 생각하며, 중국인들은 그 중간쯤 위치해 있다."고 말하며, 아시아 인들끼리의 편견도 비판한다. 그는 또 베트남 전쟁으로 인해 아시아 인들의 이미지가 폄하되고, 대학사회에서도 아시아 학생들의 이미지가 좋지 않게 형성되어 있다는 것을 깨닫고, 그런 이미지에서 벗어나고 싶어 한다.

UCLA에서 기계공학을 전공하면서 그는 대학이 두 개로 나누어져 있다는 것을 발견했다, 캠퍼스 북쪽에는 미술대학과 인문대학이 있었고, 남쪽에는 아시아학생들로 가득 찬 과학관련 학과들이 있었다. UCLA의 과학전공 아시아학생들의 전형적 이미지는 두터운 안경, 허리띠에 찬 계산기, 그리고 방수 바지였다. 그들은 얼간이에 괴짜였고, 대니가 보기에 그들은 그런 비난을 받을 만했다. 그네들은 자기네들끼리만 어울렸고 편협했으며, 구제불능일 정도로 보수적이었다.

그래서 대니는 이과에서 문과인 영문과로 전과했고, 거기에서 미국인 여자 친구 제니를 만난다. 그러나 이번에는 그곳에서도 미국사회의 인종적 편견을 발견한다. 예컨대 제니의 집에 갔을 때, 제니의 할머니는 대니에게 대뜸 "자네, 베트남에서 왔나?"라고 묻는다. 당시 동남아시아에서 보트피플들이 미국으로 몰려오고 있다는 뉴스를 들은 할머니가 미국에서 태어난 대니를 베트남 난민으로 착각한 것이었다.

그러자 제니가 웃으면서, "이 사람은 미국에서 태어나서 지금까지 죽 캘리포니아에서 살았어요."라고 알려준다. 그러나 잠시 후, 가족들이 환영 건배를 할 때, 할머니는 또다시 대니에게 "웰컴 투 아메리카!"라고 말한다. 그리고는, "자네는 바다에서 몇 달 동안 굶주린 얼굴은 아니군"이라고 덧붙인다.

그럼에도 불구하고, 단 리는 우리에게 포스트 디아스포라적, 또는 트랜스내셔널리즘적 시각과 거기에 따른 인식의 변화를 제안한다. 즉 어쩌면 아시아 인들은 미국사회의 인종차별의 피해자라기보다는, 백인들이 자신을 차별한다는 강박관념의 피해일 수도 있다는 것이다. UCLA를 졸업한 후, 대니는 보스턴에 있는 어느 회사에 취직한다. 백인 중심의 보스턴은 원래 다소 인종적 편견이 있는 곳인데다가, 당시 동남아 이민들이 급속도로 늘어나자 적대감까지 생겨나고 있었다. 그건 백인과 똑같은 완전한 미국인 되고 싶어 하는 대니에게는 반갑지 않은 현상이었다.

직장에서 대니는 승진을 놓고 백인동료 케빈과 경쟁하게 된다. 대니는 케빈이 백인이기 때문에 승진할 것이라고 짐작하고 좌절하며, 케빈에게 적대감을 드러낸다. 그러나 승진한 사람은 케빈이 아니라 대니였다. 이 에피소드를 통해 단 리는, 아시아계 문학사에서 전례 없이 과감한 주제를 제시한다. 어쩌면 아시아 인들은 미국사회의 인종적 편견의 피해자라기보다는, 백인들이 나를 차별할 것이라고 생각하는 강박관념의 피해자일 수도 있다는 것이다. 사실 그런 시각으로 주위 사물을 보면, 모든 것이 자신에 대한 차별처럼 보일 수도 있기 때문이다. 그런 면에서 단 리의 지적은 시의적절하고 설득력 있으며, 한번쯤은 우리가 숙고하고 성찰해 보아야만 하는 주제라고 생각된다.

물론 백인들 중에는 인종적 편견을 갖고 있는 사람들도 있을 것이다. 그러나 그렇지 않은 사람들이 더 많다고 보는 것이 정확할 것이다. 그런데도 아시아 인들은 백인들은 누구나 인종적 편견을 갖고 있으며, 자기가 그 피해자라고 생각하기 쉽다. 그러나 그러한 근거 없는 피해의식과 강박관념은 삶을 힘들게 하고 불필요한 오해를 불러일으키기 쉽다.

「옐로」의 등장은 아시아계 미국문학이 드디어 이민자의 동화과정의 어려움을 묘사하는 데서 벗어나, '포스트 디아스포라'와 '트랜스내셔널리즘'적 시각으로 두 세계를 포용하고 바라보도록 해 주었다는 점에서 문학의 명장면으로 남아 있다.

Part 2

미국문학의 시작과 '아메리칸 드림'의 명장면

I

미국인의 원형을 창조한 작가

아메리카의 신화적 해석

워싱턴 어빙

문학사사들은 본격 미국문학의 시효를 워싱턴 어빙의 「립 밴 윙클」로 본다. 물론 그 이전에도 작가들과 문학작품은 있었지만, 「립 밴 윙클」이 초창기 미국이 정체성의 혼란을 겪을 때, 이후 부단히 반복되는 "미국인의 원형Archetypal American"을 제시하면서 등장했기 때문이다.

어빙은 정치권력에 뜻이 없었던 순수하고 이상적인 작가였다. 1838년 미국의 8대 대통령인 마틴 밴 뷰런이 해군장관 ― 미국은 예전에 해군장관이 국방장관이었다 ― 자리를 제의했으나 그 유혹을 가볍게 물리쳤고, 뉴욕시장과 미 하원의원의 후보지명도 일언지하에 사양하였다. 대통령에게 보내는 답신에서 그는 이렇게 적고 있다.

그 일에 따르는 의무가 두려워서가 아니라 (…) 저는 워싱턴의

Washington Irving 1783-1859

Rip Van Winkle, 1819

The Sketch Book, 1820

공적, 정치적 생활이 야기하는 근심과 소란에 말려들고 싶지 않습니다.

일찍이 이렇게 저술행위와 권력이 유지해야 할 거리를 만천하 문인들에게 모범으로 보여준 이가 바로 미국 본격문학의 시조로 공인받고 있는 워싱턴 어빙이다. 어빙은 1783년 뉴욕에서 철물점을 경영하는 스코틀랜드계 장로교파인 집안의 열한 번째 아들로 태어났다. 그는 공식적인 학교교육은 별로 받지 못했으며, 한때 공부하던 법률도 적성에 맞지 않아 그만둔 뒤, 두 형들 및 친구들과 함께 〈살마건디〉라는 저널을 만들어 뉴욕의 문학계와 사교계의 생활을 다룬 에세이들을 발표하기 시작했다(영향력 있는 계간지인 〈살마건디〉는 현재 뉴욕 주 스키드모어 대학에서 발행되고 있다.)

그가 1809년 풍자적인 저술인 「디트리히 니커바커의 뉴욕역사」를 집필하고 있을 때, 당시 18세이던 그의 약혼녀가 갑자기 폐병으로 죽게 되자, 이에 충격을 받은 어빙은 일생을 독신으로 지낸다. 영국으로 건너간 어빙은 당대의 문호였던 월터 스코트 경을 방문하여 그로부터 로맨스와 전설에 대한 관심을 갖도록 격려를 받게 된다. 그로부터 17년 후, 어빙은 수필가, 정치 및 사회 풍자가, 전기작가, 역사가, 고딕소설가 그리고 민담작가로서 일약 유명한 문인이 되어 귀국하게 된다.

그가 영국 체류시 출판했던 「스케치 북」은 소위 미국 본격문학의 효시가 된다. 그 책에 수록된 작품들 중 특히 「립 밴 윙클」은 '미국의 신화'와 '미국인의 전형'을 창조해 낸 탁월하고도 중요한 작품으로 평가되고 있다. 「립 밴 윙클」은 원래 독일의 민간설화인 "양치기 페터 클라우스"에서 빌어온 것으로서 그 내용은 우리에게도 이미 잘 알려진 것이다. 미국이 아직 영국의 식민지였을 때, 뉴욕 근교에 단순하고 선량한 '립 밴 윙클'이라는 한 게으른 공처가가 살고 있었는데, 하루는 잔소리꾼 부인을 피해 총을 들고 개와 함께 캐츠킬 산에 올라가서 이상한 남자를 만나게 된다. 그 남자를 도와서 술통(포도주)을 들고 한참을 가자, 옛날 네덜란드 선원 복장을 한 이상한 사람들이 산에서 나인핀스(지금의 볼링) 놀이를 하고 있는 것을 발견하게 된다. 그것을 구경하면서 한 잔 두잔 술을 마시던 립은 어느새 잠이 들게 되고, 그가 깨어났을 때는 이상한 선원들도 개도 다 없어져 버리고 다만 개머리판이 썩어 버린 녹이 슨 총신만 자기 옆에 놓여 있었다. 그동안 수염이 자라서 무릎까지 내려온 그가 다시 마을로 돌아왔을 때 그는 자신이 20년 동안이나 잠을 잤고, 그동안 미국은 독립이 되었으며 자기의 아내도 죽은 것을 알게 된다.

이 작품의 스토리는 이렇게 간단하다. 그렇다면 어떻게 해서 립이 '미국인의 전형'이 될 수 있으며, 또 어떻게 해서 이 작품이 미국문학의 '원형原型'이 될 수 있는가? 우선 립은 "단순하고 착한 사람"으로 묘사된 다음, 아내에게 꼼짝 못하는 공처가로 묘사된다. 단순하고 선량하며 친절한 이웃이자 공처가인 남자는 바로 미국 남성들의 전형적 이미지와 부합된다. 더구나 그가 거리를 지나 갈 때면 어린 아이들이 뒤따르며, 그는 아이들에게 스포츠나 각종 놀이, 연날리기 등을 가르쳐 주는 친절한 아저씨로서 동네 개들도 그를 보고는 짖지 않는다. 그는 또한 자기 집안일에는 게으름을 피우지만, 남의 집 일은 발 벗고 도와주는 사람이다.

이 낙천적인 사내가 제일 싫어하고 두려워하는 것은 바로 자기 아내의 끊임없는 잔소리이다. 아내를 피해 밖으로만 돌아다니는 그에게 유일한 친구가 있다면, 그것은 바로 립만큼이나 립의 아내를 무서워하는 그의 개 울프이다. 그리고 립의 유일한 즐거움은 영국의 조지 왕의 초상화가 그려진 마을의 조그만 여관 앞에서 동료 공처가들끼리 모여 한담을 나누는 것이다.

립의 아내인 데임 밴 윙클은 미국남성들이 도망쳐 왔고 또 앞으로도 끊임없이 도망치고자 하는 유럽의 문명, 교양, 또는 교화를 상징하는 인물이라고 생각할 수 있다. 과연 그녀는 립의 게으름과 부주의함, 그리고 그가 초래하는 가정의 파괴에 대해 끊임없이 잔소리를 하며 립을 문명화시키려고 노력한다―데임 밴 윙클의 이미지는 「허클베리 핀의 모험」에 나오는 미스 왓슨에게서도 찾아볼 수 있지만, 사실 그것은 미국문학의 도처에 그 모습을 드러내고 있다.

어느 화창한 가을 날, 립은 아내의 잔소리를 피해 충견 울프와 함께 캐츠킬 산으로 다람쥐 사냥을 하러 간다. 여기서 우리는, 잔소리꾼 여자를 피해 나란히 다람쥐 사냥을 떠나 숲속으로 들어가는 헤밍웨이의 주인공 닉 애덤스 부자의 모습을 연상하게 된다.

가련한 립은 드디어 거의 절망상태에 이르렀다. 아내의 떠드는 소리와 논밭의 노동으로부터 도망치기 위한 그의 유일한 방법은 총을 들고 숲속으로 들어가는 것이었다.

가족과 사회와 문명을 떠나 광야로 들어간 립은 캐츠킬 산에 올라 피로와 권태로 젖은 몸을 '녹색의 언덕 위'에 눕힌다. 그는 저 아래 한쪽에 고요히 흐르고 있는 장대한 허드슨 강과 또 한쪽에 끝없이 뻗어 있는 푸른 산맥을 바라본다. 이윽고 저녁이 다가오자 그는 다시금 무서운 아내를 만나야만 된다는 것을 생각하고 공포에 몸을 떤다.

그때 누군가가 "립 밴 윙클!" 하고 자기를 부르는 소리가 들린다. 그래서 이 '여자 없는 세계'에서 립은 자기를 부르며 다가오는 남성 동반자를 만나게 되는데, 그는 이상하게도 옛날 네덜란드 선원의 복장을 하고 있었다. 네덜란드 선원들은 뉴욕을 최초로 발견하여 뉴 암스테르담이라고 명명했으나 곧 영국에게 영토권을 빼앗긴 사람들로서, 립과 네덜란드 선원의 관계는 곧 광야에서의 남성 동반자 관계를 형성하는 내티 범포와 인디언 칭카치국(제임스 페니모어 쿠퍼의 레더스타킹 소설들), 핌과 인디언 혼혈인 더크 피터스(포의 「아서 고든 핌의 모험」), 이스마엘과 폴리네시아인 퀴퀙(멜빌의 「모비 딕」), 허크와 흑인 짐(트웨인의 「허클베리 핀의 모험」), 그리고 맥머피와 원주민 추창(켄 키지의「뻐꾸기 둥지를 날아 간 새」) 등의 원형이 된다고 볼 수 있다.

또한 선원 복장은, 공처가들이 한담을 나누며 아내로부터의 도 망을 꿈꾸는 마을 여관이 그렇듯이 여행을 의미하는데, 여행이나 항해는 후에 미국문학의 가장 핵심적인 모티프가 된다. 립은 그 이상한 사내가 어깨에 메고 있는 술통을 운반하는 것을 도와주는 데, 같이 걸어가는 동안 이상하게도 둘은 아무 말도 하지 않고 침 묵을 지킨다. 비평가 레슬리 피들러는「미국소설에 나타난 사랑 과 죽음」에서 이 침묵의 이유를, "말을 하는 것은 그의 아내의 영 역이기 때문"이라고 지적하고 있거니와, 분명 립은 아내의 잔소리 때문에 말에 진저리를 치는 남자임에는 틀림이 없다. 만일 캐츠킬 에서의 이 장면이 립의 평소의 바람이 이루어지는 꿈의 실현이라 면, 물론 거기에 여성의 상징인 잔소리란 있을 수 없다.

과연 침묵은 또 한 번 강조된다. 그들이 어느 곳에 도달했을 때, 립은 이상한 고대의 복장을 한 일단의 네덜란드 선원들이 나인핀 놀이를 하고 있는 것을 보게 된다. 그런데 이상한 것은 그들이 모 두 "신비스러운 침묵the most mysterious silence" 속에서 그 놀이를 하 고 있다는 점이다. 선원들은 남자들의 사회 또는 우정을 의미하며 남자들의 우정에는 언제나 술이 등장한다. 립은 이들의 놀이 ― 영 원의 세계로 시간을 굴려 보내는 놀이 ― 를 구경하면서 술을 마시 다가 깊은 잠에 빠진다.

립이 깨어났을 때, 그는 아까 술통을 지고 가던 남자를 만났던 바로 그 녹색의 언덕 위에 누워 있는 자신을 발견한다. 그렇다면 립은 꿈을 꾼 것일까? —여기에서 우리는 거대한 녹색의 정원에서 녹색의 불빛을 바라보며 녹색의 꿈을 꾸다가 녹색의 풀장에서 죽어간 개츠비를 떠올리게 된다. 잠에서 깬 뒤 립이 최초로 생각한 것은 우습게도 "포도주! 그 마법에 걸린 포도주 때문이야. 이제 아내에게 뭐라고 변명을 한단 말인가?"이었다. 마을에 돌아오면서도 립은 자기 아내를 만나는 것에 대해 극도의 공포를 느낀다.

그는 아내를 만나는 것이 두려웠다. 하지만 산속에서 굶어 죽을 수는 없는 것이 아닌가. 그는 머리를 흔들고, 녹슨 총신을 어깨에 멘 채, 마음은 불안과 근심으로 가득하여 집으로 발길을 옮겼다.

마을에 도착했을 때, 립은 사람들이 어딘지 낯은 익었으나 사실은 모르는 사람들이었고 모두가 이상한 옷차림을 하고 있는 것을 발견하게 된다. 그리고 사람들의 눈초리로 인해 그는 자신의 턱수염이 1피트나 길게 자란 것을 발견하고 놀란다. 예전의 마을 여관도 없어졌으며 그 자리에는 대신 "유니온 호텔"이 들어섰고, 예전의 조지 왕 3세의 초상화 자리에는 조지 워싱턴의 초상화가 들어서 있었다.

립은 비로소 자신이 캐츠킬 산속에서 20년 동안이나 잠을 잤다는 사실을 깨닫게 된다. 그는 자신이 잠을 자는 동안 두 가지 사건이 벌어졌다는 것을 알게 된다. 첫째는, 그동안 미국이 영국의 식민통치로부터 해방되어 독립을 쟁취했다는 것이고, 또 하나는 자신이 자기 아내의 치마통치petticoat government로부터 해방되어 독립을 얻었다는 것이다. "네 어머니는 어디 계시냐?" 립은 이제는 커서 시집간 딸에게 떨리는 목소리로 묻는다. "아, 엄마는 얼마 전에 돌아가셨어요. 뉴잉글랜드에서 온 행상과 다투다가 발작을 일으켜 혈관이 터져 돌아가셨지요." 모든 것에 불안해하던 립도 이 소식에는 안도의 한숨을 쉰다. 「립 밴 윙클」은 다음과 같이 재미있는 말로 끝난다.

인생이 고달프고 우울할 때면 언제나 마을의 공처가들은 모두들 립 밴 윙클의 그 포도주를 딱 한 잔만 마셔 봤으면 하고 원하는 것이었다.

미국 최초의 단편이라고 일컬어지는 이 작품에서 립과 그의 아내의 관계는 분명 미국과 영국의 관계와 병치되고 있으며, 따라서 아내로부터 벗어나 자유롭게 되고 싶은 립의 꿈은, 곧 영국의 압제로부터 벗어나 독립하기를 원하는 '미국의 꿈'과 상통한다. 그리고 그것은 곧 문명으로부터 떠나 대자연 속에서 새로운 에덴동산을 추구하는 아메리칸 드림이라고도 할 수 있다. 아내가 죽은 뒤 립은 행복한 새 출발을 하게 되고 자신의 경험담을 마을 사람에게 들려주며 여생을 보낸다.

그러나 과연 립의 꿈이 순수하고 이상적이며 긍정적인 꿈이었는가, 그리고 립의 꿈이 보지 못한 어두운 면은 없는가, 하는 문제는 그동안 많은 미국작가들과 비평가들의 논란의 대상이 되어 왔다. 립의 꿈은 분명 미국이라는 나라의 형성과정에서 필연적으로 수반된 악몽인 인디언 문제와 흑인 문제는 외면하고 있다. 그러므로 피들러는 그런 의미에서 「립 밴 윙클」은 완전하지 못한 다만 '절반만의 미국의 신화'라고 말하고 있다.

워싱턴 어빙은 말하자면 최초로 진정한 미국의 꿈을 꾸었고 최초로 진정한 미국인의 모습을 창조했으며 최초로 공감을 얻은 미국적인 이야기를 창조하였다. 그러나 립 밴 윙클의 이야기는 다만 절반만의 미국의 신화이다.

립이 20년의 긴 잠에서 깨어났을 때 발견할 수도 있었을 어두운 면들, 혹은 립의 꿈속에 깃들어 있었던 악몽적 요소들은 19세기에 포, 호손, 멜빌, 그리고 트웨인 같은 작가들에 의해, 그리고 20세기에는 포크너, 피츠제럴드, 그리고 최근에는 존 바스나 토머스 핀천 같은 작가들에 의해, 끊임없이 탐색되어 왔다. 조셉 제퍼슨 3세가 각색하여 연극으로 공연한 〈립 밴 윙클〉에서는, 립이 잠에서 깨어 돌아왔을 때 아내가 새파랗게 살아있어 가엾은 립에게 또 한 번의 충격을 준다.

자신도 립의 꿈에 대한 일말의 회의를 느끼고 있었던 듯, 어빙은「슬리피 할로우의 전설」에서 미국의 꿈에 깃든 문제점을 유머와 공포 분위기를 뒤섞으며 지적하고 있다.「립 밴 윙클」은 오늘날 미국문학 속에서 또는 '블론디'나 '지그스' 같은 만화 속에서도 여전히 계속되고 있는 미국의 독특한 문화와 미국의 꿈과 미국의 신화를 은유적으로 보여 주고 있는 작품이다.

「슬리피 할로우의 전설」

「슬리피 할로우의 전설」은「립 밴 윙클」과 더불어 미국문화와 미국사회의 심층구조를 꿰뚫어 보는 어빙의 또 하나의 탁월한 문제작이다. 얼핏 보아 이 작품은 유령 때문에 사랑에 성공하지 못하는 어느 가엾은 시골 교사의 실연담처럼 보인다. 그러나 이 단편은 미국사회와 역사가 숙명적으로 겪어야만 했던 악몽의 본질을 어빙 특유의 통찰력과 유머를 통해 알레고리로 보여주고 있는 복합적인 문학작품이다.

뉴욕 근교의 '슬리피 할로우'라는 네덜란드 인 정착마을에 어느 날 이카보드 크레인이라는 코네티컷 출신의 사람이 나타나 학교를 세우고 선생이 된다. 그는 학교선생에다가 음악과 춤에 능해서 마을 여자들의 인기를 한 몸에 받게 된다. 그중에서도 크레인은 자신이 음악을 가르치는 마을의 부잣집 딸인 카트리나 밴 타슬을 좋아하게 된다. 그러나 카트리나에게는 말을 잘 타고 유머 감각이 뛰어난 건장한 마을청년 브롬 밴 브런트라는 애인이 있었다.

어느 날 밤, 카트리나의 집에서 파티가 열리고 크레인도 초대를 받는다. 그는 비루먹은 말을 타고 카트리나의 집에 가서 라이벌인 브롬 밴 브런트를 만난다. 그런데 그 마을에는 보름달이 뜨는 밤이면, 독립전쟁 때 죽은 목 없는 병사의 유령이 자신의 머리를 찾으러 말을 타고 마을을 돌아다닌다는 전설이 전해져 내려오고 있었다. 마침 그날이 보름달이 뜨는 밤이었으므로 화제는 자연 유령에 대한 것이 되었다. 담력이 센 브롬 밴 브런트가 유령의 존재를 부인하자, 크레인은 자신이 좋아하는 코튼 매사를 인용하며 유령의 존재를 주장한다. 그는 심지어 자신이 본 유령 이야기까지 끄집어내어 라이벌을 누르려 한다. 그러나 카트리나를 포함한, 마을 사람들은 브롬 밴 브런트를 더 믿는다.

파티가 끝나고 크레인은 맨 마지막에야 집을 향해 출발했다. 시간은 어느새 자정 가까이 되어 있었고, 그는 목 없는 유령이 나타날까봐 겁이 나기 시작했다. 오래지 않아 그는 자기 뒤에서 말발굽 소리를 들었다. 그가 뒤를 돌아보았을 때, 거기에는 목 없는 유령이 자기를 향해 달려오고 있었다. 크레인은 있는 힘을 다해 말을 달려서 드디어 교회 묘지 앞까지 오게 되었다. 이제 다리만 건너면, 그래서 교회로 들어서면 유령은 더 이상 쫓아오지 못할 것이다. 그러나 유령의 말발굽 소리는 바로 등 뒤에서 들려오고 있었다. 다리의 중간쯤에서 그는 공포와 호기심으로 뒤를 돌아보았다. 바로 그 순간, 유령은 손에 들고 있던 자기의 머리를 크레인에게 던졌고, 그것에 정통으로 얻어맞은 크레인은 놀라서 그만 다리 아래 물속으로 떨어지고 말았다.

다음날, 말만 돌아오고 크레인이 행방불명되자 마을 사람들이 찾아 나섰지만 그의 행방은 알 수가 없었다. 다리 밑으로 떨어져 물에 떠내려갔으리라고 추측해 보던 그들은 다리 위에서 깨진 호박 하나를 발견하게 된다. 그들은 또한 크레인의 짐 속에서 코튼 매사의 「뉴잉글랜드 마녀의식의 역사」라는 책을 발견하고 학생들이 보지 못하게 치운다. 나중에 뉴욕에 다녀온 사람들이 그곳에서 변호사가 된 크레인을 보았다는 소식을 가져온다.

이 작품은 얼핏 보아, 촌놈에게 쫓겨 간 도시인의 이야기처럼 보인다. 그러나 이 단편을 자세히 읽어 보면, 크레인에 대한 어빙의 묘사가 전혀 동정적이 아니라는 것을 알 수 있다. 우선 이카보드라는 이름부터가 부정적이다. 성경(사무엘 상 4장 21절)에 보면 이카보드란 마지막 사사인 엘리의 손자의 이름으로서 '영광이 이스라엘을 떠났다'라는 의미를 가진다. 성서의 이카보드는 부친이 죽는 순간 태어난 고아이기도 하다. 또한 크레인(학)은 서양에서는 어깨가 굽고 못생긴 것을 상징한다.

과연 크레인은 이 마을의 평화와 정적을 깨는 위협적인 인물로 제시되고 있다. 그는 카트리나를 사랑하는 것이 아니고, 그녀의 부친이 물려줄 광활한 토지와 부에 더 관심이 있다. 그래서 그녀가 상속할 전답을 바라보며 크레인은 '뱃속에 푸딩을 넣고 입에는 사과를 넣은 구운 돼지들이 뛰어다니는 것'을 상상한다. 그는 약삭빠르고 야망에 불타며, 겁이 많고 미신적인 사람이다. 그를 파멸시키는 데에 특히 공헌한 것은 유령의 존재에 대한 그의 어리석은 믿음이다. 그에게 머리를 던졌던 유령은 귀신이 아니라 사실 브롬 밴 브런트였으며, 그가 던진 것은 호박이었다는 것이 드러난다. 그러나 크레인은 놀라서 마을을 떠난다. 유령의 존재를 믿었다는 것은 그가 곧 청교도였다는 것을 의미한다. 그리고 코튼 마사의 책을 갖고 있었다는 것은 곧 그가 그 책의 저자처럼 마녀의 존재를 믿고 있었다는 것을 의미한다. 그리고 그것은 또한 크레인이 코튼 매사처럼 다른 사람을 마녀로 몰아 죽일 수도 있다는 것을 의미한다.

그러나 크레인이 끼치는 가장 치명적인 해악은 그가 교육과 종교를 가지고 들어와 대자연을 문명화하려고 한다는 데에 있다. 그는 다른 코네티컷 사람들처럼 '상업적인 교화주의자'였다. 그들은 숲속의 평화스러운 마을마다 찾아 들어가 학교와 교회를 세워 문명화시켰고, '양키 행상'으로서 마을을 상업화시켰다. 그것은 유럽문명을 떠나온 미국인들의 꿈과 정면으로 상충되는 것이었다. 그러나 서부개척은 바로 그러한 악몽 위에 이루어졌다. 마을 청년 브롬 밴 브런트는 그런 의미에서 크레인과 정반대의 인물이다. 대니얼 호프만이 말하고 있듯이, 미국의 변경인들frontiersmen은 전통적으로 상업적인 개화주의자들을 좋아하지 않았고, 그런 면에서 보면, 크레인과 브롬 밴 브런트가 이 이야기 속에서 서로 라이벌로 제시되고 있는 것은 적절하다 하겠다.

미국의 건강한 주인공은 물론 브롬 밴 브런트이다. 그러나 크레인 역시 죽지 않고 살아남아 도시의 변호사로 살고 있다. 그리고 그 결과로 인해, 크레인과 브롬 밴 브런트로 대표되는 두 가지 속성은 미국문화의 특성이 되어 오늘날까지도 서로 대립하며 존재해 오고 있다. 즉, 기계주의와 목가주의, 사회와 개인, 문명과 자연, 그리고 청교주의와 실용주의 — 이 모든 것들의 원형을 우리는 워싱턴 어빙이 창조한 이카보드 크레인과 브롬 밴 브런트에게서 찾아볼 수 있다. 미국 독립기념일에 태어난 자신의 가장 중요한 관심사였던 '미국이란 과연 무엇인가?' 하는 문제를 「슬리피 할로우의 전설」에서 깊은 통찰력으로 다루면서, 어빙은 립 밴 윙클의 꿈이 단순한 희망만을 의미하지는 않는다는 것을 이야기해 주고 있는 것처럼 보인다. 립 밴 윙클이 잠자면서 생략해 버린 그 20년 동안에 과연 무슨 일들이 일어났었는가? 자기 아내의 치마정부와 영국의 식민지정부의 압제로부터 벗어난 기쁜 일 이면에는 또 무슨 슬픈 일들이 있었는가? 어빙은 아직 인디언 문제나 흑인노예 문제를 거론하지는 않는다. 그러나 그는 적어도 립 밴 윙클의 꿈이 이카보드 크레인과 브롬 밴 브런트의 갈등과 상충으로 이루어져 있다는 것은 잘 알고 있었다. 그것이 바로 미국문학의 시효인 워싱턴 어빙의 중요성이다.

II
"어둠의 핵심"을 본 작가들

미국의 악몽 탐색
에드거 앨런 포

워싱턴 어빙의 「립 밴 윙클」은 집을 떠나 대자연 속에서 20년 동안의 긴 잠을 잔다. 그렇다면 자는 동안 그는 과연 달콤한 꿈을 꾼 것인가? 아니면 악몽을 꾼 것인가? 혹은 기나긴 잠에서 깨어난 후 그가 발견한 것이 과연 그가 꿈꾸어 오던 이상적인 세상이었는가, 아니면 끔찍한 악몽의 세상이었는가? 비록 「슬리피 할로우의 전설」이라는 또 하나의 중요한 단편에서 립의 잠 속에 내재해 있는 어두운 면을 지적하고는 있지만, 어빙은 그래도 립이 잠을 깬 후 발견하는 세상에 대해 다분히 낙관적인 견해를 표명하고 있다.

립 밴 윙클의 잠과 꿈속에 숨어 있는 악몽적 요소를 맨 처음 인식한 미국작가는 에드거 앨런 포였다. 우선, 립의 충실한 친구인 개 '울프'는 포에 오면 주인공의 충실한 친구인 검정고양이 '플루토'가 된다. 그러나 「검정고양이」에서 포의 주인공은 플루토의 눈을 칼로 도려 낸 다음, 나무에 목매달아 죽게 만든다. 그리고 자기

Edgar Allan Poe 1809-1849

The Narrative of Arthur Go
don Pym of Nantucket, 183
The Fall of the House of
Usher, 1839

아내를 그렇게도 두려워하며 그녀로부터 끊임없이 도망치려고 하던 립은 포에 오면 자기 아내를 도끼로 살해하는 남편이 된다. 포의 유명한 단편 「검정고양이」의 시작 부분에서 주인공은 이렇게 말하고 있다.

하지만 난 미치지 않았다―그리고 분명히 꿈을 꾸고 있는 것도 아니다. 그러나 내일이면 나는 죽는다. 그래서 오늘 나는 내 영혼의 짐을 벗어 놓으려 하는 것이다. 지금 나의 직접적 의도는 군소리 없이 간결하고 평이하게 일련의 집안 일을 만천하에 털어놓으려는 것이다. 결과적으로 이 집안 일들은 나를 공포에 떨게 했고―고문했으며―파멸시켰다.

과연 포의 이야기는 「립 밴 윙클」의 경우처럼 집안 이야기이며, 포의 표현을 빌리면, 꿈이 아닌 악몽이다. 그리고 립이 포도주에 취해 잠을 자듯, 포의 주인공들도 역시 포도주에 취해 악몽을 꾸고 있다(예컨대, 「검정고양이」의 주인공이 알코올 중독이라는 점, 그가 두 번째 고양이를 발견하는 곳이 바로 술통 위라는 점, 그리고 「아몬틸라도 술통」에서도 역시 술과 술 취함이 중요한 모티프가 되고 있다는 점에 주목할 것). 또한 립이 산꼭대기에서 잠을 자는 데 반해, 포의 주인공들은 모두가 어두운 의식의 지하실에서 악몽을 꾼다(「검정고양이」에서 주인공의 아내 살해 및 암매장, 그리고 「아몬틸라도의 술통」에서 주인공의 라이벌 살해도 역시 지하실에서 일어나고 있으며, 「어셔 가의 몰락」에서도 역시 지하실에 생매장당한 여인이 누워 있음을 기억할 것).

포는 물론, 추상적으로는 인간 영혼의 어두운 심연과 고뇌와 광기와 몰락에 탐닉했던 작가였지만, 보다 구체적으로는 분명 미국의 신화와 미국의 꿈속에 내재해 있는 악몽적 요소를 인식하고 그것의 감추어진 본질을 탐색했던 최초의 미국작가였다. 따라서 해리 레빈은 「어둠의 힘」이라는 저서에서 문학 상상력 속에서 포의 여행을 악몽의 어두운 본질을 밝히기 위한 "밤의 끝으로의 여행"이라고 부르고 있으며, D. H. 로렌스도 「미국고전문학 연구」에서 "포가 끊임없이 탐색하고 기록하고자 했던 것은 미국인들의 '낡은 의식'의 해체과정과 '새로운 의식'의 형성과정"이라고 말하고 있다. 과연 포의 작품 속에 흔히 배경으로 나타나고 있는 것은 유럽의 낡은 고성古城이나 낡은 저택들이며, 그것들은 모두 붕괴되어 가고 파괴되어 가는 것의 모티프로서 사용되고 있다. 그리고 그 붕괴된 자리에서 새로운 의식이 형성된다(「어셔 가의 몰락」의 마지막 장면을 긍정적으로 보는 이유도 바로 여기에 있다). 그런 의미에서 포는 얼핏 보면 유럽적인 것 같으면서도 사실은 대단히 미국적인 작가였다.

포는 다수의 대중에게 이해받기를 원치 않았으며, 독창적이고 극단적인 탐미주의적 태도를 견지했고 도덕의 규범을 초월하는 작품을 썼다는 점에서 비민주적인 작가로 오해받기도 했다. 또한 비록 보스턴에서 태어나긴 했지만 본질적으로는 버지니아 사람이었던 포는 노예제도 폐지론자도 아니었다. 하지만 포는 미국의 꿈이 악몽으로 탈바꿈해 가는 과정에서 점차 사라져 간 목가주의가 부재한 세계를 자신의 작품 속에서 적나라하게 보여 주고 있으며, 그와 동시에 미국에서의 인종문제가 초래할지도 모르는 노예반란과 폭력, 그리고 거기에 수반되는 공포에 대해서도 날카로운 선구자적 인식을 보여 주고 있다.

포가 1838년에 쓴 유일한 장편소설인 「아서 고든 핌의 모험」 바로 그러한 것을 명징하게 보여 주는 대표적인 예이다. 이 소설의 주인공 핌은 낸터켓(포경선 항구로 유명하며 멜빌의 「모비 딕」에서 이스마엘이 포경선 피쿼드호를 타는 곳) 출생으로서, 마치 대자연 속으로 들어가는 것이 유일한 낙이었던 립 밴 윙클처럼 "바다로 나가려는 강렬한 욕망"을 갖고 있다. 그에게는 바나드 선장의 아들인 어거스터스라는 친한 친구가 있다.

어느 날 이 두 친구는 어거스터스의 집에서 열린 파티에서 술에 취하게 되는데, 핌은 집에 가는 대신 어거스터스와 같이 자기로 작정한다. 그가 막 잠이 들려고 할 때, 갑자기 어거스터스는 바다로 나가자고 제안한다. 그들은 핌의 보트인 에어리얼호(이 이름은 꿈같은 분위기를 불러일으킨다)를 타고 바다로 나간다. 어거스터스는 "술에 잔뜩 취한 상태"이며, 둘은 '아무 말도 없이' 항해를 계속한다. 그러나 그들의 배는 펭귄이라는 커다란 포경선에 부딪쳐 산산조각이 나고 그들은 펭귄 호에 의해 구조된다(펭귄은 흑색과 백색의 혼합 또는 대조—곧 리얼리티—를 의미하며 그들의 낭만적인 꿈(Ariel)은 곧 이 흑백의 리얼리티에 의해 부숴진다).

그 사건이 있은 후, 핌은 다시 바다로 나가고 싶은 열망에 사로잡혀 기회를 보다 어느 날 친구인 어거스터스의 부친이 선장으로 출범하는 배를 몰래 타게 된다. 핌은 선실 밑의 '관 같은 곳'에 숨어서 배가 바다 한가운데로 나갈 때까지 기다리게 되고, 어거스터스는 갑판 위에서 때를 기다리며 핌을 돌보게 된다. 여기에서 분명해지는 것은 어거스터스는 핌의 초자아super-ego 역할을 하고 있으며(둘은 침대를 같이 쓰는 사이이다) 핌은 사흘 낮 사흘 밤(예수가 죽어서 무덤에 있는 기간)을 관 속에 갇힌 채 상징적인 재생을 기다리고 있다는 점이다. 무덤 속은 시간이 멎어 버린 곳, 그리고 오직 악몽만이 있는 곳이다.

나는 시계를 바라보았다. 그러나 그것은 멎어 있었고, 따라서 내가 얼마나 잤는지 알 수가 없었다 (…) 내 꿈은 가장 끔찍한 것이었다 (…) 드디어 나는 내가 반쯤 깨어있다는 것을 발견했다. 그렇다면 나의 꿈은 순전히 꿈만은 아니었던 것이다.

위의 인용은 핌이 커다란 베개에 짓눌려 숨이 막히는 악몽을 꾸다가 정신을 차려 보니 자신의 충견 타이거가 자기 위에 올라타 짓누르고 있는 것을 발견하는 장면에 관한 것이다. 나중에 타이거는 정신착란을 일으켜 핌을 공격하려 한다. 온몸이 새까만 이 거대한 개가 '희고 무서운 이빨'로 주인을 물어뜯으려 하는 이 공포의 장면은 분명 노예반란의 악몽을 두려워하고 경고하는 포의 강렬한 은유라고 할 수 있다.

악몽에서 깨어나 갑판으로 나온 핌은 이제 진짜 악몽 같은 현실과 대면하게 된다―즉, 그동안 갑판에서는 선상반란이 일어나서 백인선장 바나드는 실각하고 나머지 선원들은 대부분 살해당했으며, 배는 일등 항해사와 살인자들이 장악하고 있었다. 얼마 후 핌과 어거스터스는 더크 피터스라는 인디언 혼혈의 도움으로 반란자들을 모조리 처치하는 데 성공하나 배는 곧 암초에 부딪쳐 좌초하고 만다. 살아남은 핌, 어거스터스, 더크 피터스, 그리고 리처드 파커라는 선원은 탑승객 전원이 죽어 버린 한 표류선을 발견하는데, 그들은 그 배에서 한 마리의 거대한 흰 갈매기가 죽어 버린 유색인의 등에 앉아 그 몸체를 게걸스럽게 파먹고 있는 끔찍한 광경을 보게 된다.

셔츠가 찢어져 맨살이 나온 그의 등 위에서는 커다란 갈매기가 끔찍한 살을 게걸스럽게 파먹느라 바쁘게 움직이고 있었다. 그 새의 부리와 발톱은 살 속에 깊이 박혀 있었고 하얀 깃털은 피가 튀어 범벅이 되어 있었다.

이 강렬한 장면의 묘사를 통해 포는 유색인종에 대한 백인의 착취가 빚어내는 공포와 참상을 생생하게 묘사하고 있다.

이윽고 식량이 떨어진 이 네 사람은 결국 제비를 뽑아 걸린 파커를 죽여 잡아먹는 끔찍한 식인행위를 자행하게 된다. 부상을 입었던 어거스터스가 죽자 이제 둘만 남은 핌과 피터스는 어느 날 남극해로 가는 배인 "제인 가이"호에 의해 구출된다. 초자아인 어거스터스가 죽고 이제는 자신의 자아('Id' 또는 더블)라고 할 수 있는 더크 피터스와 함께 살아남은 핌은 드디어 깊은 무의식의 세계로, 또는 '밤의 끝으로의 여행'을 시작하게 된다.

남극 근처에서 이들이 탄 배는 모든 것이 검고 흰색은 터부로 여겨지는 '찰랄'이라는 이상한 섬에 도착하게 된다. 주민들은 심지어 치아까지도 검은색이다. 제인 가이 호의 선원들은 겉으로는 친절한 것 같은 흑인들의 음모에 빠져 전원 죽임을 당하고 배도 파괴되나, 핌은 피터스의 도움으로 구사일생으로 살아난다. 이 위협적인 검은 지역을 겨우 빠져 나온 핌과 피터스는 조그만 카누를 타고 드디어 완벽한 백색의 지역인 남극에 다다른다.

눈부신 백색의 지역인 남극에서 그들은 흰 새들이 끊임없이 날아다니고 있고, 흰 재들이 끊임없이 떨어져 바닷물은 우윳빛이 되어 있으며, 물 위에는 흰 동물들의 시체가 떠다니고 백색 안개의 장막이 사방을 둘러싼 채, 천지는 쥐 죽은 듯 고요한(립과 네딜란드 선원의 침묵을 기억할 것) 세계 속으로 들어가게 된다.

이윽고 어둠이 점점 깊어지고 갑자기 물살이 빨라지면서 이들이 탄 카누는 앞 쪽의 거대한 자궁 같은 곳의 소용돌이 속으로 빨려 들어가게 되는데, 바로 그 순간 핌과 피터스는 하얀 수의를 입은 거대한 인간의 형상이 꿈속에서 솟아오르는 것을 목격한다.

이제 우리는 벌어진 틈이 우리를 받아들이기 위해 기다리고 있는 폭포의 포옹 속으로 휩쓸려 들어갔다. 그러나 우리의 항로 앞에 그 어느 인간보다 더 큰 하얀 수의를 입은 인간의 형태가 솟아올랐다. 그리고 그 형태의 피부는 눈과 같은 완벽한 백색이었다.

이 흰 수의를 입은 인간의 형체의 정체가 과연 무엇인지는 영원한 미스터리이다. 왜냐면 그것을 알고 있을지도 모르는 핌이, 비록 살아서 미국에 돌아오긴 하지만, 그 비밀을 말해 주기 전에 갑자기 죽어 버리기 때문이다. 그래서 진실은 베일에 가려진 채 마지막 계시의 순간까지 유보된다―멜빌의 「모비 딕」에서, 조셉 콘라드의 「어둠의 핵심」에서, 그리고 최근에는 토머스 핀천 「V를 찾아서」에 이르기까지 이 베일에 가려진 진실 또는 유보된 진실의 전달은 면면이 이어지고 있다. 그렇다면 이 수의를 입은 인간의 형체는 백인의 궁극적인 유토피아인 남극에서 백인문명 또는 미국문명의 낙관적 진보주의에 제동을 거는 엄숙한 경고이자, 파멸이 임박한 미국의 운명, 더 나아가서는 세계의 운명을 예언하는 묵시록적 비전이라고도 볼 수 있을 것이다.

물론 「아서 고든 핌의 모험」은 인간의 내면세계 탐구라는 측면에서 순전히 심리학적인 해석도 가능한 작품이다. 그러나 이 작품은 분명 그러한 개인적 심미적 차원을 초월해, 미국문화와 사회가 안고 있는 딜레마와 파멸의 위험까지도 다루고 있다. 과연 이 작품에서 포는 미국의 숙명적인 악몽인 흑백의 대립문제와 그로 인해 야기되는 미국문명의 파멸위기를 인식하고 주인공 핌의 "밤의 끝으로의 여행"을 통해 우리에게 경고를 해 주고 있는 계시록적 작가로서의 역할을 훌륭히 수행하고 있다.

탐정소설과 공포소설과 탐미소설의 원조로 불리고 있는 포는 당대에는 미국에서 거의 인정받지 못한 채(프랑스의 보들레르와 말라르메로부터는 극찬을 받았지만), 1849년 알코올 중독의 폐인으로서 건강이 극도로 악화되어 볼티모어의 어느 길거리에 쓰러진 채 발견되었으나 깨어나지 못해 자신의 소설답게 일생을 마쳤다.

그럼에도 불구하고, 추리소설이라는 새로운 장르를 창시했고, 화려한 아메리칸 드림에 가려진 미국의 악몽을 탐색했다는 점에서 포의 등장은 문학의 명장면으로 기록된다.

청교도주의 비판과 미국의 정체성 탐색
너새니얼 호손

「모비 딕」에서 미국문화의 그리고 더 나아가서는 인류문명의 '어둠의 흑암the blackness of darkness'을 보여준 멜빌이 자신의 영혼보다 더 어두운 영혼을 가진 동 시대의 선배작가를 발견, 그에게 매료되어 그를 자신의 정신적 부친으로 생각한 작가가 있었다. "그의 영혼은 어둠 속에 싸여 있으며 나보다 열 배나 더 어둡다. (…) 나를 붙잡아 매료시키는 것은 바로 그 어둠이다."라고 멜빌이 묘사한 어둠의 작가. 바로 너새니얼 호손이다.

호손과 동 시대였던 또 한 사람의 작가인 포가 탐미적이고 사적이며 도덕에 크게 구애받지 않은 채 인간 내면세계의 어두운 심연을 탐구했다면, 호손은 똑같이 인간의 어두운 내면심리를 다루면서도 개인의 은밀한 심리보다는 미국이라는 공동체의 집단심리를 알레고리 기법을 사용하여 도덕적 우화로 만들어 냈던 작가였다.

Nathaniel Hawthorne 1804-1864

The Scarlet Letter, 1850

The Marble Faun, 1860

너새니얼 호손은 1804년 7월 4일 미국 매사추세츠 주 세일럼의 한 청교도 가정에서 출생하여 불과 네 살 때 부친을 여의고 외삼촌 집에서 성장하다가 1821년 메인 주 보우던 칼리지에 입학한다. 대학에서 그는 자신의 일생에 큰 영향을 끼친 친구들을 만나게 되는데 그중에는 1852년 미국의 14대 대통령이 된 동창생 프랭클린 피어스Franklin Pierce도 있었다. 어떻게 생각하면 호손은 정치와 권력의 혜택을 상당히 많이 본 작가였다. 예컨대 그는 1846년엔 동창 피어스의 도움으로 세일럼 세관의 검사관이 되었고, 1853년엔 역시 대통령이 된 피어스의 배려로 영국 리버풀 주재 영사로 임명되었다. 또 그는 피어스의 대통령 당선을 돕기 위해 피어스의 전기를 집필하여 출판하기도 했으며 그로 인해 반대파였던 휘그당으로부터 비난도 받았다.

호손은 대학시절에 쓰기 시작한 처녀장편 「판쇼 이야기」를 1828년에 자비로 출판했지만, 불만족스러웠든지 곧 전부 회수해서 없애 버렸으며, 대학 졸업 후 1837년 「두 번 한 이야기들」이 나올 때까지 약 12년은 저술에만 몰두했다. 그 이후 1850년엔 「주홍글자」를, 1851년에는 「칠박공의 집」를, 1852년에는 「블라이스데일 로맨스」 그리고 1860년에는 「대리석의 판 신神」을 출판하였다.

1841년 호손은 약혼녀의 언니의 권유로 당시 조지 리플리를 주축으로 하는 "초월(또는 초절)주의자들the Transcendentalists"이 세운 실험적 유토피아 농장인 "브룩 팜"에 들어가 생활하기 시작했으나 곧 환멸을 느끼고 나와 버린다. 호손은 엄밀한 의미에서 초월주의자는 아니었지만, 에머슨이나 소로를 좋아했으며 친교를 갖고 지냈다. 1842년에는 소피아 피바디와 결혼하여 우나와 로즈라는 두 딸과 줄리언이라는 아들을 두게 된다.

호손을 유명하게 해준 대표작은 「주홍글자」이다. 이 소설의 제1장 '감옥의 문'은 다음과 같은 의미심장한 말로 시작된다.

이 새로운 식민지의 건설자들은, 자기들이 원래 생각했던 인간의 선과 행복의 이상향이 무엇이었든지 간에, 우선 실제적인 필요에 의해 처녀지의 일부를 공동묘지로 또 다른 일부를 형무소로 써야 된다는 것을 예외 없이 인정했다.

이것은 물론 인간의 이상과 꿈속에 내재해 있는 어쩔 수 없는 어두운 면을 잘 인식하고 지적해 주고 있는 구절이지만, 그러나 그와 동시에 신세계의 이미지를 갖고 시작된 미국이란 나라가 처음부터 숙명적으로 안고 있었던 한계점과 문제점을 잘 보여 주는 구절이기도 하다.

「주홍글자」의 내용과 주제에 대해 고찰하기 전에 잠시 호손 가문의 배경을 살펴볼 필요가 있다. 원래 영국 버크셔 지방의 가난한 자작 농민이었던 호손가의 한 사람인 윌리엄 호손은 1630년에 미국 매사추세츠 주로 이민을 오게 되는데, 그와 같은 배에는 후에 초대 매사추세츠 총독이 되어 인디언과 퀘이커교도들을 박해한 존 윈스롭John Winthrop가 타고 있었다. 윈스롭에 의해 세일럼의 치안판사가 된 윌리엄 호손은 윈스롭 함께 퀘이커교도들을 박해하는 데 앞장섰으며, 그의 아들 존 호손도 소위 마녀재판the witch trials의 판사로서 1692년에 19명을 마녀로 몰아 교수형에 처했으며(유럽에서는 마녀 혐의자들을 화형에 처했으나 미국에서는 전원 교수형에 처했음), 존의 두 형도 '필립 왕의 전쟁'(1675-1676)이라는 인디언 대학살에 참가하였다. 호손은 자기 조상의 이와 같은 죄에 대해 깊이 명상하는 동안, 원래는 가톨릭의 박해를 피해 새로운 에덴을 세워 보려고 신대륙에 정착한 "건국의 아버지들"들이 다른 소수교파에 대해 자행한 박해와 죄악, 청교도주의의 인간성 억압, 청교도들의 선민의식, 그리고 그것들이 미국의 형성에 끼친 어두운 영향을 탐색하기 시작했다('청교도적 유산'은 소위 '실용주의'와 더불어 미국인의 정신을 지배하는 두 흐름을 형성하고 있다).

「주홍글자」의 줄거리는 너무나 잘 알려져 있기 때문에 새삼 거론할 필요가 없을 정도이다. 17세기 미국역사 초창기에 영국에서 보스턴으로 온 여인 헤스터 프린은 곧 뒤따라 오겠다던 남편이 오지 않자 독신 목사인 아서 딤스데일과 사랑을 하게 되어 사생아 펄을 낳게 된다. 간통죄로 감옥에 갇힌 그녀는 겨우 극형은 면하나 시민들 앞에 끌려나와 수치를 당한 후 간통녀adulteress의 상징인 'A'자를 달고 다니도록 하는 선고를 받는다.

끝내 정부의 이름을 밝히지 않은 그녀 덕분에 파멸은 면했지만 딤스데일 목사는 대신 죄의식으로 인해 병석에 눕게 된다. 그때 늦게야 그곳에 도착한 헤스터의 남편은 '로저 칠링워스'라는 가명으로 치료를 빙자하여 딤스데일 목사에게 접근한 후, 그가 자기 아내의 정부임을 간파하고 온갖 악랄한 수법으로 정신적인 고문을 가한다.

수척해진 딤스데일을 숲에서 만난 헤스터는 칠링워스가 자기 남편임을 밝히고 보스턴을 빠져나가 다른 곳에 가서 살 것을 제의한다. 딤스데일은 칠링워스의 사악함에 전율하며 이렇게 말한다.

타락한 신부보다 더 나쁜 인간이 여기 있구나! 그 늙은이의 복수는 내 죄보다 더 검다. 그는 잔인하게도 인간의 마음속의 신성함을 파괴해 버렸다.

호손에 의하면 칠링워스의 죄야말로 자신만이 정의라고 확신하는 독선과 오만에서 오는 "용서받지 못할 죄"이며 인간의 죄 중 가장 나쁜 죄로서 결코 용서받을 수 없는 죄가 된다. 거기에 비하면 헤스터의 죄는 단순한 '정열의 죄'로서 용서받을 수 있으며, 그들을 정죄한 청교도 사회의 위선과 독선보다 오히려 더 가벼운 죄가 된다고 호손은 암시하고 있다(애초에 유부녀와 은밀한 정을 통했으며, 헤스터의 형벌과 고통에도 불구하고 7년 동안이나 고백을 하지 않고 버티는, 그래서 "위선의 죄"를 범하는 존경받는 청교도 목사라는 사실은 바로 그러한 점에서 중요한 의미를 갖는다).

다른 곳으로 도망가서 살자는 헤스터의 반항정신과 창조적 정신에 비해, 연약한 목사 딤스데일의 우유부단함은 너무나 강렬한 대조가 된다. 헨리 제임스는 이 소설의 주인공이 창백한 지식인 딤스데일이라고 생각했다. 그러나 이 소설의 주인공은 용기 있는 여인 헤스터 프린이라고 하는 것이 여러 가지 면에서 더 타당할 것이다. 더욱이 미국소설의 전형답게 「주홍글자」에 등장하는 딤스데일은 여성에 비해 연약하고 남편이나 아버지가 되려고도 하지 않고, 또 될 자격도 없는 남자로 그려지고 있다. 결국 딤스데일 목사는 새 총독 취임식에서 축하 설교를 마치고 헤스터의 손을 잡고 청중들 앞에서 자신의 죄를 고백한 다음 곧 쓰러져 죽는다(헤스터의 입장에서 보면 이 또한 얼마나 무책임한 일인가!). 그러자 삶의 목적이었던 복수를 하지 못하게 된 칠링워스도 곧 죽어 버리고 헤스터와 펄은 다시 유럽으로 건너가지만, 십여 년 후에 헤스터는 다시 보스턴에 돌아와 여생을 마친다. 그녀와 딤스데일의 묘지에는 하나의 비석이 세워지는데 거기엔 검은색을 배경으로 주홍빛 'A'자가 새겨져 있다는 이야기로 이 소설은 끝이 난다.

호손은 「주홍글자」에서, 타인을 정죄하고 인간의 정열을 억압하고 인간성을 말살하는 한편, 스스로는 은밀하게 위선과 독선과 교만의 죄를 범하고 있는—그리하여 '미국의 꿈'에 처음부터 'A'자를 찍어 놓았던 청교도주의를 신랄하게 비판하고 있다. 과연 헤스터의 가슴에 수놓아진 'A'자는 '간통녀adulteress'라는 표면적 의미를 떠나서 'America'를 뜻하고 있으며 칠링워스와 딤스데일은 미국과 필연적인 관계를 갖고 있으나, 결국엔 미국이 벗어나야만 하는 유럽의 두 가지 유산—즉 극도의 이성주의(칠링워스는 의사로서 딤스데일에게 접근하며, 그의 의술이 나쁜 목적으로 사용되고 있음을 주목할 것)와 청교도주의(딤스데일)—을 상징하고 있다고도 볼 수 있다. 과연 이 작품에서는 '검은 바탕의 주홍글자 A'가 청교도주의의 이성주의와 어두움과 대비되는 생명력과 저항과 정열을 표현하는 붉은색을 드러내기 위해 빈번히 사용되고 있다. 또한 헤스터의 가슴에 붙어 있는 주홍글자 'A'는 모든 것의 시작인 'Alphabet'과 더불어, 호손의 말대로 'Angel', 'Able', 'Artist' 등의 의미도 갖고 있다고 볼 수 있다.

「주홍글자」에서 호손은 청교도주의가 미국의 형성과 미국인의 심리에 끼친 어두운 영향을 탐구함으로써 '미국'이라는 나라의 생성과 정체성과 본질에 대한 문제의 핵심을 파악해 그 적나라한 모습을 우리에게 보여 주고 있다(과연 적절하게도 그는 미국의 독립기념일인 7월 4일에 태어났다). 호손의 그와 같은 태도는 그의 유명한 단편 「젊은 굿맨 브라운」에서도 극명하게 드러나고 있다.

「젊은 굿맨 브라운」

「젊은 굿맨 브라운」은 세일럼에서 '페이스Faith'라는 이름의 여인과 세 달 전에 결혼한 굿맨 브라운—당시 'Goodman'은 'Mr.'의 뜻으로 쓰였다—이 어두운 숲속으로 밤 여행을 떠나면서 시작된다. 분홍빛 리본을 단 신부 페이스는 그에게 날이 밝으면 떠날 수 없겠느냐고 사정한다. 그러나 브라운은 유혹에 빠지는 모든 사람들이 그렇듯, '오늘 밤만…' 그리고 '딱 한 번만…'이라고 말하며 기어이 밤길을 떠난다.

페이스에 대한 미안함에 젖어 숲길을 걸어가다가(그는 이제 '신앙심'과 잠시 결별한 상태이다) 굿맨 브라운은 왠 정체모를 오십대의 청교도 사내를 만난다. 보스턴에서 세일럼까지 오는 데 15분밖에 걸리지 않았다는(실제로는 자동차로 약 40분 걸린다) 이 수상한 사람은 분명 악마임에 틀림이 없는 데도 브라운은 이상하게도 그가 자신의 모습과 닮은 것을 발견한다. 그래서 마치 부자지간처럼 닮은 이 두 사람은 함께 여행을 계속한다.

그 이상한 사나이는 굿맨 브라운의 조부가 세일럼 거리에서 퀘이커교도 여인을 채찍질했으며, 그의 부친은 필립 왕 전쟁 때 인디언 부락에 불을 질렀다는 사실을 폭로한다. 그리고 자기들은 지금 악마의 검은 미사에 가는 길이라고 말한다. 굿맨 브라운은 애써 그것을 부정하려 하나, 그때 그들 옆을 지나가던 자신의 교리 문답 선생이었던 구디 클로이즈 부인도 악마의 미사에 가고 있으며, 이상한 나그네와도 전부터 잘 아는 사이라는 것을 발견하고는 극도의 회의에 사로잡힌다.

이윽고 악마의 미사 장소에 도착한 굿맨 브라운은 낮에는 그렇게도 경건한 체하던 교회 지도자들과 마을 사람들이 ─ 그리고 심지어 자기 아내 페이스^{Faith}까지도 ─ 모두 거기에 모여 검은 미사를 드리고 있는 것을 발견하고 경악한다. 이윽고 악마는 제단에 서서 이렇게 말한다.

저기에는 너희들이 어려서부터 존경하던 사람들이 모두 와 있다. 너희들은 그들이 너희들보다 더 성스러우리라고 여겼겠지. 그래서 그들의 의로운 인생과 천국을 향한 간절한 열망을 너희들의 죄와 대조시키면서 위축되었겠지. 하지만 지금 그 사람들은 여기 내 예배의식에 모두 와 있다! 오늘밤 너희들은 그 사람들의 은밀한 행위에 대해서 알게 될 것이다.

다음날 굿맨 브라운은 완전히 다른 사람이 되어 세일럼 마을로 돌아온다. 그는 이제 모든 마을 사람들, 교회 지도자들, 그리고 심지어는 자기 아내 페이스마저도 의심하고 경멸하는 냉소적 인간이 되었다. 그는 인간과 청교도주의의 위선과 독선을 '밤의 여행'을 통해 보고 깨달은 것이다. 굿맨 브라운이 그 '밤의 여행'으로 인해 타락한 것인지, 아니면 구원의 깨우침을 얻은 것인지에 대해서는 아직도 논란이 많다. 이 단편은 다음과 같은 이야기로 끝을 맺고 있다.

그가 오래 살아서 허옇게 늙은 주검으로 이제는 늙어 버린 페이스와 자녀들, 손자들, 그리고 많은 이웃들이 애도의 행렬을 지은 가운데 무덤으로 들어갔을 때에, 그들은 그의 묘비에 아무런 희망의 시를 새기지 않았다. 왜냐하면 그는 암울하게 죽어갔으므로.

호손은 진정으로 용기 있는 작가였다. 그는 자신의 작품들 속에서 자기 조상의 죄, 나아가 전 미국인의 조상들의 죄를 과감하게 파헤쳐 보여 주고 있다. 멜빌은 이렇게 쓰고 있다.

너새니얼 호손에 대한 중요한 진실은 그가 우뢰 속에서도 '아니다!'라고 말한다는 점이다. 악마조차도 그를 '그렇다'라고 말하게 할 수는 없다.

호손의 「주홍글자」나 「젊은 굿맨 브라운」의 등장은 미국의 어두운 유산인 청교도주의의 폐해를 과감히 비판했다는 점에서, 문학의 명장면이라는 평을 받는다.

흰고래 추적의 의미
허먼 멜빌

「아서 고든 핌의 모험」에서 에드거 앨런 포가 그 본질을 탐색하려고 시도했던 미국의 악몽과 밤의 여행은 허먼 멜빌의 「모비 딕」에 오면 보다 더 심오하고 웅대한 스케일의 서사시가 되면서, 미국뿐만 아니라 인류 전체의 운명과도 연관되는 보편성universality을 성취하게 된다. 과연 멜빌의 「모비 딕」은 너세니얼 호손의 「주홍글자」와 마크 트웨인의 「허클베리 핀의 모험」과 함께 19세기 미국문학을 대표하는 3대 걸작 중의 하나로 꼽히고 있으며, 평자에 따라서는 이 작품을 미국소설 전체를 통틀어 최고의 대작, 또는 제임스 조이스의 「율리시스」와 토머스 핀천의 「중력의 무지개」와 더불어 19세기 이래 현대 영미문단의 삼대 대작으로 평가하기도 한다(이것은 프랭크 커모드, A. 월튼 리츠, 에드워드 멘델슨 같은 비평가들의 공통된 견해이다).

　이러한 대작의 저자인 허먼 멜빌은 1819년 뉴욕시에서 태어났

Herman Melville 1819-1891

Moby Dick, 1851

다. 멜빌의 유년기와 소년기는 불행의 연속이었다. 멜빌이 13세 되던 해, 부친 앨런이 사업실패로 타계하자, 그의 가족은 온갖 고생을 하게 되었다. 멜빌도 학업을 중단하고 점원, 교사직을 전전했다. 멜빌이 1839년 영국 리버풀로 가는 배인 세인트 로렌스호의 선원으로 첫 항해를 시작한 것도 따지고 보면 극도의 가난 때문이었다. 1841년에 선원으로 포경선을 타고 남태평양을 항해하며 여러 가지 위험과 모험을 겪은 멜빌은 1844년 다시 미국으로 돌아오는데, 그때의 항해경험은 「타이피」, 「오무」, 그리고 「하얀 자켓」 같은 작품 속에 생생히 기록되어 있다. 멜빌은 그 외에도 「피에르」, 「사기꾼」, 그리고 사후에 발표된 「빌리 버드」 같은 탁월한 작품들을 남겼는데, 그 중에서도 가장 유명한 불후의 대작으로 꼽히는 작품이 바로 「모비 딕」이다.

당시 뉴욕 퍼블릭 라이브러리의 한 사서는 깡마르고 수염이 덥수룩한 청년 하나가 매일 고래와 포경에 대한 책을 산더미처럼 빌려다 놓고 탐독하는 것을 보고 혹시 미친 사람이 아닌가 생각했다고 하는데, 그로부터 몇 년 후에 그 청년은 「모비 딕」이라는 대작 소설을 써내어 온 세상을 놀라게 하였다. 대부분의 걸작이 그렇듯이, 「모비 딕」도 물론 발표 당시에는 좋은 평가를 받지 못했으며 심지어는 실패작으로 여겨지기도 했다. '해양문학에서 전례 없는 우울함의 끔찍한 묘사', '완전히 돌아 버린 광기의 책', '멜빌의 퀘이커들은 파멸한 바보들이고 그의 미친 선장은 끔찍하게도 재미없는 인물이다' 등이 당시 「모비 딕」에 대한 대표적인 서평이었다. 멜빌 자신도 호손에게 보내는 편지에(「모비 딕」은 멜빌 자신의 정신적 아버지로 생각했던 호손에게 바쳐졌다) "나는 사악한 책을 썼습니다I have written a wicked book."라고 적고 있다.

「모비 딕」은 "나를 이스마엘이라 불러다오Call me Ishmael"라는 유명한 문장으로 시작된다(이스마엘은 원래 구약성서에 나오는 아브라함의 서자로 '추방자outcast'의 의미를 갖고 있다).「모비 딕」의 주인공은 물론 이 고아청년 이스마엘이다. 이 소설은 사실 이스마엘이 겪는 눈뜸의 과정의 기록이며 이 소설의 주요한 세 인물인 에이햅, 퀴퀙, 그리고 모비 딕도 사실은 이스마엘의 교육을 위한 도구로서의 기능을 수행하고 있다고 해도 크게 틀린 말은 아닐 것이다.

내 영혼에 부슬부슬 비가 내려 축축한 11월같이 될 때면, 내가 저절로 장의사 앞에서 발걸음을 멈출 때면, 그리고 나도 모르게 거리에서 만나는 상여행렬의 뒤를 따라갈 때면 (…) 나는 즉시 바다로 나가야 될 때가 된 것을 안다.

로맨틱한 청년 이스마엘은 이렇게 우울증이 엄습할 때면 언제나 바다로 나간다. 바다로 나가는 것은 그에게 있어 자살을 대신하는 것이다.This is my substitute for pistol and ball. 이스마엘은 낸터킷에서 출항하는 포경선을 타기 위해 뉴 베드포드에서 기다리는 동안(낸터킷은 원래 미국 최대의 포경선 항구이며 포경선의 선원들은 뉴

베드포드에서 휴식을 취하거나 기다리는 것이 상례였음) '고래 물줄기 여관the Spouter-Inn'에 묵게 된다. 이스마엘은 이 여관 입구 한 편에는 거대한 고래의 그림이 있고 그 반대편에는 포경도구들의 컬렉션이 있는 것을 발견한다. 또한 이 여관 뒤쪽에 있는 술집의 입구는 고래의 턱뼈로 되어 있고 바텐더의 이름도 요나인 것을 알게 된다(요나는 구약 요나서의 주인공으로서 고래 뱃속에서 3일간을 지낸 사람이다).

그러므로 상징적으로 볼 때 이 여관에 들어가는 것은 마치 고래의 뱃속으로 들어가는 것과도 같으며, 거기에서 이스마엘은 마치 성서 속의 요나처럼 정신적인 죽음과 재생을 경험하게 된다. 과연 이 여관의 주인 이름은 적절하게도 피터 코핀Peter Coffin이다. 바로 이 상징적인 관 속에서 이스마엘은 자신의 또 다른 모습인 퀴퀙을 만난다. 퀴퀙은 원래 폴리네시아인 왕자로서 백인문명을 동경하여 미국에 왔다가 포경선의 작살잡이가 된 이교도 야만인이다(그와 반대로 이스마엘은 서구문명에 염증을 느끼고 대자연으로 도망치는 기독교도 백인이다). 포의 아서 고든 핌도 역시 거대하고 검은 뉴펀들랜드종 개와 함께 관 같은 곳에 갇혀 상징적인 죽음의 재생을 경험하는데, 재미있는 것은 이스마엘도 상징적인 관 속에서 유색인 퀴퀙을 뉴펀들랜드종 개에 비교하고 있다는 사실이다.

이스마엘은 자신이 본격적인 항해를 떠나기 전에, 그리고 포경선 선장 에이햅과 거대한 흰 고래 모비 딕과 숙명적인 대면을 하기 전에, 상징적인 관 속에서 먼저 자신의 '어두운 자아'(혹은 프로이드의 용어를 빌리면 '이드', 융의 용어를 빌리면 '그림자')인 퀴퀙과의 대면을 통해 상징적인 죽음과 재생을 경험하게 된다. 여관주인 피터 코핀은 이스마엘에게 빈 방이 없기 때문에 퀴퀙과 함께 자야 한다고 말한다. 자신의 동료 투숙객에 대한 이스마엘의 불안감은 막상 전신에 문신이 새겨진 야만인 작살잡이인 퀴퀙을 보았을 때 극도의 공포심으로 변한다. 무시무시하게 생긴 퀴퀙이 자기 옆자리에 누워 토마호크(도끼와 담배 파이프를 겸한 것)를 피우기 시작하자 이스마엘은 적절하게도 "코핀씨(관이여)! 천사여! 사람 살려!Coffin! Angels! Save me!"라고 비명을 지른다. 이때 이스마엘은 자신의 비명의 의미를 전혀 깨닫지 못하고 있지만, 모비 딕의 맨 마지막에 이스마엘이 퀴퀙의 관을 붙잡고 살아난다는 것을 생각하면 그의 부르짖음은 다분히 상징적이라고 할 수 있다. 이윽고 여관주인 코핀이 달려오고 한바탕의 소동이 끝난 후에야, 이스마엘의 눈뜸의 과정은 시작된다.

내가 이 무슨 소동이란 말인가 — 저 사람도 나처럼 인간이지 않은가. 내가 그를 두려워하는 만큼 그도 나를 두려워할 충분한 이유가 있지 않은가. 술 취한 기독교인과 자는 것보다는 차라리 취하지 않은 식인종과 자는 편이 더 나으리라What's all this fuss I have been making about, thought I to myself — the man's a human being just as I am: he has just as much reason to fear me, as I have to be afraid of him. Better sleep with a sober cannibal than a drunken Christian.

그러므로 같은 침대에서 자고 난 다음날 아침 이스마엘은 이렇게 말한다.

나는 평생 이보다 더 편하게 자본 적이 없었다. (…) 퀴퀘그의 팔이 가장 사랑스럽고 다정하게 내 몸 위에 얹혀 있어서 나는 마치 오래 전부터 그의 아내나 된 것 같았다 "I... never slept better in my life.... I found Queequeg's arm thrown over me in the most loving and affectionate manner. You had almost thought I had been his wife".

바로 여기에서 멜빌은 백인 미국인, 그리고 더 나아가 서구의 백인문명 전체에 대해 심오한 메시지를 전해 주고 있다. 즉, 유색인 이교도 야만인과 같이 사용하는 침대에서 백인은 사실 악몽이 아닌 안락함을 느낄 수 있다는 깨우침이 바로 그것이다. 「모비딕」에서 가장 강렬한 순간은 기독교도인 이스마엘이 깊은 고민과 주저 끝에 드디어 퀴퀘그의 이교도 의식에 동참하여 우상숭배를 하겠다는 결심을 하는 순간이다.

나는 분명 장로교의 품에서 태어나고 자라난 독실한 모태로부터의 교인이다. 그렇다면 어떻게 내가 이 야만인 우상숭배자와 함께 나뭇조각을 예배하는 의식에 동참할 수 있단 말인가? (…) 하지만 예배란 무엇인가? ─ 신의 뜻에 따르는 것 ─ 바로 그것이 예배이다. 그렇다면 신의 뜻은 무엇인가? ─ 내가 대접받고 자 하는 대로 나도 나의 동료를 대접하는 것이다―바로 그것이 신의 뜻이다. 자, 퀴퀙은 나의 동료이다. 그리고 내가 퀴퀙이 내게 해주었으면 하고 원하는 것이 무엇인가? 바로 장로교 예배에 같이 참석해 주었으면 하는 것이 아닌가, 그렇다면 나도 우상숭배자가 되어야만 하리라I was a good Christian; born bred in the bosom of the infallible Presbyterian Church. How then could I unite with this wild idolator in worshipping his piece of wood? (⋯) But what is worship―to do the will of God―that is worship. And what is the will of God?―to do to my fellow man what I would have my fellow man to do to me―that is the will of God. Now Queequeg is my fellow man. And what do I wish that this Queequeg would do to me? Why, unite with me in my particular Presbyterian form of worship. Consequently, I must then unite with him in his; ergo, I must turn idolator.

바로 이 순간 이스마엘은 편집과 독선에 물든 백인 기독교도로부터 타자와 이교도를 포용할 수 있는 이상적인 미국문학 속의 주인공이 된다. 이 장면은 도망노예 짐을 고발하는 편지를 썼다 찢어 버리며 "좋아, 차라리 지옥에 가겠어!All right, then, I'll go to hell!"라고 부르짖는 헉 핀의 결심 장면과 함께 미국의 정신사 중 가장 고양되고 가장 위대한 도덕적 승리의 순간으로 기록된다.

드디어 포경선 피쿼드Pequod(백인에게 전멸당한 인디언 부족의 이름이다)에 승선한 이스마엘은 선장 에이햅과의 만남, 그리고 드디어는 흰고래 모비 딕과의 대면을 통해 현실을 인지하며 부단한 눈뜸의 과정을 경험한다. 그러나 이스마엘은 원래 감상적이고 낭만적인 이상주의자이다. 그래서 그는 좀처럼 자신의 꿈의 표면을 뚫고 그 속에 내재해 있는 끔찍한 리얼리티를 보지 못한다. 예컨대 "돛대 감시탑The Mast-Head"장에서 이스마엘은 돛대 꼭대기의 감시탑에서 고래의 출현을 살피다가 아득한 발밑의 신비스러운 대양을 내려다보며 낭만적인 꿈, 곧 에머슨적이고 초월주의적인 백일몽에 빠져들어간다. 높은 돛대 위에서 이스마엘은 신비스러운 바다의 수면 속에서 꿈틀거리고 있을 악몽이자 괴물이며 끔찍한 현실인 모비 딕의 존재를 까마득하게 잊고 있는 것이다. 그러나 다행히 이스마엘은 백일몽과 환상에서 깨어난다.

> 하지만 우리가 이 잠과 꿈속에 젖어 있는 동안 일 인치라도 손이나 발을 움직인다면, 자칫 잡고 있는 손을 놓는다면 하는 생각에, 우리는 공포심에서 제정신으로 돌아오게 된다But while this sleep, this dream is on ye, move your feet or hand an inch; slip your hold at all; and your identity comes back in horror.

낭만적인 "돛대 감시탑"장 바로 다음에는 현실적인 "금화The Quarter-Deck"장이 나오는데, 이 장에서 에이햅 선장은 모비 딕을 처음 발견한 사람에게 주겠노라고 스페인 금화를 돛대에 박아 놓는다. 리오 마르크스가 「정원 속의 기계」라는 책에서 지적하고 있듯이, 이스마엘의 목가적인 꿈은 에이햅의 기계적인 망치소리에 의해 밀려나고 이스마엘은 다시금 현실로 되돌아온다. 그렇다면 모비 딕을 미친 듯 뒤쫓는 에이햅은 악몽적인 현실에 대한 부단한 탐색과 베일에 가려진 진실의 베일을 벗기려는 강렬한 욕구의 화신으로서, 이 소설에서 이스마엘에게 끊임없이 리얼리티의 존재를 깨우쳐 주는 역할을 맡고 있다고 할 수 있다.

이스마엘이 에이햅을 통해 인지하는 악몽적 현실은 드디어 흰 고래 모비 딕과의 난폭한 조우를 통해 그 절정에 다다른다. 모비 딕이 무엇을 상징하고 있는가는 그 동안 많은 비평가들의 논란의 대상이 되어 왔다. 처음엔 악, 그 다음엔 신성 그리고 최근엔 베일에 가려진 진리로서 해석되어지고 있는 이 거대한 흰 고래는 사실 인간이 거울과도 같은 물속에서 발견하는 우리 자신의 모습일 수도 있으며, 작가 멜빌의 표현을 빌리면, 영원히 그 정체를 알 수 없는 인생의 수수께끼 같은 유령의 이미지"the image of the ungraspable phantom of life"일 수도 있다. 모비 딕의 흰색은 바로 이러한 모호성을 잘 표출해 주고 있다. "고래의 백색The Whiteness of the Whale"이라는 장에서 이스마엘은 백색을 가리켜 '기독교적 신성의 베일'이면서 동시에 '인간에게 가장 공포심을 주는' 이중성을 가진 "모든 색의 종합이자 무색a colorless all-color" 그리고 "색의 부재the absence of color"로 묘사하고 있다.

과연 이러한 모호하고 신비하며 불길한 백색의 화신인 모비 딕은 스핑크스와 크레타의 미궁에 비유되고 있다. 여기에서 짚고 넘어가야 될 것은, 퀴퀙 역시 "끝없는 크레타의 미궁 같은 문신이 전신에 퍼져 있는 사람"으로 묘사되고 있다는 점이다. 이것은 모비 딕과 퀴퀘 모두가 백인 미국인들이 그 의미를 탐색하고 깨닫고 극복해야 하는 악몽적 현실이라는 것을 강력히 시사해 주고 있다.

드디어 사흘간의 추적이 끝나고 모비 딕과의 최후의 대면이 이루어지는 순간이 온다. 모비 딕이 바다 속에서 떠오르는 이 최후의 장면은 아서 고든 핌의 마지막 장면과 강렬하게 병치된다.

갑자기 그들 주위의 물결이 큰 원을 그리면서 서서히 부풀어 오르더니 마치 빙산이 수면에 솟아오르듯이 재빨리 솟아올랐다. (…) 엷은 안개의 배일에 싸인 채 그것은 잠시 무지개 속에서 부유하더니 다시 깊은 물속으로 잠겨 들어갔다Suddenly the waters around them slowly swelled in broad circles; then quickly upheaved, as if sideways sliding from a submerged berg of ice, swiftly rising to the surface. (…) Shrouded in a thin drooping veil of mist, it hoovered for a moment in the rainbowed air; and then fell swamping back into the deep.

드디어 모비 딕은 피쿼드 호를 산산조각으로 부숴뜨리고 다시 바다 속으로 사라진다. 에이햅 선장은 모비 딕의 몸에 감긴 밧줄에 끼어 죽고, 퀴퀘을 비롯한 선원들도 전원 익사하며, 이스마엘도 파도의 소용돌이 속으로 가라앉는다. 모비 딕이 악의 화신이라는 확신을 갖고 흰 고래를 추적해 그 정체를 포착하 작살을 던지던pin down 에이햅이 바로 자신이 던진 작살밧줄에 묶여 모비 딕과 함께 바다로 가라앉는다는 설정은, 초월적 신념 및 절대적 확신의 어리석음과, 진리의 불가해함을 은유적으로 보여주고 있다. 피쿼드 호가 부쉬져 해저로 가라앉는 순간, 갑자기 검은 거품이 솟아 나오더니 퀴퀘의 관을 수면으로 떠올려 이스마엘은 그것을 붙잡고 살아난다(퀴퀘은 항해 중 열병에 걸렸을 때 자신의 관을 만들어 두었다). 이렇게 해서 이스마엘은 살아 돌아와 순수한 백색의 수수께끼 같은 힘enigmatic and diabolic force에 의해 파멸하는 인류문명의 운명을 경고해 주고 있다. 멜빌의 위대성은 무엇보다도 그가 미국인들과 서구인들의 이상이자 자랑인 '순수하고 완전한 백색' 뒤에 숨어 있는 '불길하고 사악한 그 무엇'을 인식하고 그것의 본질을 과감히 탐색했다는 데에 있다. 멜빌은 1891년 9월 28일 타계했다. 하지만 그가 남긴 불후의 명작 모비 딕은 오늘날 미국문학을 대표하는 '최고의 소설the best novel America has ever produced'로서 살아남아 있다.

초월주의
랄프 월도 에머슨

랄프 월도 에머슨은 뉴잉글랜드의 청교도 목사를 부친으로 하여 1803년 5월 25일 보스턴에서 태어났다. 그러나 에머슨이 태어난 지 8년 만에 그의 부친이 죽자 가정의 경제상태는 대단한 어려움을 겪게 되었으며, 가족들의 건강 또한 좋은 편이 아니었다. 에머슨 집안의 아들 하나와 딸 하나가 어렸을 때 죽었으며, 한 아들은 평생 지진아로, 또 한 아들은 평생 환자로 살았고, 에머슨 자신도 대단히 병약한 소년이었다.

1817년 14세 되던 해 하버드대学에 입학한 에머슨은 중상위권에는 속했지만 성적이 크게 뛰어난 학생은 아닌 채로 1821년 하버드 대학을 졸업했다. 그로부터 몇 년 후 에머슨은 목사가 되기 위해 하버드 신학대학에 입학하였으나 약한 폐와 눈, 그리고 류머티즘으로 인해 잠시 휴학을 하게 된다. 1829년 드디어 하버드 신학교를 졸업한 에머슨은 자신의 아버지가 담임했던 제2 교회의

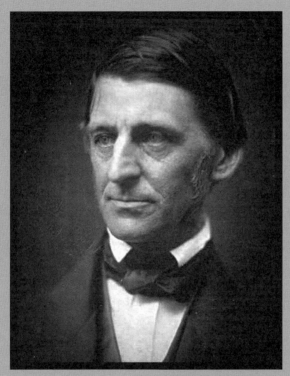

Ralph Waldo Emerson 1803-1882

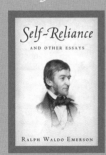

Self-Reliance, 1841

Nature, 1836

조목사로 부임하나, 교리의 독선화와 제도화, 그리고 신앙의 형식화에 깊은 회의를 느끼다가 1832년 자신은 더 이상 형식적인 성찬예식을 집전할 수 없노라는 고별설교와 함께 목사직을 사임한다. 당시의 목사직이 의미하는 사회적 명예와 경제적 안정을 생각해 볼 때 에머슨의 목사직 사임은 진정 용기 있는 결단이 아닐 수 없었다.

갓 결혼한 신부 엘렌 터커가 결혼한 지 일 년 반도 채 못 되어 죽어 버린 후, 혼자가 된 에머슨은 교회를 떠나 이탈리아를 거쳐 영국으로 가서 쿨릿지, 워즈워드, 그리고 카알라일과 교분을 맺게 된다. 1834년 다시 미국으로 돌아온 그는 보스턴 근교의 콩코드에 집을 사고 리디안 잭슨이라는 플리머스 출신 여자와 재혼한 후, 브론슨 알코트, 너새니얼 호손, 헨리 데이비드 소로, 그리고 윌리엄 채닝 등과 같은 당대의 지식인들과 교우하면서 위대한 사상가로서의 향후 47년간의 생애를 시작하게 되는데 이때 그의 나이 32세였다.

당시는 미국의 자주성과 주체성의 확립에 대한 의식이 미국인들 사이에 서서히 고개를 들기 시작하던 때였다. 예컨대, 정치적으로는 1823년에 5대 대통령 제임스 먼로가 소위 '먼로 독트린'을 통해 미국의 자주성을 선언하였으며, 종교적으로는 1820년에 윌리엄 채닝이 쓴 선언문인 「칼비니즘에 대한 도덕적 반론」으로부터 시작된 유니테리언 교파들이 뉴잉글랜드의 정통 장교도주의에 반발하고 있었다. 또한 철학적으로는(페리 밀러는 「초원주의자들」

이라는 책에서, 초월주의를 '종교적인 운동'이라고 부르고 있지만) 유니테리어니즘에 근거하여 독일의 관념주의, 그리고 동양의 신비주의의 영향을 받아 생성된 미국 특유의 이상주의인 초월주의 또는 초절주의Transcendentalism가 생겨나고 있었다. 초월주의 운동은 1830년대에 마거릿 풀러, 조지 리플리, 오레스티스 브라운슨, 에이모스 브론슨 알코트, 테오도르 파커 등에 의해 활발하게 전개되고 있었다.

에머슨은 미국의 이러한 자립의식과 낭만주의 운동, 그리고 F. O. 매티이슨이 "미국의 르네상스"라고 부른 시대의 대변자로서 등장하였다. 1836년에 발표한 자신의 최초의 에세이 「자연」에서 에머슨은 이렇게 말하고 있다.

왜 또한 우리가 우주와 직접적인 본연의 관계를 향유해서는 안 되는가? 왜 우리가 전통적인 것이 아닌 성찰의 시와 철학을, 그리고 우리에게 계시가 되는 종교를 가져서는 안 되는가?

또한 1837년에 하버드 대학의 "파이 베타 카파"에서 한 강연인 "미국의 학자The American Scholar"에서 에머슨은 다음과 같이 미국의 정신적인 독립을 선언하고 있다.

우리는 너무 오랫동안 유럽의 우아한 시상詩想을 경청해 왔다. (…) 의존의 시대, 즉 다른 나라의 학문에의 오랜 도제의 시대는 이제 끝이 나고 있다.

올리버 웬젤 홈스가 "우리들의 지적知的 독립선언서"라고 불렀던 이 「미국의 학자」는 당시로서는 대단히 과감하고 획기적인 선언문이어서 미국문화사의 한 기념비적 사건이 되었다. 이어서 1838년 그가 하버드대 신학대학 4학년생들 앞에서 한 연설문인 "하버드 신학대학 연설The Harvard Divinity School Address"은 당대 종교의 형식주의와 전통을 정면으로 공격하는 것이어서 보스턴과 케임브리지의 보수적 종교인들로부터 대단한 반발을 샀으며, 이 사건으로 인해 에머슨은 거의 30년이 지난 후에야 비로소 다시 하버드 대학에서 강연할 수 있는 기회를 갖게 되었다.

인간성을 억압하는 칼비니즘과 청교도주의의 형식주의에 대한 그의 신랄한 비판에도 불구하고 에머슨은 결코 논쟁에 휘말리기를 좋아하는 타입이 아니었다. 그는 겸손했고 수줍어하는 성격이었으며 본질적으로는 낙관적인 사람이었다.

비록 그 어느 학파나 유파에도 속하기를 거부했지만 에머슨은 기본적으로 초월주의자였다. 그는 모든 생명체가 구성원이 되는 '보편적 영혼'—그 자신의 용어를 빌면 '거대한 영혼the over-soul'—의 존재를 믿었으며, 자연을 신의 뜻과 섭리의 구현으로 보았다. 그는 인간의 직관과 고결함과 창조력을 믿었으며, 범신론과 성선설과 인간의 자기 의존Self-Reliance을 주장함으로써 신神의 절대성과 인간의 무력함을 강조했던 칼비니즘에 반기를 들었다. 인간의 영혼이 개인을 초월해 자연의 일부가 되고 신의 일부가 된다는 그의 사상은 「자연」의 다음 구절에서 잘 나타나고 있다.

> 텅 빈 대지 위에 서면―나의 머리는 상쾌한 대기에 씻기어 무한한 공간을 향해 들려 있다―모든 비천한 이기심은 사라진다. 나는 투명한 눈동자가 된다. 나는 무無이다. 나는 모든 것을 본다. '우주의 존재'의 흐름이 내 몸속을 순환한다. 나는 신의 일부이다.

에머슨의 사상은 기본적으로 진보적, 창조적, 낙관적, 그리고 낭만적 이상주의였다. 그는 인간성의 무한한 가능성을 믿었을 뿐 아니라 동시에 미국이라는 젊은 나라의 무한한 가능성도 믿었던 진정한 의미에서의 '미국의 스승'이었다. 잠이 깬 립 밴 윙클의 상황에서 미국의 희망과 밝은 미래를 본 에머슨은, 그와 반대로 거기에서 어둠의 심연을 보았던 포, 호손, 멜빌 등과 더불어 미국문학의 형성에 있어서 서로 모순되고 상충되는 두 주류 중 하나를 대표했던 사상가요, 문인이었다.

그러나 에머슨은 결코 체계적인 이론가는 아니었다. 사실 체계적인 이론이나 이성은 오히려 그가 싫어하는 것들이었다. 브룩스 앳킨슨은 「에머슨 선집」이라는 책의 서문에서 "그는 사상의 체계나 행동의 프로그램을 갖고 있지 않았다. 그는 이성보다도 영감을 더 믿었던 시적 철학자였다."라고 쓰고 있다. 위대한 콩코드의 사상가 에머슨은 「자기 의존」이라는 중요한 글에서 어쩌면 자신에게도 해당될 수 있는 다음과 같은 유명한 말을 했다. "위대한 것은 이해받지 못한다To be great is to be misunderstood."

청교도의 시대의 목사였으면서도 과감히 청교도에서 벗어나 인간영혼의 자유로움과 초월적 범신론을 주장했던 에머슨은 진정 용기 있는 사상가였다. 그의 등장이 문학사의 명장면으로 남는 이유도 바로 거기에 있다. 너새니얼 호손의 단편 「큰 바위 얼굴」의 어니스트가 에머슨을 모델로 했다는 사실도 에머슨의 위대함을 잘 시사해주고 있다.

개인의 자유와 비폭력주의

헨리 데이빗 소로

헨리 데이비드 소로는 1817년 7월 12일 매사추세츠 주 콩코드에서 출생했다. 그가 성장하던 시기는 밴 윅 브룩스가 "뉴 잉글랜드의 개화The Flowering of New England"라고 불렀던 소위 미국의 르네상스 시대 ─ 즉 문학과 문화의 중심지가 뉴욕에서 보스턴으로 옮겨졌던 시대 ─ 였다. 더욱이 그는 포, 호손, 멜빌, 그리고 에머슨과 휘트먼을 동시대의 문인으로 갖고 있었고, 특히 그는 근처에 살고 있던 에머슨으로부터 지대한 영향을 받았으며, 호손과 휘트먼도 직접 만나 교분을 가졌었다.

프로테스탄트 이민의 아들이었던 부친 존 소로와 목사의 딸이었던 모친 사이에서 태어난 헨리는 1833년 하버드 대학에 입학한후, 문학을 전공하여 1837년에 대학을 우등으로 졸업하였다. 그가아직 대학생 시절에 에머슨의 「자연」이 출판되었으며 그는 그것을 감명 깊게 읽었을 뿐만 아니라, 후에 에머슨의 집에서 일손으

Henry David Thoreau 1817-1862

Civil Disobedience, 1849

Walden, 1854

로 2년(1841-1843)을 같이 사는 동안에도 에머슨으로부터 깊은 영향을 받았다.

부친이 교사와 상점 주인을 전전하는 동안 내내 가난을 면치 못하던 소로는 대학 재학 중 부친과 같이 뉴욕으로 연필을 팔러 가기도 했다(그의 부친이 납 연필 제조 사업에 열중했을 때 최초로 고무지우개가 달린 연필을 발명했다고 전해지고 있다). 대학 졸업 후 교사로 근무했던 콩코드 공립학교에서도 체벌을 강요하는 교장과 싸우고 사표를 낸 그는 형과 같이 사립학교를 세우지만 형의 건강 악화로 곧 문을 닫고 만다.

평생 독신으로 산 소로도 단 한 번 사랑에 빠질 뻔했던 일이 있었다. 1840년 7월, 형과 함께 유니테리언 목사의 딸인 엘렌 수웰의 집에 갔을 때 형제는 둘 다 이 아가씨에게 구혼을 했고, 엘렌은 소로를 원했으나 그녀의 부친이 소로의 급진적 사고방식을 싫어하여 결혼은 깨지고 말았다. 사실 소로는 자유분방한 생활을 원했던 사람으로, 결혼이라는 속박은 그에게 전혀 어울리지 않는 것이었다. 후에 에머슨의 자녀들의 가정교사인 소피 푸어드의 구혼을 거절하면서 그는 "나는 내 인생에 있어서 결혼 같은 적敵을 예상해 본 적이 없었다."라고 적고 있다.

일찍이 소로의 재능을 인정한 에머슨은 그를 뉴욕에 있는 자기 형제에게 보내 그곳의 문인들과 접촉하기를 원했다. 뉴욕에서 소로는 호러스 그릴리, 헨리 제임스의 부친 등을 만나게 된다. 7개월 후 다시 콩코드에 돌아온 소로는 그로부터 일 년 후인 1845년

3월, 돌연 월든 호수 근처에 방 한 칸짜리 오두막을 짓기 시작하더니 7월 4일(미국의 독립기념일)에 그곳에 혼자 입주하여 세상으로부터 은둔하는 생활을 시작하는데, 이때의 기록인 「월든」은 오늘날 미국문학의 한 중요한 업적이 되고 있다.

그는 자연 속에서의 은둔생활의 이유를 "여론과 정부와 종교와 교육과 사회로부터 떠나고 싶어서" 그리고 "나 자신과 대면하기 위해"라고 밝히고 있다. 소로의 자연 속으로의 도피는 당시 '자연'이 점점 사라져 가고 있었던 도시와 문명으로부터 자연을 향해 떠난다는 의미 외에도, 개인의 자유와 존엄성을 속박하는 체제 — 예컨대 사회, 정부, 교회, 문명 등 — 로부터 벗어나려고 부단히 노력하는 미국인의 심리를 잘 보여 주고 있다(이것은 미국문학에 나타난 '개인과 사회'라는 모티프의 맥락에서 보면 더욱 그러하다). 소로의 이러한 민주적 사상은 그의 유명한 에세이 「시민 불복종」에 잘 나타나 있다(에머슨과 소로의 사상은 톨스토이와 간디에게 지대한 영향을 끼쳤다. 예컨대 간디는 자신의 운동을 "시민 불복종"이라고 명명했다). 소로의 「시민 불복종」은 다음과 같은 유명한 말로 시작된다.

나는 '가장 적게 다스리는 정부가 가장 최상의 정부이다'라는 모토를 진심으로 받아들인다.

개인의 자유를 억압하는 모든 체제를 부정했던 소로는 한때 자신이 반대하던 멕시코 전쟁에 그 돈이 사용된다는 이유로 주민세 납부를 거부하여 구치소에 갇히게 되었고 소식을 들은 친척이 대신 돈을 내주어 석방된 적도 있었다. 하지만 소로가 문명을 완전히 등지고 광야만을 찬양한 것은 결코 아니었다. 예컨대 그의 오두막은 도시로부터 불과 1마일 반밖에 떨어지지 않았으며, 큰 길로부터도 반마일밖에 떨어지지 않았다. 더욱이 그는 많은 방문객들의 내방을 받았으며 자주 콩코드까지 걸어가기도 했다. 또한 그의 월든 호수 생활도 영원한 것이 아니라 불과 2년 2개월 동안만 지속되었다. 그는 도시가 결핍하고 있는 목가적인 초원과 거칠고 위협적인 광야의 차이를 잘 인식하고 있었으며, 문명을 완전히 등지고 산다는 것 또한 불가능하다는 것도 잘 알고 있었다. 따라서 그가 원했던 것은, 조셉 우드 크러취가 지적하고 있듯이 '하나의 상징적 제스처'였으며 또한 '어떤 것으로부터 멀리 떠난다는 것은 꼭 외적인 면에서 멀리 떠나는 것만을 의미하는 것은 아니다'라는 것을 우리에게 보여 주는 것이었다고도 말할 수 있을 것이다.

　소로는 1845년 7월 4일부터 1847년 9월 6일까지 월든 숲속에서 자연과 더불어 혼자 자급자족하며 살았다. 「월든」은 바로 이 2년 2개월 동안의 생활을 기록해 놓은 것이다. 실제적인 면에서 월든 숲에서의 소로의 실험은 결국 실패라고 말해진다. 그러나 비록 소로 자신이 '실패'를 자인하고 있다 하더라도 「월든」의 결론은 본질적인 면에서 소로의 '성공'을 기록하고 있다. "나는 내가 숲속에 처음 들어왔던 때의 이유만큼 정당한 이유로 숲을 떠났다."라고 소로는 쓰고 있다.

나는 내 실험을 통해 적어도 이것을 배웠다―즉 만일 우리가 꿈을 향하여 신념을 갖고 전진한다면, 그리고 우리가 상상하는 인생을 살려고 노력한다면, 우리는 보통 때에는 기대할 수 없는 성공을 만나리라는 것을.

또한 소로는 '누군가는 우리 귀에 대고 우리 미국인들과 현대인들은 엘리자베스시대 사람들이나 고대인들에 비해 지적 난장이들이라고 속삭인다. 하지만 그게 무슨 소리인가? 살아 있는 개가 죽은 사자보다 더 낫다'라고 말하며 에머슨처럼 미국의 자주성을 주장했다. 또한 에머슨과는 좀 다르지만 소로 역시 근본적으로는 낙관주의자였다.

너의 인생이 아무리 비천하더라도 그것을 마주 대하고 살아나가라. 그것을 피하거나 저주하지 말라. 그것은 네가 생각하는 것만큼 나쁜 것은 아니다. (…) 네 인생을 사랑하라―가난한 그대로, 너는 아마도 가난한 집에서라도 다소간의 즐겁고 스릴 있고 영광스러운 시간을 가질 수 있을 것이다.

1860년 말에 소로는 독감에 걸린 채 강연을 강행하다가 그만 폐결핵이 되어 1862년 5월 6일 아무런 고통 없이 눈을 감았다. 그의 장례식에서 에머슨은 조사를 읽었고 나중에 그것을 「소로」라는 제목으로 출판하였다. 그의 친구였던 윌리엄 채닝은 "아무도 그처럼 훌륭한 미완성 인생을 살지는 못했다No man had a better unfinished life."라고 말했다. 45세에 요절한 소로의 인생은 분명 '미완성'이었지만 어떤 의미에서 그만큼 훌륭한 인생을 살았던 사람도 없었다. 그는 「월든」의 첫 페이지에서 다음과 같이 말하고 있다.

나는 낙담의 노래를 쓰려고 하는 것이 아니라 횃대에 앉은 수탉처럼 활발하게 알리려고 하는 것이다—내 이웃들을 깨우기 위해.

소로는 개인의 자유와 저항을 찬양했고, 비폭력주의를 통해 톨스토이와 간디와 마틴 루터 킹 주니어에게 큰 영향을 끼쳤다는 점에서 문학의 명장면을 연출한 작가라고 할 수 있다.

개인과 자아의 찬양

월트 휘트먼

올리버 웬델 홈스가 '우리의 지적 독립 선언서'라고 불렀던 「미국의 학자」라는 글에서 에머슨이 주장했던 미국의 자주성, 개인주의, 민주주의, 민중주의 그리고 인간성의 해방 등의 이념을 최초로 행동에 옮기고 시詩를 통해 부르짖었던 사람은 월트 휘트먼이었다.

휘트먼은 1819년 5월 31일 뉴욕 주 롱 아일랜드의 농장에서 영국계 부친과 네덜란드계 모친을 부모로 하여 태어났다. 목수였던 그의 부친은 브룩클린에서 집짓는 일을 했으며, 이때 어린 휘트먼은, 당시만 해도 아직 큰 도시가 아니었던 브룩클린에서 살면서, 미국의 대중들의 삶―즉 농업, 어업, 건축업, 해운업 등―을 구경하고 또 경험하는 기회를 갖게 되었다. 브룩클린에서 5년간 학교를 다닌 휘트먼은 1830년 사무실 사환 노릇을 하다가, 곧 신문

Walt Whitman 1819-1892

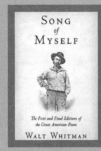

Song of Myself, 1855

Leaves of Grass, 1855

과 잡지의 편집 일과 기자 일을 맡게 된다. 먼저 1832년의 〈패트리어트〉지의 견습 기자를 시작으로 하여, 1838년에는 〈롱 아일랜더〉라는 주간신문을 창간했고, 뉴욕시에서도 〈오로라〉, 〈태틀러〉, 〈데모크랫〉 등의 편집 및 기자 일을 6년간 한 후 휘트먼은 드디어 1846년에 민주당 기관지 〈데일리 이글〉의 편집장이 되었다.

1848년 〈데일리 이글〉의 편집장 자리를 사퇴한 휘트먼은 자신이 경험해 온 미국의 민주주의 이상에 대한 책을 쓰기로 결심한다. 그래서 부모와 함께 브룩클린에서 사는 동안, 한편으로는 목수 일을 하면서 그는 자신이 1847년부터 실험해 온 새로운 형태의 자유시를 사용하여 유명한 시집 「풀잎」을 집필하기 시작했다. 「풀잎」은 1855년 뉴욕에서 자비로 출판되었다. 그러나 시대를 60년은 앞서간 혁신적인 형식과 무서우리만큼 솔직한 표현으로 인해 이 시집은 일반 독자들로부터 큰 호응을 받지 못했고 판매도 부진했다.

그러나 에머슨 같은 당대의 문호는 "위대한 경력의 시발점에 있는 당신께 인사를 드립니다."라고 찬사를 보냈으며, 소로와 브론슨 알코트 같은 당대의 저명인사들도 휘트먼을 방문하여 경의를 표하고 교분을 맺었다. 휘트먼의 명성은 날로 더해가서 1868년에는 존 버로우스가 휘트먼에 대한 책을 썼으며, 1870년에는 영국과 독일의 비평가들이 휘트먼에게 주목하기 시작했고, 1880년대에는 그의 시들이 불어와 독어로 번역되어 휘트먼은 유럽에서 유명한 시인이 되었다. 그러나 그때까지도 미국은 휘트먼을 인정하지 않았으며, 따라서 그는 일생을 빈곤 속에서 살아야만 했다.

1862년 그의 형제 조지가 부상당했다는 소식을 듣고 휘트먼은 버지니아 주의 전선으로 가서 조지를 만난다. 그의 상처가 대수롭지 않다는 것을 안 휘트먼은 워싱턴에 그냥 남아 종군 간호사로 자원봉사를 했는데, 그때의 경험은 곧 시집 「북소리」로 묶어져 출판된다. 1865년 휘트먼은 내무부의 '원주민 담당국'에 채용되었으나 「풀잎」이 외설적이라는 이유로 6개월 만에 해고당한다. 이때 윌리엄 더글라스 오코너가 「선한 백발의 시인」(1866)에서 「풀잎」을 옹호하는 최초의 글을 쓰게 되고 그로 인해 휘트먼은 점점 유명해지기 시작한다.

54세 때인 1873년 갑자기 마비 증세를 일으킨 휘트먼은 점차 건강이 악화되어가다가 1892년 3월 26일 드디어 세상을 떠났다. 그의 대표시집인 「풀잎」은 1856년에 제2판이, 1860년에 제3판이, 1867년에 제4판이, 그리고 1871년에 제5판이 수정 증보를 계속하면서 출판되었다. 1881년에는 드디어 자비출판에서 벗어나 보스턴의 오스굿 출판사가 「풀잎」을 출판했으며, 1892년 휘트먼이 죽기 직전에 서명한 전편 52편의 마지막 결정판은 오늘날 미국 문학사에서 빼놓을 수 없는 기념비적 작품이 되었다.

휘트먼은 시와 인간성, 그리고 미국과 우주의 해방을 부르짖었던 위대한 혁명적 시인이었다. 그는 새로운 시대의 열림을 보았고 또 추구했던 용기와 비전의 예언자적 시인이었다. 휘트먼이 가장 중요하게 여겼던 것은 개인주의와 보통의 것으로, 추상적인 것보다는 실제 경험에 더 큰 비중을 두었다. 휘트먼이 시도했던 자유시는 시에 신선함을 주었고, 기존 운율의 틀을 벗어나는 유려한 리듬을 창조했다. 그는 경험으로부터 생성되는 주제를 멜로디와 자유스럽게 연합시켜 웅장한 교향곡을 연주하였다.

그 자신 미국 르네상스 운동의 주역이었으며 다분히 낭만적 성향을 갖고 있었음에도 불구하고 휘트먼은 영국 낭만주의 시인들과는 달리, 소수 예술가의 천재성과 고립성을 인정하지 않았던 진정으로 민주적인 미국시민이었다. 예컨대 「풀잎」의 서문에서 그는 다음과 같이 말하고 있다.

우리 각자에게 주는 위대한 시인들의 메시지는 다음과 같다. 자, 동등한 자격으로 우리에게 오라. 그래야지만 너희는 우리를 이해할 수 있다. 우리가 너희보다 더 나은 것은 하나도 없다. 우리가 갖고 있는 것을 너희도 갖고 있으며, 우리가 즐기는 것을 너희도 즐길 수 있다.
이 세상에 단 하나의 지고至高만 있다고 생각했는가?

휘트먼은 분명 에머슨의 정신과 전통을 이어받고 있으며 따라서 개인의 자기 신뢰self-reliance와 영감intuition을 믿었던 초월주의적 시인이었다. 정치적으로 그는 개인주의자와 민주주의의 사도였으며, 제퍼슨적 이상주의의 신봉자였다. 그의 대표작인 「나 자신의 노래」에서 휘트먼은 다음과 같이 노래하고 있다.

1

나는 나 자신을 찬양하고 나 자신을 노래한다.

내가 생각하는 것을 그대도 생각하게 되니

왜냐면 내게 속한 모든 원자原子는 그대에게도 속해 있기에.

나는 한가롭게 쉬면서 내 영혼을 부른다.

나는 편히 기대어 한 줄기 여름 풀을 바라본다.

6

"풀이란 무엇이지요?" 한 아이가 양손에 풀을 가득 가져오며 내게 물었다.

내가 어떻게 대답할 수 있으리오? 나 역시 그 아이처럼 모르는 것을.

그것은 어쩌면 내 천성天性의 깃발인지도 모른다. 희망의 푸른 실로 짜여진

아니면 그건 신의 손수건일까, 신이 일부러 떨어뜨린 향기 나는 정표情表일까

구석 어딘가에 주인의 이름이 있는, 그래서 우리가 "이게 누구 것일까?"하고 찾아보는.

혹은 풀잎은 바로 그 아이일까, 초목의 아이.

어쩌면 그것은 모양이 같은 상형문자인지도 몰라.
넓은 지역에서도 좁은 지역에서도 싹터 오르며
흑인 지역에서도 백인 지역에서도 자라나는,
나는 캐나다 인에게도, 버지니아 인에게도 국회의원에게도 흑
인에게도 그것을 주며 그것을 받는다.

그러고 보니 그것은 무덤 위의 기다랗고 아름다운 풀처럼 보인
다.

7

태어난 것을 다행으로 생각해 본 적이 있는가?
태어난다는 것은 죽는 것만큼이나 다행스러운 것이다. 나는 안
다.

나는 죽는 자와 함께 죽음을, 그리고 새로 태어나는 아이와 함
께 삶을 통과한다. 나는 모자와 구두 사이에 존재하고 있는 것
은 아니다.
나는 많은 사물들을 바라본다. 같은 것은 하나도 없고 모두가
훌륭하다.
지구도 훌륭하고 별들도 훌륭하고 거기 속한 모든 것들도 훌륭

하다.

나는 지구도 아니고 그것의 부속물도 아니다.

나는 민중의 친구요, 동반자이다. 그들은 모두 나처럼 불멸이고
신비스럽다.

(그들은 자신들의 불멸성을 모르나, 나는 알고 있다.)

44

이제 나 자신을 설명할 시간이다—자, 일어서자.

기존의 사실들을 나는 벗어 던진다.

나는 모든 남녀를 미지의 세계 속으로 출범시킨다.

시계는 지금이 바로 그 순간임을 가리킨다—하지만 영원은 무
엇을 가리키는가?

우리는 지금까지 수억의 여름과 겨울을 허비했다.

그러나 앞으로도 수억의 여름과 겨울이 있고 또 있다.

태어남은 풍요한 다양성을 가져다주었다.

그리고 다른 태어남들도 풍요한 다양성을 가져다 줄 것이다.

휘트먼은 링컨 대통령 암살사건 후 그의 죽음(링컨 개인의 죽음을 초월해서 미국의 죽음, 그리고 민주주의의 죽음)을 애도한 유명한 4편의 시를 썼는데, 그중 하나인 「라일락이 앞뜰에 필 때When Lilacs Last in the Dooryard Bloom」에서 그는 이렇게 노래하고 있다.

라일락이 앞뜰에 필 때,
그리고 밤에 큰 별이 서쪽하늘에 질 때,
나는 슬퍼한다. 그리고 봄이 올 때마다 슬퍼하리라.

해마다 찾아오는 봄이여, 그대는 세 가지 것을 내게 가져올지니,
해마다 피는 라일락과 서쪽하늘에 지는 별과,
그리고 내가 사랑하는 그의 생각을.

휘트먼은 오랫동안 에머슨적인 낙관주의의 대표적 시인으로 분류되고 평가되어 왔다. 그러나 그는 그와 동시에 죽음의 어두운 그림자와 영광의 깊은 의미도 깨닫고 있었던 복합적인 시인이었다. 예컨대, 「끊임없이 흔들리는 요람으로부터Out of the Cradle Endlessly Rocking」에서 그는 다음과 같이 노래하고 있다.

오 어둠이여! 오, 헛되도다!
오, 나는 병들고 슬픔에 잠겨 있다.
(…)

그러자 그것은 서서히 내 귀로 기어올라와 내 전신을 부드럽게
씻어 내린다.
죽음, 죽음, 죽음, 죽음.

낙관적인 시인으로 알려져 온 그의 대표작들이 사실 「나 자신의
노래」를 제외하고는 거의가 다 슬픈 비가悲歌, elegy라는 사실이 바
로 휘트먼의 또 다른 면모를 잘 보여 주고 있다. 그의 그러한 점은
20세기의 휘트먼이라고 불리는 앨런 긴즈버그 역시 비극적 시인
이며 '비가의 계관시인'이라는 점에서 보다 명확해진다.

그러나 그러한 것들을 초월해서, 휘트먼은 민초들과 더불어 숨
쉬고, 생활하고, 강연했던 진정한 '민중의 시인'이었고, 진정한 민
주주의를 노래했다는 점에서 문학의 명장면을 만들어낸 시인으로
추앙받는다.

일상과 명상 시
에밀리 디킨슨

자신의 어두운 면에도 불구하고 휘트먼이 용기와 신념과 미래에 대한 비전의 시인이었다면, 동시대의 에밀리 디킨슨은 삶과 죽음에 대한 명상과 관조의 시인이었다. 디킨슨은 1830년 12월 10일 매사추세츠 주 앰허스트에서 태어났다. 그녀의 조부는 앰허스트 칼리지의 설립자 중 한 사람이었으며, 부친 에드워드 디킨슨은 변호사였고 국회의원이었으며 앰허스트 칼리지의 재단이사 겸 재무였다. 에드워드는 당시 모든 부친들이 그랬듯이 엄격하고 권위주의적인 모럴리스트였으며, 그가 자기 아내에게 무슨 말을 할 때면, 에밀리의 엄마는 "떨었고, 복종했으며, 입을 다물고 있었다."고 전해지고 있다.

디킨슨은 이렇게 보수적이고 종교적인 집안 분위기에 대한 반항심 속에서 어린 시절을 보냈다. 역시 변호사였던 그녀의 오빠 오스틴도 서부로 가려던 꿈이 부친에 의해 좌절되자 그 대신 부

Emily Dickinson 1830-1886

Poems, 1890

친의 반대를 무릅쓰고 뉴욕 출신의 진보적 여성인 수전 길버트와 결혼했으며 수전과 에밀리는 곧 비밀을 털어놓는 뜻이 맞는 사이가 되었다. 오빠가 몰래 가져다준 금지된 책들을 읽으면서 디킨슨은 깊은 명상과 사색의 나날을 보내며 시인으로서의 기초를 다졌다.

디킨슨은 사우스 해들리 여자대학(지금의 마운트 홀리요크 칼리지이며, 미국 명문여대들을 칭하는 '세븐 시스터즈' 중의 하나임)에 입학했으나 학교제도의 경직성에 못 이겨 일 년도 채 못 되어 다시 앰허스트로 돌아온 후, 워싱턴, 필라델피아, 그리고 보스턴으로의 짧은 여행을 제외하고는 평생 고향에서 살았다. 학교를 그만두고 앰허스트로 돌아오는 길에 디킨슨은 벤 뉴턴이라는 청년과 만나 사랑에 빠졌는데 벤은 1848년 그녀 부친의 법률사무소 조수로서 그녀의 가족과 같이 생활하기도 했다. 벤은 그녀에게 새로운 관념의 세계를 열어 주었던 유능한 젊은이였으나, 불행히도 결혼하기에는 너무나 가난했으며 게다가 5년 후에는 폐결핵으로 죽어 버리고 말았다.

실의와 비탄에 빠져 있던 디킨슨은 1854년 워싱턴에서 근무하고 있던 부친을 만나러 가던 길에 필라델피아에서 찰스 워드워스라는 목사를 만나게 된다. 워드워스는 이미 기혼이었지만 그 후 계속해서 디킨슨을 방문하여 그녀를 격려하였으나, 1862년 캘리포니아 교회의 부름을 받고 그도 역시 떠나 버렸다. 그때부터 디킨슨은 은둔의 생활 속에 여생을 보냈다고 알려져 있다. 그러나 그녀가 비록 자기 누이 라비나와 더불어 일생을 독신으로 지내긴 했지만, 최근 발견된 자료들에 의하면 사실 디킨슨은 꽤 여러 사람들과 교분을 갖고 있었던 것으로 보인다. 그중에는 유명한 〈리퍼블리칸〉의 편집장인 새뮤얼 보울스도 있었으나, 그녀 생전에는 겨우 7편의 시만이 활자화되어 발표되었을 뿐, 나머지 시들은 모두 그녀 사후에야 빛을 보게 되었다(이것은 물론 그녀의 내성적인 성격 탓이었다).

그녀가 타계한 후 1890년에서 1896년 사이에 출판된 그녀의 시들은 디킨슨을 특이한 시인으로 부각시켰으며 다시 1914년에 나온 시 전집은 그녀를 19세기의 주요 시인으로 부상시키는 한편, 기존의 시 형식에 반발하던 당시의 젊은 시인들에게 큰 영향을 끼쳤다. 디킨슨은 후에 1920년대 시인들이 느꼈던, '시인의 가장 좋은 도구는 예리하고 강렬한 이미지'라는 것을 그때 이미 파악하고 있었다. 그녀는 또한 현대에 와서야 시도된, 화음과 불협화음과 운율의 무시가 빚어내는 멜로디의 확산을 이미 예견하고 실험하고 있었으며, 시상詩想의 과감한 생략법과 언어의 모호성에 대해서도 역시 잘 알고 있었던 선구자적 시인이었다.

디킨슨의 시작詩作 스타일은 단순하지만 정열적이고, 간결과 집중을 그 특색으로 하고 있다. 그녀의 시혼詩魂은 반항적이고 독창적이었으며, 그녀의 시상은 예민한 감성과 심리의 움직임을 정확하게 포착하여 시로 형상화시키곤 했다. 모두 깊은 명상과 성찰에서 우러나와 삶과 죽음의 노래들인 그녀의 시들은 보이지 않는

힘과 솔직함으로 독자들을 감동시키고 있다. 다음 시는 그 좋은
예다.

내 벗을 차마 어찌 떠나랴,
만일 내가 떠난 사이에 그가 죽는다면
나를 원했던 그의 가슴에
나는 너무 늦게 도달하게 될 테니,

내가 만일 그의 눈을 실망시킨다면
그렇게도 보고 싶어 하던,
나를 보기 전엔―나를 보기 전엔
차마 감지 못하던 그의 눈을 실망시켜야만 한다면,

내가 오리라고―꼭 오리라고
귀 기울이며―귀 기울이며
늦게 오는 내 이름을 부르며 잠이 든
그의 인내심 가득한 믿음을 내가 배반해야만 한다면,

내 가슴은 차라리 그 전에 터져 버려라,
왜냐면 그런 후에 터지는 것은
간밤에 서리 내린 곳을 비추는
다음날 아침 햇살처럼 헛된 일이기에.

휘트먼과 더불어 19세기 미국시단을 대표했던 에밀리 디킨슨은 1886년 5월 15일 고향인 앰허스트에서 세상을 떠났다. 디킨슨은 일상의 사소한 편린들을 붙잡아 시로 형상화시키는데 성공했으며, 사회적 격변의 시대에 수많은 명상시를 써서 정신을 고양시켰다는 점에서 문학의 명장면으로 남아 있다.

미국이라는 이름의 뗏목

마크 트웨인

마크 트웨인은 1835년 11월 30일 미국 미주리 주 플로리다에서 9남매 중 3남으로 태어났다. 그가 세 살 때 그의 집은 미주리 주의 해니벌이라는 곳으로 이사를 하게 되었고, 트웨인은 그곳에서 어린 시절을 보냈다. 미시시피 강변에 위치하고 있던 해니벌에서 살던 유년시절의 기억과 당시 그의 친구였던 탐 블랑켄쉽은 나중에 「허클베리 핀의 모험」의 배경과 모델이 된다. 그가 열두 살 때 변호사였던 부친이 세상을 떠나자, 트웨인은 학교를 중단하고 여러 가지 잡일을 했으며, 형과 함께 견습 식자공 노릇을 하면서 차츰 저술과 출판에 관심을 갖게 되었다. 열여덟 살이 되자 그는 집을 떠나 뉴욕과 워싱턴과 필라델피아 등지를 여행하며 쓴 여행기를 형이 발행하던 잡지에 발표하기 시작했다.

1857년 트웨인은 남아메리카의 아마존으로의 여행을 계획하고 미시시피 강을 따라 항해하던 중, 수로안내인이 되고 싶어 했던 소

*Samuel Langhorne Clemens** 1835-1910

The Gilded Age, 1873
Adventures of Huckleberry
Finn, 1885

* 마크 트웨인의 본명이다.

년 시절의 꿈이 되살아나 당시 유명한 수로안내인 파일럿이었던 호러스 빅스비를 설득해 수로안내인의 기술을 배우게 된다. 빅스비 밑에서 견습생으로 2년을 보낸 후, 24세 되던 해인 1859년 트웨인은 드디어 수로안내인 면허를 취득했다. 남북전쟁의 발발로 인해 항해를 그만두기까지 4년 동안의 미시시피 강 생활은, 트웨인으로 하여금 나중에 자신의 작품들에 등장하는 여러 인간 유형들의 모델을 관찰할 수 있게 해 주었던 중요한 기간이었다. 더욱이 강에 대한 그의 향수와 사랑은 그로 하여금 '마크 트웨인' — '수심 水深 두 길 표시'라는 수로안내인들의 전문용어 — 이라는 필명을 갖도록 해주었다. 1863년 이전의 그의 본명은 새뮤얼 랭혼 클레멘스Samuel Langhorne Clemens였다. 이때의 그의 경험은 후에 「미시시피 강에서의 생활」이라는 한 권의 책으로 출간된다.

그 후 1861년 트웨인은, 열렬한 북부지지자였으며 링컨의 선거운동원이었던 형 오라이온이 네바다 주의 관직에 임명되자, 3주 동안 역마차로 대륙을 횡단하는 형의 부임여행에 동행하게 된다 (형 오라이온과는 반대로 트웨인은 사라진 남부에 대한 향수를 늘 갖고 있었다). 이때의 그의 서부 여행경험은 「고난의 길」에 자세히 기록되어 있다. 당시 서부는 1819년의 골드러쉬 이후 금광에 대한 열기가 아직도 식지 않아 기대와 실망과 혼란이 난무하고 있었다. 트웨인은 그곳과 샌프란시스코에서 기자생활을 하다가 1865년 그가 30세 때 쓴 단편 「캘러버러스 카운티의 유명한 점프 개구리」가 뉴욕의 〈새터데이 프레스〉에 실려 대호평을 받음으로써 작가로서 전국적인 명성을 얻게 되었다.

　1866년, 5년간의 서부생활을 마치고 다시 동부로 돌아온 트웨인은 1867년 6월에는 샌프란시스코의 〈알타 캘리포니아〉지의 특파원으로서 유럽관광 및 성지순례 여행단과 함께 유럽으로 간다. 당시의 유럽여행 경험을 유머와 풍자로 기록한 책인 그의 「순진한 사람들의 해외여행」은 출간 되자마자 일약 베스트셀러가 되었다. 유럽으로 가는 배에 동승했던 랭던 양으로부터 우연히 그녀의 누이 올리비아의 화상畫像을 보고 매료된 트웨인은 여행이 끝난 후 그녀에게 구혼하여 뉴욕 주 엘마이러의 탄광주의 딸이었던 올리비아와 결혼하게 된다. 1870년 35세 때 결혼한 트웨인은 〈버펄로 익스프레스〉 — 후에 〈커리어 익스프레스〉로 개명 — 의 경영권과 편집권을 사서 뉴욕 주 버펄로에서 잠시 살았으나, 신문사 경영이 여의치 않자 1871년에 코네티컷 주 하트포드로 이사를 하여 거기에 정착하게 된다.

　1869년에 나온 「순진한 사람들의 해외여행」에 대해 당대의 문인 윌리엄 딘 하월스가 〈애틀란틱 먼슬리〉에 호평을 쓴 이래 트웨인과 하월스의 우정은 돈독 해졌고, 이때부터 트웨인의 본격 문인 생활도 시작된다. 전술한 「순진한 사람들의 해외여행」, 「고난의 길」, 「미시시피 강에서의 생활」 외에도 트웨인의 주요 작품으로는 그의 최초의 장편소설인 「도금시대」, 「왕자와 거지」, 「톰 소여의 모험」, 「허클베리 핀의 모험」, 그리고 기계문명과 목가주의에 이끌리면서도 동시에 비판적이었던 그의 태도가 잘 나타나 있는 「아서왕 궁전의 코네티컷 양키」, 인종문제에 대한 그의 깊은 절망감을 추리소설적 수법으로 쓴 「바보 윌슨」, 인간에 대한 그의 만년의 비관적 견해가 잘 표명된 「해들리버그를 타락시킨 사나이」, 「이상한 나그네」 등이 있다.

트웨인의 대표작이자, 헤밍웨이가 「아프리카의 푸른 언덕」이라는 책에서 "모든 미국문학은 마크 트웨인의 「허클베리 핀의 모험」이라는 한 권의 책에서 시작되었다."라고 극찬한 이 작품은 표면적으로는 단순한 소년소설같이 보이지만, 사실 그 내면에는 19세기 미국문화에 대한 날카로운 사회적 도덕적 비판과 미국의 꿈과 악몽에 대한 작가의 탁월한 성찰이 깃들어 있는 책이다.

이 작품은 우선 자기를 교화시키려는 교양과 문명의 화신인 미스 왓슨으로부터 도망쳐 대자연으로 나가고 싶어 하는 주인공 헉의 일인칭 내러티브로 시작되고 있다(이 작품에서 트웨인은 미국 남부지방의 사투리를 사용해 당시의 상황을 생생하게 묘사하고 있다). 오래지 않아 헉은 갑자기 나타난 아버지에게 끌려가 강변의 움막에서 살게 되는데, 문명을 떠나는 것은 자유를 얻는 대신 언제나 위험(거친 대자연과 무식한 아버지의 매질과 술주정)을 수반한다는 것을 이 책은 처음부터 상징적으로 잘 보여 주고 있다. 결국 헉은 아버지를 속이고 탈출하여 근처의 잭슨 아일랜드라는 무인도로 도망을 가는데, 거기에서 그는 뜻밖에도 자신을 남부에 팔아넘기려는 계획을 엿듣고 탈출해 숨어 있는 미스 왓슨의 노예인 흑인 짐을 만나게 된다―교양과 문명의 화신인 미스 왓슨이 노예 소유주라는 점, 그리고 헉과 짐이 둘 다 궁극적으로는 그녀로부터 탈출했다는 사실에서 당시의 문명과 교양과 종교의 위선에 대한 트웨인의 날카로운 비판의식을 엿볼 수 있다.

리오 마르크스 같은 비평가는 잭슨 섬을 백인과 흑인이 공존하고 있는 상징적인 미국의 축소판으로 보고 있는데(이때 잭슨은 자유주의의 상징인 제7대 미국 대통령 앤드류 잭슨과 상징적으로 연관되는 것처럼 보인다), 물론 그곳(미국)은 흑백이 영원히 사이좋게 사는 것이 용납되지 않는 지역이어서, 결국 그들은 짐을 헉의 살인범으로 생각하는 백인사회의 편견에 쫓겨 그 섬을 떠날 수밖에 없게 된다. 헉과 짐은 수색대를 피해 뗏목을 타고 미시시피 강 하류를 따라 내려가게 되는데, 이때 뗏목은 "움직이는 미국ª a mobile extension of America"의 상징이라고 할 수 있으며, 또한 현실적인 미국이 아닌 상상 속의 미국, 곧 문학 속의 이상적인 '아메리카'를 의미하게 된다.

과연 뗏목이 항해하는 미시시피 강은 미국의 심장부를 관통하는 강으로서 뗏목의 좌측엔 자유주인 일리노이가, 그리고 우측엔 노예주인 미주리가 위치하고 있으며, 뗏목 위에서 여행하는 동안 헉과 짐 사이에는 진정한 이해와 우정이 싹트게 된다. 이 모든 것은 뗏목이 원래 미국이 진정으로 꿈꾸었고 지향했던 이상적인 미국사회의 전형을 의미하고 있다는 것을 말해 준다―첫째는 그것이 유럽문명으로부터의 도피와 대자연 속에서의 자유로운 삶을, 그리고 둘째는 백인과 유색인이 평화롭게 공존하는 사회를 상징하고 있다는 점에서 그러하다.

그러나 트웨인은 문명을 떠나 자연 속으로 들어가는 것이 곧 낭만적인 이상사회의 보장을 의미하는 것은 결코 아니라는 것을 잘 알고 있었다. 또한 그는 백인과 유색인이 이루는 이상적인 사회로서의 뗏목도 다만 미국문학의 꿈과 상상 속에서나 가능한 일일 뿐, 현실에서는 그 꿈이 너무도 감상적이고 너무도 이상적이라는 것도 잘 알고 있었다. 과연 폭풍우와 거친 파도의 리얼리티 속에서 "꿈의 뗏목"은 너무나 연약한 존재였다. 과연 어느 날 밤, 거대하고 비정한 증기선이 불쑥 나타나서 충돌했을 때, 뗏목은 너무나 어이없이 두 동강 나고 만다(이때 증기선은 기계문명 또는 비정한 리얼리티의 상징이라고 할 수 있다).

또한 트웨인은 헉과 짐이 미시시피 강을 따라 내려가면서 강 연안 마을에서 목격하는 여러 가지 사건들을 통해 아메리칸 드림 사이에 끼어드는 끔찍한 현실, 곧 미국의 악몽을 계속해서 상기시켜 주고 있다. 예컨대 허황된 가문의 명예와 종교의 위선 아래 살인까지도 합리화시키는 그레인저포드 가문과 셰퍼드슨 가문의 30년간의 반목사건, 인간의 가장 비열함을 보여 주는 두 악한, 왕과 공작이 벌이는 사기극들, 엘리트그룹의 오만과 대중의 비겁함을 잘 보여 주고 있는 셔번 대령의 보그스 살인사건, 인간의 탐욕과 무지가 빚어내는 윌크스가의 유산상속문제 — 이러한 사건들을 보는 어린 소년 헉의 눈을 통해 트웨인은 당시 남부사회의 위선과 독선, 편견과 부패를 날카롭게 풍자하고 있으며, 더 나아가 '미국이란 무엇인가?' 그리고 '미국의 꿈의 본질은 무엇이며, 거기 숨어 있는 악몽은 무엇인가?'에 대해서도 깊은 성찰을 보여 주고 있다.

「허클베리 핀의 모험」에서 가장 중요한 모티프 중의 하나는 주인공 헉의 도덕적 깨달음의 과정이다. 뗏목 여행은 처음부터 이상적인 흑백사회로서 제시되는 것이 아니라, 다만 그 동반여행을 통해 백인소년 헉이 서서히 경험하는 눈뜸과 깨달음의 과정으로 제시되고 있다. 처음에 헉은 사회로부터 받은 편견과 백인으로서의 우월의식을 그대로 간직한 채 여행을 시작한다. 그러나 어려운 일이 닥칠 때마다 자신의 안전부터 생각해 주고 밤에 불침번을 설 때에도 자신을 깨우기 애처로워 혼자 밤샘을 하는 짐을 바라보며 헉은 차츰 짐을 하나의 고결한 인간으로, 그리고 진정한 친구로서 받아들이게 된다.

그 하나의 전기가 15장에서 이루어진다. 뗏목에 부착되어 있던 카누가 짙은 안개로 인해 떨어져 나가자, 카누에 타고 있던 헉은 뗏목에 타고 있던 짐과 헤어지게 된다. 한참을 헤매다가 헉은 다시 뗏목을 발견하고 되돌아와 짐이 지쳐 잠들어 있는 것을 보게 된다. 애타게 헉을 찾으며 걱정하다 잠이 든 짐이 잠에서 깨어나 헉을 발견하고는 반가워하자 헉은 사실은 자기네들이 결코 헤어진 적이 없고 안개도 없었다고 짐을 속이려고 한다.

"아이구 맙소사, 허크, 이게 누구야? 너 안 죽었구나. 물에 빠져 죽지 않았구나—정말 네가 돌아왔구나, 허니, 꿈만 같구나, 정말 꿈만 같아, 어디 좀 보자, 어디 좀 만져보자꾸나. 그래 넌 안 죽었어! 다시 돌아왔어, 예전처럼 튼튼한 모습으로 말이야—넌 진짜 허크구나, 오, 고마워라."

"너 왜 그러니, 짐. 너 술 취했니? 나는 안개도, 섬도, 사고도, 아무것도 본 적이 없어… 너 꿈을 꾼 게로구나."

이때 짐은 헉을 통렬하게 꾸짖고, 짐의 진심을 장난으로 받아들였던 헉은 자신이 얼마나 비열했었던가를 깨닫게 된다.

"네가 없어졌을 때 내 가슴은 찢어지는 듯 아팠어. 나와 뗏목은 어떻게 되든지 관심도 없었지. 그런데 자다가 깨어 보니 네가 성한 몸으로 돌아왔잖아.

나는 눈물이 났고 너무 고마워서 무릎을 꿇고 네 발에 키스라도 하고 싶었어. 그런데 너는 기껏 나를 거짓말로 조롱할 생각만 하고 있었구나. 그런 속임수는 쓰레기 같은 거야. 친구의 머리에 더러운 것을 뿌리는 사람이 바로 쓰레기 같은 인간이야."

그러곤 그는 천천히 일어나 아무 말 없이 움막 속으로 들어가 버렸다. 그러나 그걸로 충분했다. 나는 너무나 수치스러워서 그가 한 말을 취소시키기 위해서라면 그의 발에 키스라도 하고 싶은 심정이었다. 내가 검둥이에게 머리를 숙이고 사과하는 데까지는 15분이 걸렸다―하지만 난 해냈고 지금까지 그걸 후회해 본 적이 없었다.

헉의 이러한 결심은 그가 31장에서 도망노예를 고발해야만 하는 사회적 윤리규범과 짐에 대한 우정 사이에서 갈등을 겪을 때 다시 한 번 나타나, 미국문학사에 감동적인 도덕적 승리의 순간을 기록해 주고 있다. 헉은 미스 왓슨에게 짐의 행방을 알리는 편지를 썼다가 처절한 양심의 투쟁 끝에 지옥에 갈 것을 각오하고 그 밀고편지를 찢어 버린다.

나는 참으로 곤란했다. 나는 그 편지를 손에 집어 들었다. 전신이 마구 떨려왔다. 왜냐하면 이제 두 가지 중에서 영원히 하나를 선택해야만 했기에. 나는 잠시 숨을 죽이고 숙고한 다음 스스로에게 이렇게 말했다.
"좋아, 그렇다면 차라리 난 지옥에 가겠어."―그리고 나는 그 편지를 찢어 버렸다.

헉의 이러한 도덕적 깨달음과 승리의 순간, 뗏목여행은 끝이 나고 32장부터는 '펠프스 농장 에피소드'가 시작된다. 그러나 트웨인은 처음부터 뗏목여행이 단순한 해피엔딩으로 끝나지만은 않으리라는 것을 잘 알고 있었다. 과연 뗏목여행은 왕이 짐을 40달러에 팔아넘김으로써 어느 의미에서는 비극적인 색채를 띠고 끝이

난다. 짐이 팔려간 것을 알게 된 혁은 "그 기나긴 여행 끝에, 그 악당들에게 그렇게 잘해 준 끝에 이제 모든 것은 허사가 되어 버렸구나."라고 비탄의 소리를 지른다. 더욱이 짐이 자유스럽게 되는 이유도 뗏목여행이나 탈주 때문이 아닌 미스 왓슨의 유언 때문이다. 그렇다면 뗏목은 아예 처음부터 필연적으로 안개 속에서 자유주로 갈 수 있는 마지막 기회인 카이로 항구를 지나쳐 남부의 오지 딥 사우스Deep South로 들어갈 수밖에 없도록 그 운명이 결정되어 있었던 것이다. 이 모든 것은 뛰어난 유머와 풍자에도 불구하고 트웨인이 근본적으로는 비극적 비전을 갖고 있었던 작가라는 것을 잘 보여 주고 있다. 비평가 레슬리 피들러는 「혁 핀이여, 다시 뗏목으로 돌아와다오!」라는 유명한 글에서 다음과 같이 트웨인의 비전과 상통하는 말을 하고 있다.

매 세대마다 우리는 끊임없이 불가능한 신화를 추구해 왔으며 또 우리의 아이들이 그 놀이를 되풀이하는 것을 보며 살고 있다. 어느 미국 거리에서나 백인소년과 흑인소년이 서로 정답게 뒹굴며 노는 것을 우리는 볼 수 있다. 그러나 그 길을 따라서 언젠가 어른이 되면 그들은 서로 눈길을 돌리며, 우연하게라도 피부가 서로 닿는 것조차도 싫어하게 된다. 꿈은 사라진다. 순수한 정열과 감동적인 화합은 또다시 추억이 되고, 아무런 유감도 없이 이윽고 소년소설 속의 인정받지 못하는 주제가 될 뿐이다. "허니, 정말 꿈만 같구나."

사고로 헤어졌다가 다시 뗏목으로 돌아온 헉을 껴안으며 짐은
이렇게 말한다.

"정말 꿈만 같아."

마크 트웨인은 미국의 낭만주의와 사실주의를 연결하는 중요한
역할을 했으며, 특유의 풍자와 유머로 유럽문화의 허식과 미국사
회의 인종문제를 동시에 비판했다. 그래서 트웨인의 등장과 「허클
베리 핀의 모험」의 등장은 미국문학사에 명장면으로 남는다.

SCENE 22
미국과 유럽의 관계 성찰
헨리 제임스

　마크 트웨인이 미국의 낭만주의와 사실주의의 중간에 위치한 작가였다면, 미국의 사실주의를 확립한 작가는 트웨인의 친구이자 당대의 문인이었던 윌리엄 딘 하월스(1837-1920)였다. 비록 그가 트웨인이나 제임스만큼 위대한 작가로 평가받고 있지는 못하지만, 하월스의 대표작 「사일러스 라팜의 출세」는 사회에서 발생하는 물질주의와 속물주의 그리고 거기에 저항하는 인간의 도덕적 승리를 그린 탁월한 사실주의 계열의 작품으로 인정받고 있다.

　하월스가 정립한 사실주의 문학전통에 심화를 기하는 한편, 거기에 '심리묘사'와 '의식의 흐름' 수법을 가미해 진정한 의미에서의 현대 미국소설을 창출해 낸 작가는 헨리 제임스였다. 제임스의 첫 번째 특징은, 우선 그가 현대작가답게 그 누구보다도 소설작법에 관심이 많았다는 점이다. 예컨대 그의 문학이론이 천명된 에세이 「픽션의 기교」나 비평서 「소설의 기교」(이 책은 자신의 소설들

Henry James Jr. 1843-1916

The Portrait of a Lady, 1881

Daisy Miller, 1879

에 대한 제임스의 비평적 글들의 모음집으로서 R. P 블랙머의 서문과 더불어 1934년에 출판되었음)는 물론 제임스의 소설기법 이론을 담은 유명한 문헌이지만, 그의 창작들인 「아스펜 페이퍼스」, 「밀림의 야수」, 「카펫 위의 문양」 등도 역시 현대 해석학 이론에 자주 응용되는 중요한 텍스트가 될 정도로 제임스는 소설이론과 밀접한 관계를 갖고 있었던 작가였다.

　제임스의 두 번째 특징은 그가 '미국'과 '미국인'의 정체성을 유럽의 정체성과의 비교와 갈등을 통해 조명하고 탐구했다는 점이다. 이것은 특히 '유럽의 미국인'에 대한 다각도의 고찰에 관심을 가졌던 그의 초기 작품들에서 두드러진다. 예컨대 미술을 공부하러 플로렌스에 가지만 결국 파멸하고 마는 미국인 조각가의 이야기인 「로더릭 허드슨」, 프랑스 귀족여인과의 사랑의 파탄을 그린 「미국인」, 유럽과 뉴잉글랜드를 비교한 「유럽인들」, 순진한 미국인 소녀가 유럽의 문화를 외면하다가 결국 파멸하는 「데이지 밀러」, 그리고 활발한 미국인 소녀가 유럽의 문화를 받아들이는 이야기인 「여인의 초상」 등이 그러한 계열에 속한다. 그러나 '미국과 유럽의 숙명적 관계'에 대한 제임스의 강박관념은 그의 후기작인 「비둘기의 날개」나 「대사들」이나 「황금 그릇」에서도 계속해서 나타나고 있다.

　헨리 제임스는 1843년 4월 15일 뉴욕시에서 태어났다. 그의 형은 철학자요, 심리학자이자 실용주의와 '의식의 흐름' 이론의 선구자였던 윌리엄 제임스였다('의식의 흐름' 이론은 윌리엄의 저서들인 「심리학의 원리The Principles of Psychology」와 「급진적 경험주의 Essays in Radical Empiricism」에 잘 전개되고 있다). 철학과 신학에 조예가 깊었던 그의 부친은 1855년부터 1860년까지 런던과 스위스, 프랑스, 독일 등지에서 살면서 자녀들에게 특별한 교육을 시켰다. 다시 미국으로 돌아온 제임스는 19세 때 하버드 법대에 입학하지만 2년 후부터는 저술활동을 시작하여 곧 문명文名을 날리게 된다. 불과 얼마 후에 윌라 캐더나 T. S. 엘리엇 등이 그랬듯이, 제임스도 미국을 문화와 전통의 불모지로 보았으며, 문화와 전통과 예술이 있다고 생각되는 유럽에 이끌렸다. 미국에 대해 실망하고 떠나 1876년 런던에 정착한 이래 40년을 그곳에서 산 제임스는 1915년 영국신민이 되었으며, 1916년 2월에 세상을 떠났다.

미국에 대한 경멸감과 유럽에 대한 제임스의 동경은 그의 최초의 단편인 「정열적인 순례자」에서부터 작품의 주제로 등장하여 그의 전 작품의 근저에 짙게 깔려 있다. 물론 제임스의 소설들은 단순히 미국에 대한 실망과 유럽에 대한 찬양만을 다루고 있는 것이 아니고, 보다 더 복합적인 문제들의 핵심을 파헤치고 있다. 예컨대 「로더릭 허드슨」도 유럽사회의 술책과 물질주의적 냉소주의에 의해 파멸해 가는 순진한 미국인 예술가를 그리고 있으며, 「미국인」도 유럽에서 문화적 만족은 찾으나 프랑스 귀족주의의 경직된 관습과 악으로 인해 사랑에는 실패하는 젊은 미국인 크리스토퍼 뉴먼을 다루고 있다.

또한 「데이지 밀러」에서도 건전하고 사랑스럽고 활발한 한 미국소녀가 수도원적인 여성관을 갖고 있는 유럽의 편견과 충돌하는 이야기를 다루고 있으며, 탁월한 작품으로 평가받고 있는 「여인의 초상」도 경직된 영국사회 및 이탈리아 사회와의 투쟁, 그리고 불행한 결혼과의 투쟁에서 승리하여 자존심과 자신감을 얻는 아사벨 아처라는 한 미국여인을 다루고 있다. 심지어는 고대영국의 시골집에서 두 어린이와 가정교사에게 일어나는 초자연적인 일들을 그리고 있는 「나사의 회전」에서도, 제임스의 보다 더 근원적인 주제는 어린이들의 "순진성"과 대비되는, 정체를 알 수 없는 "악"의 병리학적인 영향이다.

제임스의 이러한 "국제주제"는 후기 삼부작이라고 일컬어지는 「비둘기의 날개」, 「대사들」 그리고 「황금 그릇」에서도 역시 중요한 모티프가 되고는 있지만, 초기작에 비해 보다 더 예술적이고 보다 더 난해하고 보다 더 복합적인 이 세 작품 속에서는 그것이 겉으로 드러나고 있다기보다는 대체로 내면에 숨어 있다는 느낌을 준다.

「비둘기의 날개」는 죽어가는 밀리라는 여인이 자신의 약혼자와, 돈에 눈이 어두운 자신의 가장 친한 친구 사이의 정사情事를 알게 된 후, 그들의 비도덕적 행위에 대한 복수를 하는 이야기로 되어 있다. 「황금 그릇」은 매기라는 여인이 자신의 남편인 아메리고와, 자기부친과 결혼한 아메리고의 옛 애인 샬롯과의 정사를 통해 자신과 부친과의 관계, 그리고 자신과 남편과의 관계 등을 새롭게 재검토하고 재숙고함으로써 '금이 간 황금 그릇' 즉 금이 간 자신의 결혼생활을 다시금 '완전한 황금 그릇'으로 만들어야 한다는 인식에 도달하는 이야기를 그리고 있다.

이처럼 제임스가 평생을 두고 탐색해 왔던 것은 '미국문화에 대한 실망과 유럽문화에 대한 동경'이라는 기본적인 명제를 토대로 하여, 미국적 순진성과 유럽적 허위성의 대비, 신세계와 구세계의 비교, 인생의 진실과 예술의 진실 사이의 대조, 그리고 선과 악에 대한 심리적 고찰 등이었다. 제임스의 이러한 주제와 기법이 완숙한 경지로 드러나고 있는 작품이 바로 그의 최대 걸작 중의 하나인 「대사들」이다. 55세의 중년 주인공 스트레서는 미국의 잡지 편집인으로서 그 잡지의 자본주인 51세의 부유한 과부 뉴섬 부인으로부터, 파리에 간 채 돌아오지 않고 있는 그녀의 아들 채드를 데려다 주면 그와 결혼하겠다는 약속을 받는다. 그러나 16세 때 외아들이 익사한 후 혼자 살아온 스트레서는 채드를 부친처럼 돌보아주려고 생각하며 유럽으로 떠난다(제임스의 주인공들은 대부분 미국을 떠나 유럽으로 가는 여행을 하게 되며, 그 여행은 언제나 깨달음initiation의 여행이 된다).

이 소설은 스트레서가 영국의 리버풀에 도착하여 체스터라는 곳에서, 역시 유럽을 여행 중인 미국인 친구 웨이마치를 기다리는데서 시작되는데, 이 웨이마치는 또 하나의 보조 등장인물인 마리아와 더불어 주인공 스트레서와 대조되는 역할을 맡고 있다. 파리에 도착한 스트레서는 채드가 현재 여행 중이며, 미국에서 우려하고 있는 것처럼 타락한 생활을 하고 있는 것이 아니라는 것을 발견한다. 후에 스트레서는 연극 공연장에서 채드를 만나게 되고 그에게 자신의 임무를 이야기한다(그림 모티프와 더불어 연극 모티프는 이 작품에서 중요한 역할을 한다. 그가 런던에서 본 연극과 파리에서 본 연극은 관객으로서의 스트레서와 연극의 주인공으로서의 스트레서라는 이중의 의미를 갖고 있으며, 또 스트레서는 자신의 연극이라고 느끼던 상황 속에 점점 몰입하게 된다).

스트레서는 채드를 통해 비오네라는 여인을 소개받게 되는데, 처음에는 그녀가 자기 딸 진과 자신을 결혼시키려는 것으로 생각한다. 스트레서는 파리의 문화를 대표하는 마담 비오네를 통해 미국의 청교도적 유산에 억눌려 허송해 온 자신의 과거를 돌이켜 보고 점차 새로운 경험의 세계를 향해 눈뜸의 과정을 겪게 된다. 스트레서는 그녀에게서 미국이 갖고 있지 못한 역사와 전통과 문명의 이미지를 발견하고 그녀를 이상적인 여인으로 생각하게 된다.

한편, 기다림에 지친 뉴섬 부인은 딸과 사위, 그리고 그 사위의 여동생을 데리고 파리로 오게 된다. 그들은 스트레서로부터 냉대를 받은 웨이마치와 더불어 스트레서에게 사태의 해결을 강요한다. 그러나 이미 새로운 세계에 눈을 뜬 스트레서는 뉴섬 부인과 헤어진다고 해도 그들을 도울 수가 없어 고민에 빠진다.

그러는 동안 그는 우연히 채드와 마담 비오네의 뱃놀이 광경을 목격하게 되고, 그녀와 채드의 관계가 순수한 것이 아닌, 일반적 남녀관계에 불과하다는 것을 발견한다. 스트레서는 이제 더 이상 그녀를 이상화시키지 않고, 있는 그대로 받아들이는 법을 배우게 된다. 그와 동시에, 그는 채드가 물질적 성공의 추구를 위해 이기적인 이유로 마담 비오네를 버리고 미국으로 돌아가려한다는 사실을 깨닫게 되며, 그동안 자신의 안목이 얼마나 협소했었는가를 깨닫는다. 이 소설은 스트레서가 자신에게 청혼한 고스트리와 결혼해서 유럽에서 살기를 거부하고, 파리를 떠나 다시 미국의 울레트로 되돌아가는 것으로 끝이 난다.

　이 소설은, 아내와 아들을 잃고 도덕에만 얽매여 평생을 우울하게 살아온 스트레서가 파리에 와서 이 세상에는 다른 형태의 즐거운 삶도 있다는 것을 발견하고, 자신의 잃어버린 젊음을 보상하기 위해 채드를 데려가지 않고 파리에 그냥 두어 행복하게 살게 해주려고 노력하는 모습을 그리고 있다. 그리고 그 과정에서 그가 어떻게 삶의 진리를 터득하게 되는가를 인상주의적 수법과 의식의 흐름 수법을 통해 보여 주고 있는 흥미로운 작품이다. 비록 대사로서의 역할에는 실패하지만, 스트레서는 물질적 안정을 잃는 대신, 보다 더 중요한 인생의 의미를 파리에서 깨닫게 된다. 애초에 그의 여행이 채드를 찾아 귀국시키는 것뿐만 아니라, 제임스가 시사하고 있는 대로, 모든 것을 알아내는 것이었다면, 스트레서의 여행은 성공적이라고 볼 수 있다. 제임스는 스트레서로 하여금 '깨달음' 후에 파리에 안주하도록 하지 않고 다시 미국으로 돌아오게 함으로써 이 작품의 주제를 보다 복합적으로 제시하면서 승화된 예술성을 성취하고 있다. 스트레서가 다시 미국으로 돌아가는 이유를 이 작품의 마지막 부분은 다음과 같이 밝히고 있다.

> 그는 이제는 모든 것이 다르게 보일 울레트를 '보게 될 것이었다' (…) 나는 올바른 사람이 되기 위해 그곳에 '가야만 합니다.' 라고 그는 말했다.

「위대한 전통The Great Tradition」에서 F. R. 리이비스는 「대사들」에 대하여 과도한 기교와 테크닉, 그리고 극도의 주관적 가치관으로 인해 결함이 있는 작품이라고 지적한다. 그러나 이 작품은 미국과 유럽이 갖는 각기 다른 문화적 특성을 통해, 미국인의 문제뿐만 아니라 인간의 삶 자체에 대한 깊은 성찰을 보여 주고 있다는 평을 받는다. 동시에 이 작품은 전도된 '미국의 신화' ―즉 유럽으로 감으로써 다시 젊어지는 미국인의 신화―를 잘 표출해 주고 있다. 과연 스트레서는 고스트리에게 자신의 유럽여행이 곧 젊음을 회복시켜 주는 여행이라고 말하고 있다.

> 물론 나는 유럽으로의 여행 덕분에 젊어졌소. 체스터에서 당신을 만난 바로 그 순간부터 나는 다시 젊어지기 시작했으며 적어도 젊음의 이득을 보고 있소.

"미국이란 무엇인가" 그리고 "유럽에서 미국인은 무엇인가?"라는 문제에 대한 제임스의 심리적 탐색은 분명 포, 호손, 멜빌로 이어지는 미국문학의 '페일 페이스Pale face' 전통의 한 정점에 그를 세워 놓고 있다. 20세기에 들어서면, 포크너가 '페일 페이스'의 전통을 계승한다. 미국작가를 '페일 페이스'와 '레드 스킨Red skin'으로 구분한 사람은 〈파티잔 리뷰〉의 편집자인 필립 라브Philip Rahv 이다. '페일 페이스' 계열의 작가들이 인간심리의 내면세계와 악몽과 죄의식을 탐색해 왔다면, 에머슨, 소로, 트웨인, 헤밍웨이 등으로 대표되는 '레드 스킨' 계열의 작가들은 미국의 꿈이 지향하는 낙관주의, 민주주의, 개인주의 등에 대한 신념을 추구해 왔다. 물론 이 두 계열의 작가들은 모두 "미국이란 무엇인가"라는 공통의 문제를 탐색해 왔다.

그와 동시에, 산문도 시처럼 상징적이어야 하며 강렬한 이미지 전달을 필요로 하는 주관적인 예술작품이라는 제임스의 이론은 모더니스트 작가들에게 지대한 영향을 끼쳤다. 그는 또 등장인물과 상황을 독자들에게 보다 더 잘 이해시키기 위해 심리적 방법을 소설에 도입한 선구자적 인물이었다. 즉 그는 자신의 '의식'을 순진한 어린 아이의 마음이나 일기 속에 옮겨 놓음으로써 심리분석과 '의식의 흐름' 수법을 소설에 응용하였으며, 극도로 주관적인 화자의 의식을 통해 소설을 전개시키는 수법을 사용함으로서 조이스, 콘라드, 엘리엇, 울프, 그리고 이디스 워튼과 윌라 캐더 등에게도 많은 영향을 주었다.

유럽의 사실주의 및 자연주의 작가들과는 달리 제임스는 인간의 운명에 대한 물질주의적 해석을 거부했으며, 인간 속에 내재해 있는 악의 존재를 파악하고 순진성과 위선, 도덕적 이상주의 등의 모티프를 통해 그 악의 본질을 탐색한 작가였다. 그러나 그의 이 모든 장점과 공헌에도 불구하고 그가 난해하고 귀족주의적인 엘리트 문학의 시조로서 문학을 대중으로부터 고립시켰다는 점, 그리고 유럽의 고전과 문화에 매료되었던 전통주의자였다는 점 등은 오늘날 그의 문제점으로 지적되고 있다.

그럼에도 불구하고, 헨리 제임스는 예술소설의 아버지였고, 창작과 문학이론을 접목시켰다는 점, 그리고 사실주의 문학을 완성한 작가이자 미국 현대문학의 원조라는 점, 그리고 미국과 유럽의 관계를 심도 있게 성찰했다는 점에서 그의 등장은 문학의 명장면에 포함된다.

SCENE 23
자연주의와 인간의 사회결정론
시오도어 드라이저

    시오도어 드라이저는 미국의 자연주의 문학을 완성시켰다는 평을 받고 있는 작가로서, 인디아나 주의 테르 오트에서 독일계 이민의 자녀로 태어났다. 어려서부터 극빈을 경험한 드라이저는 인디애나대학에 입학하지만 일 년 후에는 돈을 벌기 위해 대학을 뛰쳐나와 저널리스트가 되었다. 드라이저는 사회문제에 대한 문학적 관심을 일깨우고, 소위 '점잖은 전통The Gentle Tradition'에 대한 신랄한 공격을 감행했다는 점에서 문학사적 의의가 큰 작가이다. 당시 그의 동시대 작가들 중에는 헨리 제임스의 심미적 리얼리즘 소설기법을 모방하는 일군의 여류작가들—예컨대 이디스 워튼, 엘렌 글라스고우, 윌라 캐더 등—이, 인생을 예술적으로 그리지 않고 사회의식과 폭로의식에 가득한 자연주의 작가들을 비난하고 있었다. 드라이저는 그들에 맞서서 강력한 반격을 가했다.

    드라이저가 1900년에 완성한 「시스터 캐리」는 프랭크 노리스의

Theodore Dreiser 1871-1945

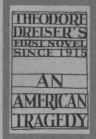

Sister Carrie, 1900

An American Tragedy, 1925

추천을 받아 더블데이 출판사에서 인쇄까지 마쳤으나 이 작품을 부도덕하다고 본 출판사 사장 부인의 반대로 판매되지 못하고 있다가, 1907년에야 비로소 햇빛을 보게 되었다. 시카고로 취직하기 위해 무작정 올라온 시골처녀 캐롤라인이 겪는 온갖 시련과 유혹, 인간성의 타락과 좌절, 그리고 물질적 패배와 성공 등을 뛰어난 솜씨로 묘사하고 있는 미국 자연주의 문학의 최고 걸작이다. 드라이저는 이 작품 속에서 자신이 신봉했던 결정론적 운명관과 자연주의적 문학관을 구현하는 데 성공하고 있다.

드라이저의 또 하나의 걸작은 1925년에 출판된 「미국의 비극」이다. 이 소설은 모두 3부로 되어 있는 방대한 소설이다. 제1부에서는 주인공 클라이드의 젊은 시절이 담담하게 묘사되고 있으며, 제2부에서는 가난한 여공 로버타와 상류층의 부유한 여인 샌드라 사이에서 고민하다가 결국 로버타를 죽게 만들기까지의 과정이 그려지고 있고, 제3부에서는 클라이드의 유죄 여부에 대한 검사 측과 변호인 측의 논쟁을 통해 결국 살인의 책임은 클라이드가 아닌 당시 미국사회가 져야 한다는 결론이 제시되고 있다. 이 소설의 주인공 클라이드는 원래 거리에서 노방전도를 하는 가난한 집안의 큰아들로서 가족들로부터 늘 이질감을 느끼는 반항아이다. 드라이저는 클라이드의 부친을 다음과 같이 묘사하고 있다.

아버지인 에이 그리피스부터 시작하자면, 그는 형편없이 이루어지고 연결된 유기체들 중의 하나였으며, 환경과 종교이론의 산물이었을 뿐, 스스로를 인도하는 통찰력도 없는 사람이었지만 감수성은 예민해서 아주 감정적이었고 상식이라고는 없는 사람이었다.

광신적인 부모와 빈곤한 가정환경 속에서 자라난 클라이드는 자연히 부유한 사람들과 상류층에 대한 낭만적인 환상과 동경을 갖게 된다. 호텔의 벨보이로 일하던 클라이드는 어느 날 호텐스라는 천박하지만 얼굴은 예쁜 여자와 사귀게 되어 가진 돈을 다 그녀에게 털어 놓느라, 임신한 채 버림받은 여동생 에스타의 출산비용마저 거절하는 냉혹함을 보인다. 어느 날 교통사고에 연루된 클라이드는 드디어 고향을 떠나면서 제1부가 끝난다.

제2부는 고향을 떠난 지 3년 후 클라이드가 20세 때의 이야기가 시작된다. 백부인 새뮤얼 그리피스를 만나 그가 경영하고 있는 공장에서 일자리를 얻은 그는 로버타라는 여공을 만나게 된다. 순진하고 건실한 처녀인 로버타와 클라이드는 깊은 관계로까지 발전하게 된다. 그러나 그때 클라이드는 재벌의 딸이자 상류사회 남자들의 선망의 대상인 샌드라를 소개받게 된다. 샌드라는 허영심이 많고 자존심이 강한 여자였으며 자신을 무시하는 클라이드의 사촌 길버트에 대한 복수심에서 클라이드에게 접근한다. 출세의 기회를 목전에 둔 클라이드는 로버타와 헤어지기를 원하나 임신한 로버타는 결코 물러설 것 같지 않다. 드디어 클라이드는 그녀를 호수로 유인한다. 아직까지도 그녀를 죽일 것인가 말 것인가를 결

정하지 못한 클라이드의 표정에 불안을 느낀 로버타가 놀라서 클라이드 쪽으로 다가오다가 그만 카메라에 부딪혀 쓰러지면서 보트는 전복된다. 수영을 못하는 로버타는 익사하게 되고 클라이드는 헤엄을 쳐서 혼자만 살아 나온다.

제3부에서는 재판과정을 중심으로 이 사건을 정치적으로 이용해 차기 지역검사 선거에서 승리하려는 메이슨 검사와 클라이드의 백부가 고용한 제프슨 변호사와 벨크납 변호사 사이의 대립이 묘사되고 있다. 제프슨 변호사는 진상파악보다는 배심원들의 감정과 센티멘탈리즘에 호소하는 각본을 짜는 데 급급하다. 드라이저는 각기 자신의 이익만을 위해서 사실과는 거리가 먼 기소와 변호를 되풀이하고 있는 이들을 통해 클라이드가 숙명적으로 환경의 희생물이 되고 있음을 지적하고 있다. 클라이드의 백부조차도 가문의 명예 때문에, 클라이드가 '순간적인 정신착란'이었다는 호소를 함으로써, 클라이드의 생명을 구할 수 있는 기회를 스스로 포기한다. 유죄평결과 사형언도가 내려진 후 클라이드가 사건의 전말을 고백한 맥밀란 목사까지도 법적 판단과 도덕적 판단 사이를 혼돈하여, "하나님 앞에서 그가 여러 가지 면에서 죄를 지었다."라고 말함으로써 주지사의 특별사면을 불가능하게 만든다.

「미국의 비극」은 사회적 지위의 향상과 부의 성취만을 미국의 꿈으로 생각했던 당시의 미국사회에 커다란 경종을 울려 주는 소설이었다. 드라이저는 이 소설에서, 피츠제럴드가 그랬던 것처럼, '타락한 아메리칸 드림'에 수반되는 도덕적 붕괴와 정신적 전락을 경고해 주고 있다. 그 외에도 드라이저는 재계의 부패와 부정을 고발한 소위 '욕망의 삼부작'인 「자본가」, 「타이탄」, 그리고 「금욕주의자」도 썼다. 그는 제2차 세계대전이 끝난 1945년에 74세를 일기로 타계했다.

드라이저는 미국이 급속도로 산업화되어 가던 19세기 말 20세기 초에 사회라는 비인간적이고 거대한 수레바퀴에 숙명적으로 눌려 있는 힘없는 인간의 모습을 잘 그려낸 미국 자연주의 문학의 원조로서, 그의 등장 역시 문학의 명장면으로 기억된다.

시어도어 드라이저의 『미국의 비극An American Tragedy』을 원작으로
만든 영화 〈젊은이의 양지A Place in the Sun〉(1951, 몽고메리 클리프트,
엘리자베스 테일러 주연)는 전 세계 젊은이들의 영혼에 깊은 상흔을
남겼다.

Part 3

현대문학의 명장면

I
모더니즘 시대의 시

미국 국민시인의 등장과 전원시
로버트 프로스트

로버트 프로스트는 일생 미국의 뉴잉글랜드 지방을 찬양하고 노래했지만, 사실 자신은 그 정반대쪽에 있는 캘리포니아에서 태어난 시인이었다. 그의 부친 윌리엄 프레스콧 프로스트 주니어는 하버드 대학을 우등으로 졸업하고 법대에 진학하여 법관이 될 기회가 있었으나, 자신의 청교도적 유산을 거부하고 서부로 떠난다. 뉴잉글랜드적 속성에 대한 일종의 반항아였던 윌리엄은 당시 캘리포니아의 골드 러쉬Gold Rush 붐을 타고 본격화되고 있었던 새로운 서부사회의 건설에 매료되어 동부의 안정을 버리고 서부의 모험을 향해 떠나갔던 것이다. 서부로 가는 길에, 여비를 마련하기 위해 펜실베이니아 주의 어느 조그만 마을에서 잠시 사립학교 교장 노릇을 하던 그는 그곳 교사인 이사벨라 무디라는 스코틀랜드계 처녀와 결혼하게 된다.

샌프란시스코의 금광 촌에 도착한 그는 곧 그곳 주요 신문사에

Robert Lee Frost 1874-1963

The Road Not Taken, 1916

서 일을 하게 되고 아직 펜실베이니아에 있던 신부를 데려오게 된다. 1874년 3월 26일 그들 사이에서 첫아들이 태어나는데, 그가 바로 나중에 미국인들의 사랑과 존경을 한 몸에 받게 되는 시인 로버트 리 프로스트다. 자기 아들의 이름을 '로버트 리'라고 지은 윌리엄의 태도에서 우리는 다시 한 번 그의 반항아적 기질을 엿볼 수 있다. 왜냐면 로버트 리는 남북전쟁 당시 유명한 남군의 사령관이었으며 프로스트가는 북부의 양키였기 때문이다.

어린 프로스트는 아버지를 닮아 몸이 약했기 때문에 독감에 걸릴 때마다 그의 어머니는 그를 휴학시키고 돌보았다. 그래서 그럴 때마다 프로스트는 학교에 가는 대신 아버지를 따라다니며 자유와 모험을 만끽했다. 프로스트가 열한 살 되던 해, 그가 좋아하고 따르던 아버지는 불과 34세의 나이로 폐결핵에 걸려 타계하고 만다. 프로스트의 어머니는 남편 시신을 안치한 관을 이끌고 프로스트와 당시 9살 난 딸 지니를 데리고 기나긴 기차여행 끝에 시댁이 있는 매사추세츠 주 로렌스로 돌아간다.

시댁에서 잠시 시간을 보낸 프로스트의 어머니는 뉴햄프셔 주의 세일럼으로 가족들을 데리고 가서 조그만 학교의 교사가 된다. 소년 프로스트는 가계를 돕기 위해 토요일 오후에는 늘 구둣방에서 일했고, 여름방학 때는 농장에서 일을 해야만 했다. 그러는 동안 프로스트는 자연에 대한 애정과 이해를 갖게 되었다. 한편, 그는 학업에도 뛰어난 성적을 올리기 시작했다. 그의 어머니는 프로스트를 시댁이 있는 로렌스로 보내 그곳에서 교육시키기를 원했다. 그래서 프로스트는 아버지가 다녔던 고등학교에 입학하게 되었다.

고등학교 시절, 프로스트는 라틴어 시가 주는 음악성에 매료되어 시를 사랑하게 되었다. 고교시절에 그는 또 하나의 사랑을 경험하게 되는데, 그 대상은 전학을 온 엘리노어 미리엄 화이트라는 동급생이었다. 그녀의 사색적인 검은 눈과 고상한 품위에 이끌린 프로스트는 그녀를 날마다 집에까지 바래다주게 되는데, 그러던 어느 날 그녀와 헤어진 후 어떤 강렬한 영감에 사로잡혀 그는 「슬픈 밤」이라는 시를 처음 쓰게 된다. 당시 교내신문 〈더 불리틴〉의 편집인이었던 엘리노어가 그 시를 비롯한 몇 편의 시를 학교신문에 최초로 게재해 주어 프로스트로 하여금 시인의 첫발을 내딛도록 했다. 그의 나이 16세 되던 해의 일이었다. 원래 고교 수석졸업은 프로스트였다. 그러나 중간에 전학 온 엘리노어가 뛰어난 성적으로 그에게 도전하자 학교 당국은 그 두 사람을 공동수석 졸업자로 결정했다.

졸업 후, 엘리노어는 보스턴에 있는 대학에 진학하였으나 프로스트는 학자가 되기보다는 자연과 고독을 사랑하는 시인이 되고 싶어서였던지, 그에게 장학금을 수여한 다트머스 대학에 입학한 지 한 학기도 채 못 되어 집으로 돌아오고 말았다. 그는 명상과 사색 속에서 숲속의 오솔길을 홀로 거닐기를 좋아했으며, 그러한 가운데 음악적인 리듬을 가진 시어를 골라 영혼의 심연을 울리는 관조의 시를 창출해내곤 했다.

엘리노어가 우등으로 대학을 졸업하고 다시 로렌스로 돌아와 프로스트의 모친이 경영하는 학교의 교사로 일하기 시작하던 1895년 크리스마스 시즌에, 역시 같은 학교의 동료교사였던 프로스트는 그녀와 결혼하게 된다. 그때 프로스트가 갖고 있었던 재산이라고는 아직 출판되지 못한 몇 편의 시뿐이었다. 1896년에 그들 사이엔 엘리엇이라는 아들이 출생한다. 프로스트는 직장을 그만둔 아내 대신 교사가 되기 위해 조부의 도움으로 23세 때 하버드 대학의 특별학생(비학위과정 학생)이 되지만 2년이 채 못 되어 다시 그만두고 만다.

1899년 4월에 딸 레슬리가 태어나는데, 불행히도 그 다음해 7월엔 첫아들 엘리엇이 죽고 11월엔 그의 모친마저 타계한다. 슬픔에 잠긴 프로스트는 조부가 사준 뉴햄프셔 주 데리 근처의 한 농장으로 이사하여 그곳에서 자연을 벗 삼아 농사짓고 시를 쓰며 가르치는 일에 정성을 쏟았다. 그곳에서 그는 다시 둘째 아들 캐롤과 둘째 딸 어마, 셋째 딸 마조리를 낳았으나 마지막 딸 엘리노어 브레티나는 생후 이틀 만에 죽는 비극을 겪기도 했다.

1912년 프로스트는 생활비가 적게 들고 기후가 좋아 시 쓰기에 적합한 곳을 물색하던 중 영국으로 떠나기로 결심한다. 런던 근교의 시골에 자리를 잡은 프로스트는 시작詩作에 전념하여 「어느 소년의 유언」이라는 첫 시집 원고를 완성했고 영국에 도착한 지 불과 한 달밖에 되지 않았던 1912년 10월 26일 드디어 런던의 유명한 출판사로부터 출판 결정 통고를 받게 된다. 1913년 3월 어느 날, 런던을 배회하던 프로스트는 우연히 당시 영국에서 이미지스트 시 운동을 주도하고 있던 에즈라 파운드의 집 근처에 가게 된다. 그는 몇 달 전 파운드로부터 한번 놀러오라는 초대를 받았으나 문단을 싫어하는 자신의 기질 때문에 그 유명한 시인의 초대도 사양하고 있었다. 그러나 이제 집 앞에서 돌아서기도 싱거워서 프로스트는 파운드를 방문하게 되었다. 성미 급한 파운드는 프로스트가 곧 첫 시집을 출판하게 된다는 걸 알아내자마자, 그를 데리고 그 출판사로 가서 막 찍혀 나온 시집 한 부를 얻어 읽어 본 후 크게 감명을 받았다. 파운드는 곧 프로스트 시집의 서평을 써서 시카고에서 발행되는 시 전문지에 실었고, 그것은 프로스트를 유명하게 해주는 데 일익을 담당했다(원래부터 기질 상 서로 맞지 않았던 이 두 시인은 나중에 서로 불화하게 되지만, 그래도 제2차 세계대전 후 파운드가 파시즘 찬양으로 인한 국가 반역죄로 재판을 받을 때, 사형을 면하게 해주고, 성 엘리자베스 정신병원에 수용되어 있는 그를 퇴원시켜 이탈리아로 돌려보내도록 힘을 써 준 사람도 바로 프로스트였다).

프로스트의 첫 시집 「어느 소년의 유언」은 1913년 4월 초에 런던에서 출판되었다. 당시 영국의 한 비평가는 이렇게 말했다.

우리는 프로스트 씨가 누군지 조금도 모른다. 하지만 우리는 그를 일류급의 타고난 시인으로서 주저 없이 환영하는 바이다. (…) 만일 이것이 그가 갖고 있는 것의 진정한 한 견본이라면,

그는 현재의 일류급 시로 통하고 있는 것들보다 훨씬 더 가치 있는 작품들을 우리에게 보여줄 것임에 틀림없다.

프로스트의 두 번째 시집인 「보스턴 북부」도 역시 런던에서 1914년 5월에 출판되었으며, 첫 시집보다 훨씬 더 좋은 서평과 문단의 극찬을 받았다. 이때 그의 나이 40세였다. 1914년 제1차 세계대전이 일어나고 세계정세가 불안해지자 프로스트 일가는 1915년 2월 다시 미국으로 돌아간다. 그는 이제 유명한 시인이 되어서 고국에 돌아온 것이었다. 1916년에는 세 번째 시집 「마운틴 인터벌」이 미국에서 출판되었으며, 하버드, 터프트, 그리고 앰허스트 같은 대학들이 명예 문학박사 학위를 다투어 그에게 수여했다. 일견 무미건조한 일상의 편린을 포착해서 심오한 의미와 지혜를 창출해내는 그의 탁월한 솜씨와 언어구사력은 많은 사람들로 하여금 그의 시를 애송하고 사랑하게 만들었다. 뉴햄프셔에 다시 농장을 사서 농사와 시작과 가르침에 전념하게 된 프로스트는 이제 예전처럼 경제적인 어려움을 겪지 않아도 좋았다.

1938년 그의 아내가 죽은 뒤, 프로스트는 버몬트 주의 립톤 근처에 농장을 사고 은거하면서 오직 시 쓰는 데에만 전념했고, 그와 비례해서 그의 명성도 점점 더 높아져만 갔다. 그가 1937년 영국을 다시 방문했을 때엔 옥스퍼드, 케임브리지, 그리고 국립 아일랜드 대학교가 그에게 명예 박사학위를 수여했으며, 여러 나라들이 그를 미국의 국민시인으로 생각했고 또 환영했다. 1961년 1월

존 F. 케네디는 프로스트에게 자신의 대통령 취임 연설식장에서 시를 낭송해줄 것을 부탁했다. 프로스트는 승낙하고 축시를 읽기로 했다. 그러나 마침 내린 눈에 반사된 강렬한 햇빛 때문에 원고를 읽을 수 없게 된 이 노 시인은 새로 쓴 원고를 덮고, 대신 자신의 시 「솔직한 선물」을 암송했다.

그 후 케네디 대통령은 프로스트를 친선사절로 소련에 파견했으며, 프로스트는 귀국길에 여러 나라에 들러 그 자신의 표현을 빌면 "barding around(떠돌아다니며 음유시를 낭송하는 행사)"를 했다. 프로스트는 1963년 1월 88세의 나이로 세상을 떠났다. 케네디 대통령은 그를 가리켜 "우리 시대의 위대한 시인"이라고 말한 다음 "그의 인생과 그의 예술은 그가 그토록 사랑했던 뉴잉글랜드의 본질적인 특성을 요약해 보여 주고 있다―자연 속에서의 신선한 기쁨, 평범한 언어, 사려 깊은 지혜, 그리고 인간의 영혼에 대한 심오하고도 기본적인 성찰을 말이다."라고 말했다.

로버트 프로스트는 '진정한 미국의 시인'으로 불렸었고 또 지금도 그렇게 기억되고 있다. 왜냐하면 그의 시는 모두 미국의 토양에 뿌리박은 미국의 일상과 자연을 미국의 언어로 노래하고 있기 때문이다. 뉴잉글랜드의 하천이나 숲이나 언덕, 그리고 들판이나 추수광경과 그 속의 농부들이 시의 소재가 되고 있으며, 그의 시어조차도 뉴잉글랜드의 시골지방에서 쓰이는 일상어일 만큼 프로스트는 지방적인 시인이었지만, 동시에 그는 뉴잉글랜드 지방을 '미국'으로 승화시키고 다시 '미국'을 '우주'로 형상화시킴으로써 명실공히 세계의 시인이 되었다. 그의 시작태도는 "시란 즐거움에서부터 시작하여 지혜로 끝난다A poem begins in delight and ends in wisdom."라는 프로스트 자신의 언급에 명료하게 드러나고 있듯이, 예술을 통해 독자에게 즐거움과 지혜를 주는 것을 그 기본으로 하고 있었다. 프로스트는 1924년에 시집 「뉴햄프셔」로 첫 퓰리처상을, 1931년에는 시집 「시 선집」으로 두 번째 퓰리처상을, 그리고 1937년에는 시집 「더 먼 범위」로 또 다시 퓰리처상을 수상했다. 그의 시들 중 가장 유명한 세 편의 시는 「사과 딴 후」, 「가지 않은 길」, 그리고 「눈 오는 저녁 숲가에 서서」라고 할 수 있다.

가지 않은 길

노란 숲속에 두 갈래 길이 있었다.
나그네는 하나이고 길은 둘이어서
나는 섭섭하여 하염없이 서서
그중 한 길을 저 멀리까지 바라보았다.
그 길이 덤불 속에서 굽어진 곳까지.

그리고 나는 다른 길로 접어들었다.
똑같이 아름답고 어쩌면 좀 더 좋아 보이는 길로,
왜냐면 그 길이 더 푸르고 더 닳아지지 않았기에,

하지만 닳아진 것으로 말하자면
사실 그 길도 다른 길처럼 이미 여러 사람이 지나간 길이었다.

그날 아침, 두 길은 나란히 뻗어 있었다.
낙엽 속에서 더럽혀지지 않은 채로,
아! 나는 또 한 길은 다음번에 가기로 했다.
하지만 길은 또 다른 길로 이어지는 것이기에
나는 영원히 돌아올 수 없음을 잘 알고 있었다.

먼 훗날, 나는 한숨을 쉬며
이 이야기를 말하게 되리라,
숲속에 두 갈래 길이 있었고, 나는
나는 사람이 덜 다닌 길을 택했노라고,
그리고 그것이 내 인생을 바꾸어 놓았노라고.

눈 오는 저녁 숲가에 서서

이 숲의 주인을 나는 알 듯도 하다.
비록 그의 집은 마을에 있어
눈 덮인 자기 숲을 내가 여기 서서
바라보고 있는 줄은 모르겠지만.

내 작은 말도 이상하게 생각하리라
근처에 농가도 없는데 이렇게 서 있는 것이
일 년 중 가장 어두운 저녁에
숲과 얼어붙은 호수 사이에.

말은 고개를 흔들어 방울을 흔든다.
무슨 문제라도 있느냐는 듯이.
그 외에 다른 소리라고는
잔잔한 바람과 흩날리는 눈송이 소리뿐,

숲은 아름답고 어둡고 깊다.
하지만 난 지켜야 될 약속이 있어
잠들기 전 여러 마일을 가야만 한다.
잠들기 전 여러 마일을 가야만 한다.

　뉴햄프셔의 숲과 전원에서 세계를 감동시킨 명상의 시를 쓴 프로스트의 등장은 오늘날에도 문학의 명장면으로 남아있다. 뉴햄프셔의 해노버에 있는 아이비리그인 다트머스 대학 캠퍼스에 가면, 지금도 「담을 수리하며」라는 시를 손에 들고 있는 프로스트의 동상을 만날 수 있다.

모더니즘 시의 문명비판

T. S. 엘리엇

20세기의 가장 위대한 시인으로 공인되어 왔으며, 동시에 20세기에 가장 많이 팔린 시집 「황무지」의 저자인 T. S. 엘리엇은 1888년 9월 26일 미주리 주 세인트루이스에서 태어났다. 할아버지가 유니테리언 교회 목사였기에 그곳까지 옮겨왔지만 원래는 뉴잉글랜드 출신이었던 엘리엇은, 18세 때 하버드 대학에 입학해서 1910년 석사학위를 받고, 계속해서 형이상학파 시인들과 이탈리아 르네상스문학, 그리고 엘리자베스시대 영문학을 공부했다. 하버드 재학 중 어빙 배빗이나 조지 산타야나 같은 석학들에게 철학을 배운 그는 1910년에는 프랑스의 파리 대학으로 가서 유명한 앙리 베르그송으로부터 철학 강의를 듣게 된다.

1911년 다시 하버드로 돌아온 그는 1914년까지 철학과에서 동양철학과 산스크리트어를 전공하다가, 다시 독일에 가서 잠시 연구한 후, 영국의 옥스퍼드 대학으로 간다. 옥스퍼드의 머튼 칼리

Thomas Stearns Eliot 1888-1965

The Waste Land, 1922

Poems, 1920

지에서 그는 다시 철학을 전공했으며(1914-1915), 1915년에는 영국화가의 딸과 결혼하게 된다(그는 하버드 대학에서 박사학위를 받기 위해 논문을 완성했으나 무슨 이유에서인지 제출하지 않아 스스로 박사학위를 포기했다고 알려져 있다).

1917년 엘리엇은 자신을 유명하게 해준 첫 시집「프루프록과 다른 성찰들」을 출판한다. 이 시집의 제목 시인「J. 알프레드 프루프록의 연가」는 신앙, 인간성, 문명이 붕괴하고, 타락하며, 부패하는 상황에서 연약하고 주저하는 개인(지식인)의 좌절을 연가의 형식을 빌려 탁월하게 묘사하고 있다.

J. 알프레드 프루프록의 연가

자, 그러면 우리 가보자,
저녁이 마치 수술대 위에 마취된 환자처럼
하늘을 향해 뻗어 나갈 때,
자, 가보자, 거의 인적이 끊어진 거리를 지나
하룻밤 자고 가는 값싼 여인숙에서의 불편한 밤의
멀어져가는 중얼거리는 소리들과,
굴 껍질과 톱밥이 깔려 있는 레스토랑을 지나서,

방에서는 여인들이 오가며

미켈란젤로에 대해서 이야기하고 있다.

이 유명한 첫 연은 이렇게 멋진 배경을 깔면서 소심하고 창백한 독신남자 프루프록의 사랑의 고백을 위한 모험을 떠난다. 이 시는 사람들이 "연가"라는 제목의 시에서 전혀 기대하지 않았던, 소심한 지식인의 망설임과 주저를 지적인 분위기로 써내려가고 있어서 독자들에게 충격을 주었다. 미켈란젤로에 대해 지껄이며 아는 체하는, 즉 문화가 속물 여성들의 객담이 되어 버린 상황에서 진정한 문화인인 프루프록은 당황하게 되며, 사랑의 고백은 마치 '우주를 뒤흔들어 놓는' 것 같은 큰일로 생각되어 '감히 내가 할 수 있을까?' 하고 주저하게 되는 것이다. 마치 소시민 의식을 적나라하게 표출해 주었던 1960년대 김수영의 시의 화자를 연상케 하는 프루프록의 자의식은 다음 연에서 극에 이른다.

정말이지 회의할 시간이 있을 거야,
"내가 감히 할 수 있을까?", "내가 감히?"라고.
이제라도 몸을 돌려 계단을 내려갈까.
내 머리 한가운데에는 대머리가 보인다.
(그들은 말하겠지, "저 남자의 머리는 왜 저렇게 빠져가지?"라고.)
내 모닝코트의 칼라는 빳빳하게 턱까지 올라와 있고
내 넥타이는 화려하면서도 수수하지만 핀 하나로 고정되어 있다.

(그들은 말하겠지, "저 남자의 팔 다리는 왜 저렇게 가늘지?"라고.)

내가 감히

우주를 뒤흔들 수 있을까?

(…)

나는 내 인생을 커피 스푼으로 떠내 소모시켜 왔다.

위의 연 중 맨 마지막 연은 소위 엘리엇 시의 특징인 '객관적 상관물objective correlative' — 즉 얼핏 아무 연관도 없는 것처럼 보이는 대상을 사용해 중요한 모티프와 연관시키는 것 — 의 대표 예로서 유명하다. 프루프록의 절망과 좌절은 그로 하여금 드디어 "차라리 나는 고요한 바다 밑을 어기적거리는/ 한 쌍의 게 발이나 되었더라면 좋았을 것을.I should have been a pair of ragged claws/ Scuttling across the floors of silent seas."이라고 절규하게 만든다.

1918년부터 1924년까지 엘리엇은 런던의 로이드은행에서 은행원 일을 하게 되는데, 그동안에 그는 「제론션」이라는 유명한 시가 들어 있는 「시집」과 「전통과 개인의 재능」이라는 중요한 에세이가 들어 있는 평론집 「성림」을 출판한다. 이 에세이는 엘리엇의 초기 미학과 비평 태도가 천명되어 있는 글로서, 그의 과거관, 특히 모더니스트들의 과거관을 잘 대변해 주고 있다.

1920년에 엘리엇은 「황무지」를 집필하기 시작해서, 1922년에는 자신이 편집하던(1922-1939) 런던의 영향력 있는 문학계간지 〈크라이테리언〉지에 발표하게 된다. 「프루프록」이나 「제론션」

이 저속한 문화 속에서 고뇌하는 현대인의 정신적 무력과 좌절을 그리고 있다면, 「황무지」는 성의 타락, 종교의 상실, 문화의 저속화 등으로 인해 불모의 땅, 즉 황무지가 되어 버린 현대사회 속에서 산 것도 아니고 죽은 것도 아닌 '생 중 사(Death in Life)'의 상태에 처해 있는 현대문명의 붕괴를 경고하고 있는 작품이라고 할 수 있다. 엘리엇 자신이 이 시를 위한 각주에서 밝히고 있는 대로 「황무지」는 제임스 프레이저 경Sir. James Frazer의 「황금가지」라는 책과 제시 웨스턴Jessie L. Weston의 「제식에서 로맨스로」(특히 성배전설)라는 책에서 많은 모티프들을 빌려 왔다. 따라서 이 시에는 수많은 신화들(예컨대 아부왕The Fisher King 신화, 아도니스Adonis, 애티스Attis, 오사이리스Osiris 신화 등 주로 풍요와 연관되는 제식을 다룬 신화, 성배전설 등)과 외국어들이 많이 사용되고 있다. 총5부(I. 죽은 자의 매장The Burial of the Dead, II. 체스 게임A Game of Chess, III. 불의 설교The Fire Sermon, IV. 익사Death by Water, V. 천둥이 한 말What the Thunder Said)로 되어 있는 이 장시 중 제1부의 첫 부분은 다음과 같이 시작된다.

황무지

나는 내 눈으로 큐마의 시빌이 병 속에 매달려 있는 것을 보았다. 소년들이 그녀에게 "시빌, 당신은 무엇을 원하나요?"하고 묻자 그녀는 "나는 죽고 싶다"라고 말하는 것이었다.

보다 나은 예술의 대가
에즈라 파운드를 위하여

I. 죽은 자의 매장

사월은 잔인한 달,
죽은 땅에서 라일락을 키워 내고
기억과 욕망을 뒤섞으며
봄비로 잠든 뿌리를 깨운다.
겨울은 차라리 우리를 따뜻하게 했었다.
망각의 눈으로 대지를 뒤덮으며
마른 구근으로 가냘픈 생명을 키웠다.

나는 산 것도 아니었고 죽은 것도 아니었다.
나는 아무것도 알 수 없었으며 빛의 한가운데 곧 정적을 바라보
았다.
(…)
공허한 도시,
겨울 새벽의 갈색 안개 속으로
수많은 군중이 런던 다리 위로 흘러간다.
나는 죽음이 저렇게 많은 사람들을 사멸시킨 줄은 몰랐었다.

「황무지」의 제1부는 자신들이 처해 있는 '생 중 사'의 상태로부터 깨어나기를 싫어하는, 그래서 망각의 계절을 방해하고 생의 욕망을 가져다주는 재생의 계절인 4월을 오히려 '잔인한 달'로 생각하는 현대인의 모습을 묘사하고 있으며, 제2부에 가면 장기놀이처럼 되어버린, 진지함을 상실한 현대인의 생활과 생식력을 상실한 성행위, 제3부에 가면 욕정과 정화로의 불의 이미지, 그리고 제4부와 제5부에 가면 점차 애타게 기다려지는 정화와 풍요의 이미지로서의 물의 모티프가 등장한다. 이 시의 마지막에서 엘리엇은 "다타Data, 다얀드밤Dayadhvam, 다미야타Damyata"라는 산스크리트어를 사용해 현대의 황무지에 해갈과 재생을 가져다 줄 수 있는 구원책으로 "주라Give, 동정하라Sympathize, 조절하라Control"를 제시하고 있다.

그 외에도 엘리엇은 「대성당의 살인」, 「가족상봉」, 「4중주」, 「칵테일 파티」, 「은밀한 일을 하는 직원」, 「원로 정치가」를 썼으며 1948년에는 노벨상을 수상했다. 그는 1927년 영국 국교를 받아들이고 영국신민이 되었으며, 자신은 "정치는 왕당파, 문학은 고전주의자, 그리고 종교는 영국 국교이다royalist in politics, a classicist in literature; and an Anglo Catholic in religion."라는 유명한 선언을 했다.

엘리엇은 일본인들이 주지주의主知主義라고 부르는 지적인 시를 써서 세상을 놀라게 했던 뛰어난 시인이었다. 비평가 레슬리 피들러는 은행가였던 엘리엇은 시를 마치 재화처럼 아끼고 보호해야

하는 것으로 생각했다고 지적했다. 현학적이고 지적인 시로 날카로운 문명비판을 해낸 T. S. 엘리엇의 등장은 오늘날까지도 20세기 문학의 명장면으로 남아 있다.

질서와 화합의 시
월러스 스티븐스

파운드나 엘리엇보다 좀 더 일찍 태어나서 좀 더 일찍 죽었지만, 그 두 시인들만큼이나 중요하고 영향력 있는 두 사람의 동시대 시인이 바로 월러스 스티븐스과 윌리엄 칼로스 윌리엄스이다.

스티븐스는 1879년 10월 2일 펜실베이니아 주 레딩에서 출생했다. 그는 하버드 대학교와 뉴욕 대학교 법대에서 수학했으며 1904년에 변호사 자격을 취득한 후 1916년까지 뉴욕에서 변호사로 활동했다. 그리고 1916년부터 스티븐스는 '하트포드 사고배상 보험회사'에 근무하기 시작하여 1934년에는 부사장으로 승진했으며 이후 은퇴할 때까지 그 보험회사에서 일했다. 스티븐스는 1910년을 전후해서 미국과 유럽에서 일종의 붐을 일으켰던 소위 "소잡지 운동the little magazine movement"으로 인해 많이 발간되고 있었던 여러 소잡지들에 시를 발표하며 등장한 20세기 초의 현대시인들 중의 한 사람이었다. 그의 본격적인 창작활동은 1914년에 당시 유

Wallace Stevens 1879-1955

In Harmonium, 1923

The Collected Poems,

1954

명한 잡지 중의 하나였던 〈시: 운문 잡지〉 11월호에 시를 발표하면서부터였다. 그러나 그의 최초의 시집인 「조화」가 출판된 것은 스티븐스가 44세 되던 해인 1923년이었다. 이 시집은 1931년 수정 증보되어 다시 출판되긴 했지만, 스티븐스는 첫 시집을 낸 지 12년만인 1935년에야 두 번째 시집인 「질서에 대한 생각들」을 출판했다.

이어서 1936년에는 「올빼미의 클로버」, 그리고 1937년에는 「푸른 기타의 사나이」를 발간하는 저력을 보이기도 했다. 이후 스티븐스는 1942년에는 「세상의 일부」와 유명한 「수프림 픽션에 대한 단상들」을, 1944년에는 「악의 미학」을, 1947년에는 「여름으로의 이동」, 「세 개의 학문적 시들」, 1948년에는 「눈처럼 오래 된」, 1950년에는 「가을의 오로라」, 1953년에는 「시 선집」, 1954년에는 「시 모음집」, 그리고 사후인 1957년에는 모르스S. F. Morse가 편집한 「사후 작품집」을 출간했다. 스티븐스는 또 자신의 시론이 담긴 에세이집인 「필요한 천사: 현실과 상상에 대한 글들」을 1951년에 출판했다. 그는 1950년에는 볼링겐 상을, 그리고 1955년에는 퓰리처상과 내셔널 북 어워드를 수상했으며, 1955년에 76세를 일기로 타계 했다.

스티븐스의 시는 우선 '관념과 질서idea and order'를 그 근거로 하여 쓰였다. 즉 그에 의하면 인간의 진실한 관념은 자연과 우주 속에 내재해 있는 질서와 일치하며, 그 일치를 발견하는 것은 곧 인간의 특권이 된다. 그러므로 스티븐스의 시의 감정적 힘은 이성적 사유를 통한, 관념과 질서의 일치의 발견에서 비롯된다고 볼 수 있다. 스티븐스의 이러한 철학적 관념은 「조화」, 「질서에 대한 생각들」, 「세상의 일부」 같은 시집 제목에서도 잘 드러나고 있다.

스티븐스에 의하면, 시인은 "우리가 부단히 지향하는 세계를 창조하며, 우리가 그것이 없이는 그 세계를 상상할 수없는 '수프림 픽션'을 인생에게 줌으로써 (…) is that he creates the world to which we turn (…) and that he gives to life supreme fictions without which we are unable to conceive of it. 유능한 시인이 된다." 그렇다면 스티븐스가 말하는 "지고의 허구supreme fiction"란 과연 무엇인가? 스티븐스에게 있어서 시란 우선 허구에 대한 신념을 갖고 허구가 되려는 시도이다. 그에 의하면 시인은 자신의 허구를 구축함으로써(곧 시를 씀으로써) 리얼리티에 대한 진부한 개념에서 탈피하면서 동시에 그 리얼리티 속에서 살 수 있게 된다. 시인의 창작 속에서 허구fiction가 지고supreme의 것이 될 수 있는 이유는, 추상적인 리얼리티가 상상력의 숭엄함과 결합하기 때문이다.

스티븐스의 「수프림 픽션에 대한 단상들」은 모두 659행으로 된 일종의 장시인데, 이 속에서 그는 '수프림 픽션'의 특성은 곧 리얼리티와 상상력의 상호결합이며, 그 결과로 그것은 곧 추상적이고 변화를 가져오며 즐거움을 주어야만 한다고 시사하고 있다. 스티븐스는 자신의 시대를, 확신과 신앙과 질서와 진리를 상실한 '궁핍한 시대'(독일시인 횔덜린의 용어를 빌려왔는데, 독일어 "궁핍"이라는 단어에는 "비탄"이라는 뜻도 들어있다)로 파악했으며 실제 자신의 글 속에서도 "궁핍"이라는 표현을 자주 사용했다. 그가 '수프림 픽션'이라고 불렀던 시도 사실은 자기시대의 정신적 궁핍을 치료하기 위한 하나의 수단이었으며, 그런 의미에서 스티븐스에게 있어서 시란 그의 시대에 종교를 대신할 수 있는 지고의 존재였고, 시인은 인간으로 하여금 인생과 우주의 질서와 진리를 이해할 수 있도록 '수프림 픽션'을 인간에게 부여하는 사람이었다. 이와 같이 자신의 시대를 진리, 질서, 신념이 사라진 무질서와 혼돈의 시대로 파악하고 질서와 진리의 회복을 추구하고 또 궁극적으로는 그것들의 회복에 대한 신념을 갖고 있었던 스티븐스의 태도는 소위 모더니즘 계열의 작가들이 갖고 있었던 보편적인 태도였다.

그러나 스티븐스의 특성은, 상상력을 통한 진부한 관념의 타파후에 새로운 '지고의 허구'의 창조를 통한 질서와 진리의 회복을 믿었다는데 있다. 스티븐스는 낭만주의적인 상상력보다는 모든 관념의 근원이 되는 리얼리티에 더 가치를 두었으며, 따라서 시가 현실과 정치와 갖는 역동적 관계에 대해 깊은 성찰을 보여 주었던 시인이었다. 과연 스티븐스는 시인으로서의 명성보다는 시의 완벽성에 더 관심이 있었던 엄격한 미학을 가진 철학적 시인이라고 할 수 있다. 그의 시는 리듬과 음조와 위트와 관념적 성찰이 거의 완벽하게 조화된 스타일을 갖고 있으며, 하나의 시어 속에서도 본질적 의미와 비유적 암시가 동시에 작용하고 있다. 그런 의미에서 힐리스 밀러J. Hillis Miller 같은 비평가는, "20세기에 영어로 씌여진 그 어떤 시도 「수프림 픽션에 대한 단상들」의 탁월함과 대적할 수는 없다. 왜냐하면 스티븐스는 예이츠가 갖고 있지 못했던 모든 것―지혜와 사랑―을 다 갖고 있기 때문이다."라고 말하고 있다.

다음 시는 전술한 스티븐스의 태도와 관념을 잘 나타내주고 있기 때문에 자주 인용되고 앤솔로지에도 늘 수록되는 작품이다. 이 짧은 시는 한 여인의 죽음을 사실적 및 일상적으로 묘사하면서, 사후 세계를 약속하는 종교나 신화의 '가상적 환상'을 반대하고 있다. 스티븐스는, 바로 그러한 '가상적 환상'이 끝난 곳에 '존재being'가 있는 것이고 그 '존재'는 죽음과 삶을 모두 다 포용하고 있다고 말하며 현실세계와 리얼리티의 중요성을 강조한다. 이 시에서 아이스크림은 바로 그 '존재'의 이미지로서, 삶과 죽음이 공존하는 변화와 생성의 현실세계를 상징하고 있다. 예컨대 아이스크림은 죽음처럼, 시체의 차디찬 차가움과 뻣뻣함을 갖고 있으며 동시에 삶의 부드러움도 갖고 있다. 그것은 또한 인생처럼 덧없는 것이며, 그것의 녹는 성질은 변화와 변형을, 그리고 그 달콤함은 현세의 욕망을 상징하기도 한다.

아이스크림 황제

저기 커다란 시가를 피우는 사람을 불러라,
저 근육질의 사내를 불러 젓게 하라.
부엌의 통 속에 있는 탐욕스럽게 엉킨 우유를.

여자들로 하여금 일상복을 입은 채 빈둥거리게 하라.
아이들로 하여금 지난 달 신문으로 싼 꽃들을 배달하게 하라.
가상의 종말이 곧 존재가 되게 하라.
아이스크림 황제만이 곧 유일한 황제니까.

손잡이가 세 개 떨어져 나간 전나무 화장대에서
그녀가 한때 공작새들을 수놓은 천을 꺼내
그녀의 얼굴을 덮어라.
만일 그녀의 뻣뻣한 발이 빠져 나온다면
그것은 그녀의 몸이 싸늘하게 식었고 혀가 굳었다는 것을 말해
주기 위해서이다.
아이스크림 황제만이 곧 유일한 황제니까.

　평론가 레슬리 피들러는 변호사였던 월러스 스티븐스는 시를
우주의 질서와 화합과 진리를 찾는 수단으로 생각했다고 말했다.
스티븐스의 등장 역시 20세기 초 문학의 명장면으로 남아있다.

SCENE **27**

영혼치유의 시
윌리엄 칼로스 윌리엄스

윌리엄 칼로스 윌리엄스는 1883년 9월 17일 미국 뉴저지 주 루서포드에서 태어났다. 그는 뉴욕과 스위스에서 학교를 다녔고 1906년에는 펜실베이니아 대학교 의과대학을 졸업했다. 의대 재학 중 윌리엄스는 시에 관심을 갖고 있던 차, 우연히 같은 대학교 대학원생이었던 에즈라 파운드를 알게 되어 친구가 된다. 의대 졸업 후 그는 뉴욕시에서 2년간 인턴생활을 하고 독일의 라이프치히에서 소아과 의사로 일하게 되는데, 그때 런던에서 이미지즘 운동의 선구자 노릇을 하고 있던 파운드와 다시 만나 교분을 재개하게 된다.

1910년 윌리엄스는 다시 미국으로 돌아와 고향인 루서포드에서 소아과 의사로 개업을 하면서 일생을 보내며 생전에 25권의 시집과 소설을 출판했다. 그의 첫 번째 시집인 「시들」은 1909년에 자비 출판으로 빛을 보았으며 두 번째 시집인 「기질」은 런던에

William Carlos Williams 1883-1963

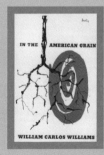

In the American Grain, 1925

The Tempers, 1913

서 파운드의 주선으로 출판되었다. 그의 수많은 작품들을 다 열거할 수는 없지만, 그중 중요한 것만 골라 보면 「신 포도」, 「봄」, 「위대한 미국의 소설」, 「미국의 토양에서」, 「패터슨」 등이 있다. 윌리엄스는 1926년에 권위 있는 다이얼 어워즈를, 1963년에는 퓰리처상을 받았으며 같은 해 3월 4일 고향 루서포드에서 타계했다.

「패터슨」은 뉴저지 주 패터슨이란 곳의 역사, 신화, 주민들의 모습을 과거의 인디언 시대로부터 현대의 산업시대에 이르기까지 다루고 있는 윌리엄스 필생의 대하 장시이다. 모두가 여섯 권으로 되어 있는 이 장시는 그가 의사 노릇을 하면서 알게 된 사람들과 패터슨의 역사를 바탕으로 해서 쓴 것으로 1권에서 5권까지는 생전에 나왔으나 제6권은 그 일부만이 1963년 사후 출판되었다.

의사로서 윌리엄스는, 시를 영혼의 상처를 치유하는 의술과 약으로서 생각했고, 시를 통해 인간성의 약점과 강점과 인생의 유머를 의사처럼 진단했으며, 과학자답게 일상에서 진리와 미를 탐구했는데, 비평가들은 그것을 '임상 리얼리즘clinical realism'이라고 부르고 있다. 레슬리 피들러는 「종말을 기다리며」라는 책에서 다음과 같은 재미있는 지적을 하고 있다.

윌러스 스티븐스는 보험회사의 계리사와 부사장이었고 로버트 프로스트는 한때 농장에서 일했으며, 윌리엄 칼로스 윌리엄스는 일생 왕진의사였고, 또 T. S. 엘리엇은 은행원으로 자기의 경력을 시작했다. 아마도 각각의 직업의 선택은 자신과 자신의 작품에 대한 각 시인의 견해를 보여 주는 은유인지도 모른다. 예를 들면 스티븐스는 통계적 분석의 객관성과 정확성을 동경했고, 프로스트는 흙 속에 언어를 뿌리박는 것을 열망했으며, 윌리엄스는 자신을 일상의 고통을 겪는 사람들의 치료자이자 충고인으로 생각했고, 엘리엇은 자신을 문화라는 재물의 호위병으로 보았다.

월러스 스티븐스처럼 윌리엄스도 '관념과 질서의 시인a poet of idea and order'이었지만, 스티븐스처럼 사변적이고 추상적인 형이상학에 관심을 갖는 대신, 그는 일상의 구체적인 것들로부터 영원함을 추구했던 시인이었다. 더욱 윌리엄스는 미술에 관심이 있었기때문에 형식과 결과 그리고 색상이 뛰어난 시들을 많이 썼다. 많은 사람들에 의해 즐겨 암송되는 윌리엄스의 다음 짧은 애송시가주는 뛰어난 이미저리와 분위기와 색상은 바로 그 한 좋은 예가된다.

This is Just to Say

I have eaten

the plums

that were in

the icebox

and which

you were probably

saving

for breakfast

forgive me

they were delicious

so sweet

and so cold

할 말은 이것 뿐

냉장고 속에

들어 있던

자두들을

내가 꺼내 먹었소.

아마도 당신이

아침 식사용으로

아껴 놓았던

것이겠지

용서하시오
그것들은 너무 맛이 있었고
아주 달콤하고
아주 차가웠소.

우주적, 범세계적 비전을 갖고 있었던 스티븐스나 유럽적, 고전적 세계를 추구했던 파운드와는 달리, 윌리엄스의 경험과 언어와 메타포는 미국적 토양에 뿌리박고 있다는 점에서 윌리엄스는 미국시단에서 독특한 위치를 차지하고 있다. 자신의 시집 제목인 「미국의 토양에서」에서도 볼 수 있듯이 윌리엄스는 일상적인 미국의 언어와 어휘와 리듬을 중요시했으며 미국적인 것의 고유함에 가치를 부여했다. 그런 의미에서 그는 휘트먼 계열의 시인이며, 나중에 등장하는 앨런 긴즈버그의 정신적 스승이라고 할 수 있다. 윌리엄스의 다음 시는 겨울에서 봄으로 옮겨가는 자연의 추이가 시인의 상상력과 지각력에 의해 형상화되고 있는데, 시인은 이 시를 통해 생명력의 재생과 시적 상상력의 소생을 노래하고 있다. 이 시에서는 자연의 본질을 포착하려는 시인의 태도가 참신하고 생기 있는 표현을 통해 잘 나타나고 있다.

봄

전염병원으로 가는 길 옆에
푸른 하늘이 바다처럼 펼쳐 있는 아래
얼룩구름이 북동쪽으로 몰려오고 있다.
그 너머로엔, 서 있거나 쓰러져 있는 마른 잡초로
갈색이 된 진흙탕 들판과

여기저기 널려 있는 괴어 있는 웅덩이들과
군데군데 서 있는 키 큰 나무들이 있는
넓은 황무지가 있다.

전염병원으로 가는 길을 따라서는 내내 불그스름하고 자주를
띤, 갈라져 있기도 하고 곧게 뻗어 있기도 한,
가지가 많은 작은 덤불과 작은 나무들이 있다.
그 밑에는 마른 갈색 나뭇잎들이 깔려 있고
잎 떨어진 덩굴식물도 길을 따라 뻗어 있다.

겉보기엔 생기가 없고 게으르고
어리둥절한 봄이 다가오고 있다—
그들은 새로운 세계 속으로
벌거벗고, 춥고, 모든 것이 불확실한 채 들어온다

그들 주위는 여전히
차가운 바람이 인다.

지금은 그저 풀이지만
내일엔 빳빳하게 말라져 있는 야생당근의 잎이 되듯이, 하나씩
둘씩 모든 것은 분명해진다.
생명력은 촉진되고, 잎의 윤곽도 분명히 드러난다.

이제는 새로 태어남의 꾸밈없는 위엄을 본다.
아직도
심오한 변화가 그들에게는 일어난다.
뿌리를 내리고 깨어나기 시작하면서.

월리엄스는 소아과 의사로 아이가 아픈 집에 많은 왕진을 다녔
다. 레슬리 피들러는 의사였던 월리엄스는 시를 영혼의 치유로 보
았다고 지적했다. 모름지기 시인은 윌리엄스처럼 타인의 영혼을
치유할 수 있는 시를 써야할 것이다. 사실, 남을 시기하고 증오하
며 끌어내리는 사람이 쓴 시가 어떻게 인간의 영혼을 구원할 수
있겠는가?

II

마르크스주의 시대 : 경제공황기의 문학

1930년대 미국문학의 배경

미국의 1930년대는 경제 대공황The Great Depression과 함께 시작되었다. 갑자기 밀어닥친 주식의 폭락과 달러의 하락은 20년대의 물질적 풍요에 종말을 고했으며, T. S. 엘리엇이 개탄했던 20년대의 정신적 '황무지'를 물질적 '황무지'로 바꾸어 놓았다. 미국의 경제를 일순간에 붕괴시킨 대공황의 현실 속에서 '미국의 꿈'은 차츰 환멸의 악몽으로 그리고 미국의 낙관주의는 돌이킬 수 없는 비관주의로 변해가고 있었다.

그러므로 경제공황은 비단 물질적 붕괴에서 그치는 것이 아니라, 미국인들의 의식과 정신과 사회에 본질적인 변화를 가져오게 한 하나의 역사적 사건이었다. 그리고 그러한 변화를 누구보다도 민감하게 깨닫고 대응했던 사람들은 당대의 문인들과 예술가들과 지식인들이었다. 그들은 자신들의 시대가 이제 더 이상 멜빌이나 호손의 도덕적 죄의식이나, 에머슨이나 휘트먼의 목가적 낙관주의만으로는 해석될 수 없음을 깨닫고, 당대의 사회현실에 부응하는 새로운 형태의 예술과 삶을 추구했다. 에드먼드 윌슨, 루이스 멈포드, 월도 프랭크, 존 도스 패소스 그리고 셔우드 앤더슨에 의해 1932년에 발표된 다음 '선언문'은 당대 작가들의 그러한 의식을 잘 나타내주고 있다.

> 우리의 혁명을 단지 오늘의 경제적 혼란에 대한 혁명으로서만 이해해서는 안 된다. 그것은 사실 새로운 것의 창조를 위한 직접적인 구성체가 된다. 우리는 창작과 철학적 사유와 구체적 행동과 집단 속에 지금 새로운 사회의 핵과 토대가 창조되고 있다고 믿는다.

후에 비평가 라이오넬 트릴링은 "30년대의 급진적 운동의 중요성은 아무리 강조해도 지나치지 않는다. 그 운동은 결국 오늘날 우리가 알고 있는 미국의 좌파 지식인 계급을 생성시켰다고 볼 수 있다."라고 말함으로써 1930년대의 중요성을 인정했다.

30년대 미국의 작가들은 당대의 사회적, 경제적 문제들을 해석하고 타개하기 위한 한 방편으로 마르크시즘을 선택했다. 이미 20년대부터 미국사회에 서서히 뿌리를 내리고 있던 좌파이데올로기는 극도의 경제적 혼란 속에서 당황하고 있던 당대의 미국작가들에게 확고한 신념과 방향을 제시해 주었다는 점에서 중요한 의의를 갖는다. 그러나 마르크시즘의 등장과 지배로 인해 30년대 미국 문학은 다시 한 번 예술과 이데올로기, 문학과 정치, 그리고 순수와 참여의 문학사적 논쟁에 휘말리게 된다.

사실 30년대에는 많은 작가들이 스스로를 좌파 지식인으로 생각하고 행동했지만, 그럼에도 불구하고 공산당의 견해나 강령과 충돌하지 않은 작가들은 거의 없었다. 그러므로 문학과 정치, 순수와 참여, 그리고 예술과 이념의 충돌과 갈등은 30년대 미국작가들의 공동경험이 되었다. 예컨대 1935년에 있었던 제1차 작가회의The First Writers' Congress에서 존 도스 패소스와 제임스 T. 패럴과 케네스 버크는 공산당에서 비난하는 작품들을 옹호했으며, 1937년에 열린 제2차 작가회의에서는 필립 라브와 윌리엄 필립스가 역시 공산당에 맞서 예술성 있는 작품들을 옹호했다. 1936년에는 제임스 T. 패럴이 쓴 「문학비평에 대하여」라는 책이 공산당 기관지인 〈더 뉴 매시스〉를 통해 그랜빌 힉스에 의해 비판을 받자, 〈더 네이션〉의 에드먼드 윌슨과 〈파티잔 리뷰〉의 낼런 카머에 의해 반론이 나오는 등, 좌파 작가들 내부에서도 충돌과 갈등이 본격적으로 시작되었다. 그러다가 1937년 12월에는 라브와 필립스가 〈파티잔 리뷰〉를 공산당의 지시를 받지 않는 독립적인 마르크시즘 비평지로 복간시켰으며, 메리 매카시, 라이오넬 트릴링, 드와이트 맥도널드, 제임스 T. 패럴 등이 예술과 정치의 조화를 추구했던 그 그룹에 합세하기도 했다.

1978년에 앨라배마 주 터스칼루사에서 "30년대의 미국작가"라는 주제로 열린 제5차 앨라배마 영미문학 심포지움은 특히 그러한 시각으로 30년대를 바라보며, 30년대 작가들이 사실 모더니즘과의 완전 단절보다는 모더니즘과 리얼리즘의 절충을 추구했다는 입장을 취하고 있다. 그러나 레슬리 피들러 같은 비평가는 30년대가 "문학의 비정상적인 탈선이자 일종의 광기"와도 같았음을 지적하면서, 마르크시즘이라 불리는 그 거대한 유행에 합류했던 문학작품들이 역사적, 사회적 문헌으로서의 중요성에도 불구하고 오늘날 거의 읽히지 않고 있음을 지적한다.

　30년대의 미국문학이 과연 모더니즘의 예술지상주의적 요소나 개인주의적 요소를 초월해 경제공황기에 걸맞는 탁월한 사회적 리얼리즘을 성취했는가, 아니면 이데올로기에 경직되고 사회저항에만 치중한 나머지 격조 높은 예술작품을 산출하지 못했는가 하는 문제는 아직도 학자들 사이에 논란의 대상이 되고 있다. 그럼에도 불구하고 미국의 30년대는 문학과 정치, 예술과 현실, 또는 순수와 참여라는 고전적 논쟁이 반복될 때마다, 언제나 현재를 비추어 볼 수 있는 거울—곧 영속하는 과거의 교훈—로서 중요성을 갖는다. 그런 의미에서 30년대 미국의 문학과 사회의 연구는 곧 오늘날 우리의 현실을 거울에 비추어 보는 한 계기가 될 수도 있을 것이다.

프롤레타리아 문학의 등장

1929년에 시작된 경제 대공황은 미국의 작가들로 하여금 미국 사회가 계급사회라는 것을 깨닫게 해주었으며, 지배계급과 피지배계급, 가진 자와 못가진 자, 그리고 상류계급과 하류계급 사이의 대립과 갈등을 인식하게 해주었다. 30년대 미국의 프롤레타리아 문학은 바로 그러한 계급의식에서부터 비롯되었으며, 더 나아가서는 자본주의 사회와 부르주아 계급의 모순과 착취를 작품의 주제로 삼았다. 그러므로 프롤레타리아 문학은 흔히 급진문학으로 불렸다. '급진소설Radical novel'이라는 용어를 설명하면서, 월터 라이드아웃Walter Rideout은 "급진소설이란 저자가 사회경제적 체제에 의해 부과된 인간의 고통에 반대하고, 그 체재의 변화를 주장하는 소설을 의미 한다"고 설명하고 있다.

그러나 미국의 온건한 사회주의가 급진 마르크시즘이 되고 더 나아가 스탈린주의로 경직되어 감에 따라, 프롤레타리아문학은 온건파와 강경파 사이의 논쟁에 휩쓸리게 되었다. 그 대표적인 예가 30년대 초반의 손톤 와일더Thornton Wilder와 마이클 골드Michael Gold의 논쟁과, 30년대 후반의 제임스 패럴James T. Farrell과 그랜빌 힉스Granvill Hicks의 논쟁이라고 할 수 있다. 이들의 논쟁은 자칫 경직되기 쉬웠던 30년대의 문학에 유연성과 다양성을 가져다주었다. 물론 30년대 이전에도 미국에는 사회주의소설들이 존재하고 있었다. 그러나 그것들이 대체로 폭력을 옹호하지 않았던 반면, 30년대의 프롤레타리아 소설들은 인민의 단합과 혁명과 체제전복을 주장했다. 그 결과로 30년대에는 파업을 다룬 소설들이 많이 쏟아져 나왔다. 예컨대 메리 히튼 보르스Mary Heaton Vorse의 「파업!」(1930)이나 마이어 레빈Meyer Levin의 「시민」(1940) 같은 작품들은 그 대표적 예다.

그러므로 30년대의 프롤레타리아 문학은 비록 좋은 목적을 위해서이기는 했지만 폭력을 정당화시켰고, 그런 현상은 비정치적인 작가들을 당혹시켰다. 그런 작가들은 깨달음을 수반하는 입문소설을 쓰기 시작했다. 그러한 소설의 주인공은 자신의 상황과 위치를 깨닫고 거기에서 벗어나 새로운 세계를 건설하려는 의지를 갖게 된다. 잭 콘로이Jack Conroy의 「상속권 박탈자들」나 헨리 로스Henry Roth의 「잠이라 부르자」 같은 소설들, 그리고 극작가 클리포드 오뎃츠Clifford Odets의 희곡들은 바로 그러한 '깨달음 문학'의 한 좋은 예가 된다.

프롤레타리아 문학은 1935년에 조셉 프리먼Joseph Freeman의 편집으로 나온 「미국의 프롤레타리아 문학」에 의해 정리된다. 하비 스와도스Harvey Swados는 프롤레타리아 문학의 장점을 이렇게 지적하고 있다.

이러한 급진주의, 이러한 휴머니티, 부조리가 아닌 의미의 추구, 개인적 분리가 아닌 심오한 동지의식—바로 이러한 것들이 경제공황기의 문학에 생기를 부여해 준 것들이었고, 문학사가들이 제공해줄 수 있는 최상의 성과였다.

30년대 미국 작가들의 그러한 인식과 운동은 곧 "미국의 정체성과 본질을 추구하고 탐색하기 위한 것"이었다.

경제공황 소설

마이클 골드

마이클 골드는 1930년대 미국의 마르크스주의 문학을 대표하는 급진주의 작가였으며, "미국 공산당을 위한 문인 자객의 수뇌"였다. 그는 1914년 〈매시스〉지에 시를 발표함으로써 작가생활을 시작했으며, 1930년에는 소설 「돈 없는 유대인」을 발표함으로써 문단에서 확고한 위치를 차지했다. 12세 때 부친의 죽음으로 학교를 다니지 못하게 된 골드는 공장에서 일을 해서 돈을 버는 한편, 뉴욕 시티 칼리지에 설치된 야간 고등학교 과정을 마치고 1916년에는 23세의 나이로 하버드대학에 조건부 학생으로 입학을 하게 되었다. 그러나 좋은 성적에도 불구하고 재정적인 어려움으로 인해 그는 한 학기 후에는 하버드를 떠나게 되었다.

그는 〈매시스〉에 계속해서 시를 발표했으며, 당시 편집인이었던 맥스 이스트만Max Eastman과 플로이드 델Floyd Dell에게서 문학수업을 받았다. 한때는 실험시에도 심취하고 또 한때는 희곡도 쓰던

Michael Gold 1894-1967

Jews Without Money, 1930

골드는 점차 마르크시즘에 이끌리게 된다. 그러다가 골드는 1930년 〈뉴 리퍼블릭〉에 "점잖은 그리스도의 선지자, 손톤 와일더"라는 글을 써서 정치와 현실에서 괴리된 와일더의 문학세계를 비판하게 되는데, 그것이 바로 유명한 "골드-와일더 논쟁"의 시발점이 된다. 이 논쟁은 에드먼드 윌슨을 비롯한 많은 문인들이 참여함으로써 곧 30년대의 순수문학/참여문학 또는 예술/이데올로기 논쟁으로 이어지게 된다.

골드는 엄밀히 말해 30년대를 대표하는 작가는 아닐는지 모르지만, 그 누구보다도 30년대를 잘 대표하는 좌파지식인이었다. 그렇게 된 배경에는 뉴욕 이스트사이드의 빈민가에서 유대계 이민의 아들로 태어나 소외된 이방인으로서 그리고 극도로 가난한 가정의 장남으로서 그가 겪었던 어린 시절의 비극이 자리잡고 있었다. 그의 대표작 「돈 없는 유대인」은 사실 그의 자서전이라고 보아 크게 틀리지 않을 만큼 그의 어린 시절의 극빈과 불행을 잘 묘사하고 있다. 이 소설의 배경은 물론 1930년대 이전이지만, 그러나 그것은 여러 가지 면에서 경제공황기인 30년대에 어울리는 공황소설이라고 할 수 있다. 그러한 극한 상황에서 골드는 자연스럽게 혁명에 동조하게 된다. 「돈 없는 유대인」은 다음과 같은 갑작스러운 깨우침으로 끝난다.

어느 날 밤, 이스트사이드의 연단에서 한 사내가 수백만의 분노와 우울에서부터, 절망에서부터 빈곤을 종식시키기 위해 세계적인 운동이 시작되었다고 선언했다.

나는 그의 말을 경청했다.

"오 노동자의 혁명이여, 너는 내게 희망을 가져다 주었다. 오 외롭고 자살이라도 할 것 같은 소년이여, 너야말로 진정한 메시아이다. 네가 오는 날, 너는 이스트사이드를 부수고 거기 인간의 정신을 위한 정원을 세우리라.

오 혁명이여, 너는 나로 하여금 생각하게 하고 투쟁하게 하고 살게 해 주는구나.

오 위대한 시작이여!"

이 장면은 사실 골드가 1914년 4월 어느 날 오후 우연히 유니온 광장을 지나가다가 걸리 플린의 연설을 들었던 때의 자전적 기록이기도 하다.

처음에 골드는 단순히 무정부주의자였지만, 나중에는 급진적 마르크시스트가 된다. 1912년 골드는 최초로 노동자 계급의 시각에서 문학을 바라본 에세이인 「프롤레타리아 예술을 향하여」를 〈해방자〉지에 발표했다. 그는 예술은 특권층보다는 아직도 순수한 민중을 위해, 그리고 아름다운 허구보다는 현실과 현실의 변혁을 위해 존재해야 한다고 주장했다. 그는 소외된 미국인들을 위해 자본주의 사회가 아닌 공동체 의식과 공정한 분배가 가능한 공산주의 사회의 도래를 꿈꾸었다. 그러나 그는 자신의 꿈이 실현되는 것을 보지 못하고 1967년에 타계 했다.

마이클 골드의 등장은 마르크시즘과는 거리가 먼 미국문단에 본격 마르크스주의 작가가 생겨났다는 점에서 경제공황기 문학의 명장면으로 남아있다.

사회저항 소설
리처드 라이트

흑인작가 리처드 라이트의 문학수업은 남부에서 이주해 와 시카고에서 살던 1927년부터 1936년 사이에 이루어졌다. 시카고의 빈민가인 이스트사이드에서 거리의 노동자, 배수로 공사 인부 등 온갖 잡일을 전전하면서 라이트는 대도시의 경제 대공황을 직접 목격하고 체험했다. 그가 잠시나마 가졌던 유일한 사무직은 견습 우체국 직원이었는데, 그것도 공황이 시작되면서 감원대상이 되어 그만두게 된다. 그는 잠시 먼 친척의 주선으로 보험회사의 수금원으로 일하게 되는데, 그때 흑인들의 가정을 방문하면서 빈민가의 참상을 목도하게 된다. 백인들의 농간으로 가난한 흑인지역의 집세가 부자인 백인지역보다 더 비싸서 거리로 쫓겨나는 흑인들, 한 방에서 여러 세대가 거주하는 빈민 아파트에서 살아야만 하는 흑인들, 그리고 보험료를 낼 돈이 없어 몸으로 대신 지불하기를 원하는 흑인 여자들 ─ 이러한 절망적인 상황을 목격한 라이

Richard Wright *1908-1960*

Uncle Tom's Children, 1936

Native Son, 1940

트는 자연히 좌파이데올로기에서 해결책을 찾게 된다.

그의 본격적인 작가활동은 1933년 시카고의 존 리드 클럽에 가입하면서부터였다. 그는 난생 처음 백인들로부터 인간다운 대접을 받았고, 그 클럽의 기관지인 〈좌파 전선〉에 시를 발표함으로써 작가로서 등장하게 되었다. 그리고 그는 같은 해에 공산당에 가입하게 된다. 억압받고 소외된 계층의 관심을 끌어야만 했던 공산당으로서는 흑인 라이트의 합류가 커다란 선전효과를 갖고 있었다. 그러나 라이트와 공산당의 관계는 오래 가지 못하고 불화를 일으키게 된다. 1944년에 〈애틀란틱 먼슬리〉에 기고한 「나는 공산주의자가 되려고 노력했다」라는 글과 1949년에 리처드 크로스만 Richard Crossman이 편집한 「실패한 신」에 기고한 글에서 라이트는 자신이 왜 공산당을 떠나게 되었는가를 기록하고 있다. 그는 1942년에 공산당에서 탈퇴했다.

리처드 라이트는 1930년대의 경제 대공황기를 미국사회 속의 흑인들의 상황에 비추어 파악함으로써 독특한 시각과 입장으로 30년대를 대표하는 작가가 되었다. 당시 미국사회에서 백인과 흑인의 관계는 억압자와 억눌린 자, 가진 자와 못가진 자, 그리고 가해자와 피해자의 적절한 모티프를 작가 라이트에게 제공해 주었다. 그 결과, 라이트의 소설들은 단순한 인종문제를 초월해서 보다 더 커다란 시각으로 30년대의 미국사회를 조명하고 있다. 흑인으로서의 독특한 경험이 라이트로 하여금 다른 백인 작가들이 갖지 못한 이중의 시각을 갖고 30년대를 바라보도록 도와주었기 때문이다. 다시 말해, 30년대에 흑인들은 이중의 고통을 당하고 있었기에, 그들은 그와 같은 상황을 백인들보다 훨씬 더 적절히 이해할 수 있었다는 것이다. 그러므로 라이트가 1936년에 쓴 「톰 아저씨의 후예들」과 1940년에 출판한 「미국의 아들」는 단순한 흑백 간의 문제를 다룬 인종소설을 넘어서, 당대의 미국사회의 구조적 모순과 문제점을 파헤친 소설들이며, 경제공황은 그러한 주제를 위해 매우 적절한 모티프를 제공해 주었다는 것이다.

「미국의 아들」

1940년에 발표된 리처드 라이트의 「미국의 아들」은 미국의 독자들과 평론가들에게 커다란 충격을 안겨 준 작품이었다. 이 소설은 백인들에게는 그들이 잊고 싶어 하는 악몽—즉 자신들이 압제자라는 사실—을, 그리고 흑인들에게는 맹목적 복종의 대가가 무엇인가를 강력하게 지적해 주었다는 의미에서, 저항과 고발보다는 흑인문화의 고유성 강조에 더 많은 비중을 두었던 1920년대의 할렘 르네상스Harlem Renaissance 계열의 작품들과는 본질적으로 궤도를 달리하고 있었다(할렘 르네상스 계열의 대표적인 작가들로는 W. E. B. 듀보이스, 랭스턴 휴스, 조라 니일 허스턴 등이 있다). 어빙 하우Irving Howe는 「미국의 아들」이 당시 미국사회에 던진 충격과 파문을 다음과 같이 표현하고 있다.

「미국의 아들」이 나타난 날, 미국의 문화는 영원히 변했다. 그

책의 근거와 타당성에 대해서는 나중에 논란이 있을지 모르지만, 적어도 이 소설은 미국사회가 늘 해온 거짓의 되풀이만큼은 이제 불가능하게 만들었다. 거칠음과 멜로드라마적 요소와 확대되는 비전으로 쓰여진 리처드 라이트의 이 소설은 지금까지 아무도하지 못했던 것—즉 우리문화를 불구로 만들고 파괴해왔던 증오와 공포와 폭력을 만천하에 드러내 보여 주었다.

과연 스털링 브라운Sterling Brown 같은 사람도 〈기회〉지에 쓴 서평에서, 만일 전 미국의 양심을 일깨운 단 한 권의 책이 있다면 그것은 바로 「미국의 아들」이라고 지적하면서, 이 소설이 "미국문명의 빈민가에서 길 잃은 세대, 추방자, 그리고 상속권 박탈자들의 의식을 심리적으로 탐구한 수작"이라고 평했다(Opportunity, 18 June 1940, 185-186).

「미국의 아들」은 제1부는 두려움, 2부는 도주, 제3부는 운명으로 나뉘어져 있으며, 맨 앞에는 라이트 자신이 쓴 "비거는 어떻게 탄생 했는가How 'Bigger' Was Born."(이 글은 1940년 6월 1일자 〈새터데이 문학 리뷰〉에 처음 게재되었다가 같은 해 출판된 하퍼 앤 브라더스 판 「미국의 아들」의 서문으로 실리게 되었다)이라는 에세이가 있다. 우선 「미국의 아들」이라는 책의 제목에는 이 책의 주인공인 비거 토머스가 미국에서 태어난 미국의 '토박이'라는 것, 그럼에도 불구하고 미국사회는 단지 그가 흑인이라는 이유로 비거를 이방인으로 취급한다는 라이트의 항변이 암시되어 있다. 비거 토마스라는 이름 역시 스토우 부인의 「톰 아저씨의 오두막」의 톰 아저씨에 대한 라이트의 패러디라고 볼 수 있다. 라이트의 단편집 제목인 「톰 아저씨의 후예들」도 백인에게 순응해 온 톰(그러한 순응주의를 "톰이즘Tomism"이라고 함)의 후예들이 순응의 결과로 오늘날 얼마나 비참한 상황 속에서 살고 있는가를 보여 주려는 저자의 의도가 들어있다.

비거는 시카고의 흑인빈민가의 단칸방에서 모친과 두 명의 동생인 버디와 베라와 같이 살고 있는 가난한 소년이다. 제1부가 시작되면, 직장을 구하지 못해 건달 친구들과 당구장이나 극장을 전전하며 빈둥거리던 비거는 어느 날 빈민구제기관의 소개로 달튼이라는 부유한 백인집의 운전사로 취직하게 된다. 그러나 소위 흑인들의 복지에 관심이 많고 흑인 빈민들을 위한 자선사업에 기부금도 내는 달튼은 아이러니컬하게도 바로 비거가 살고 있는 인디애나가 3721번지를 소유하고 있으며 아파트 세와 부동산 가격을 조작하여 흑인들을 착취하는 사우스 사이드 부동산회사의 주인이었다. 취직한 첫날 밤 비거는 달튼 씨의 딸 메리를 태우고 외출하는 도중 그녀의 남자친구 잰을 만나게 된다. 그들은 소위 젊은 급진주의자(곧 마르크시스트)들로서 인종차별에 반대하고 비거를 동등한 친구로 대해 주려고 하지만, 비거는 어딘지 모르게 그들의 행동이 피상적이며 오히려 자신을 불편하고 당황하게 만든다고 느낀다. 밤늦게 술에 만취되어 돌아온 후, 몸을 가누지 못하는 메리를 그녀의 침실로 데려다 눕히고 잠시 머뭇거리고 있는 찰나,

소경인 그녀의 모친 달튼 부인이 인기척을 듣고 방에 들어온다. 흑인이 백인 여자의 침실에 들어와 있다가 들키는 것이 얼마나 끔찍한 형벌을 초래하는가를 잘 아는 비거는 뭐라고 중얼거리는 메리의 얼굴을 본능적으로 베개로 눌러 본의 아니게 그녀를 질식사시킨다. 공포에 질린 비거는 그녀의 시체를 트렁크에 넣어 지하실로 가지고 간 다음, 보일러용 화로 속에 집어넣는다. 그런데 시체의 머리 부분이 화로 속으로 들어가지 않자 비거는 메리의 목을 절단하려 하지만 목뼈가 너무 단단해 포기한다. 그러다가 도끼를 발견한 비거는 메리의 목을 도끼로 내리쳐 자른 다음, 그것을 화로 속에 던져 넣고 집에 돌아와 잠이 들면서 제1부가 끝난다.

제2부에서는 비거가 심문을 받게 되고 심리적 갈등을 겪으면서 자기 애인인 베씨마저 벽돌로 머리를 쳐서 살해하고 결국에는 쫓기는 신세가 된다. 경찰에 쫓기면서 비거는 비로소 그동안의 자신의 위치, 자신과 사회와의 관계, 그리고 흑인의 운명 등에 대해 성찰할 수 있는 기회를 갖게 되고 '눈뜸'의 경험을 하게 된다. 예컨대 그는 이 살인이 우발적인 것이었지만 그러나 동시에 그것은 또한 필연적이었다는 것을 발견하게 된다. 비거는 '자신을 향해 다가오고 있는 하얀 형태로 가득 찬 방 안'에서 메리를 죽이게 된다. 즉, 그는 백인 위주의 사회와 환경과 상황이 자신으로 하여금 살인을 저지르게 강요했다는 것을 깨닫는 동시에, 사실은 그 살인행위야말로 스스로 그러한 속박에서 벗어날 수 있는 창조적 행위였다는 것도 깨닫게 된 것이다.

그가 별 뚜렷한 이유도 없이 흑인 여자 친구 베씨를 죽이는 것도, 바로 그런 의미에서 자신의 비참한 상황과의 작별을 고하려는 하나의 창조적 능동적 제스처로 풀이될 수 있다. 도피 중에 백인 건물주의 농간과 투기로 인해 여기저기 비어 있는 아파트에 숨어 있으면서, 그는 자신의 네 식구가 단칸방에서 살아야만 되는 이유가 결코 비어 있는 커다란 아파트가 없어서가 아니라는 사실을 깨닫게 된다. 제2부는 바로 주변 환경, 즉 현실상황에 대한 비거의 이러한 깨달음과 눈뜸의 과정을 묘사하고 있다. 제2부의 마지막에 비거는 드디어 경찰에 의해 붙잡히게 된다.

제3부에서 비거는 유치장에서 잰과 역시 마르크시스트 변호사인 맥스와의 대화를 통해 제2부에서 경험했던 깨달음과 눈뜸의 공간을 확대해 나가고, 자신의 행동을 유발시킨 미국사회의 위선과 문제점을 고발하고 있다. 비거는 이제야 비로소 흑인의 절망, 수치심, 두려움 그리고 증오의 근원을 파악하게 되며 자신과 백인 사이, 그리고 심지어는 자신과 자신의 가족들 사이에도 경멸과 무관심이 보이지 않는 '커튼과 벽'이 있었음을 깨닫게 된다. 결국 흑인을 동정하는 잰이나 변호사 맥스와도 완전한 상호이해는 이루어지지 않은 채, 비거는 그들과 마지막 작별을 하고 사형을 받게 되는 것으로 이 소설은 끝난다.

「미국의 아들」은 당시 미국사회에서 실제로 얼마든지 일어날 수 있었고 또 일어나고 있었던 사건을 다루고 있으며, 그래서 더욱 충격적인 작품으로 받아들여졌다. 예컨대 라이트 자신이 "비거는 어떻게 생겨났는가."에서 밝히고 있듯이, 「미국의 아들」을 집필하고 있는 도중에 "로버트 닉슨 사건이라는 비슷한 사건이 터졌고, 그래서 라이트는 닉슨 사건을 다룬 신문기사를 자신의 소설 속에서 많이 차용하고 있다. 또한 1924년 시카고에서는 "리오폴드와 로엡 사건"이라는 또 다른 살인사건이 일어났는데, 라이트가 그 사건을 모델로 해서 「미국의 아들」을 썼다는 설도 있다. 따라서 (「미국의 아들」은 훌륭한 사회저항 소설)이긴 하지만, 하나의 예술 작품으로서는 비교적 많은 결점을 갖고 있다는 비판을 받아왔다.

그러나 사실 「미국의 아들」은 문학적 상징과 심미적 이미지가 나름대로 풍부한 작품이다. 그러한 요소는 이 소설의 서두에서부터 발견된다. 우선 이 작품은 "따르르릉!" 하는 시계의 알람소리로 시작된다. 이것은 사회에 대한 경고이자 곧 일어날 살인사건에 대한 예고를 의미한다. 이 알람소리에 잠이 깬 비거가 맨 처음 하는 일은 방안에 들어와 있는 커다란 쥐를 잡는 일이다. 쥐는 곧 비거의 가정을 좀먹고 있는 '빈곤'이자 그것에 대한 비거의 '분노'의 상징이다.

「미국의 아들」에 나타나는 또 다른 세 가지의 주요 이미지는 불, 백색 또는 눈, 그리고 눈멂이다. 우선 불의 이미지는 사회와 환경에 대한 비거의 분노를 상징한다. 예컨대 백인들에 대해 생각할 때마다 그는 "내 속에서 불이 이는 것 같았다." 또는 "누군가가 빨갛게 단 쇠막대기를 내 목구멍 속으로 집어넣는 것 같았다."라고 느낀다. 달튼의 집에서도 그는 보일러를 돌보는 일을 하며, 메리의 시체 역시 그 보일러에 집어넣는다. 나중에 분노에 불타는 비거는 '소방 호스'에 의해 물벼락을 맞고 체포되며 변호사 맥스는 비거를 "지옥의 괴물"이라고 부른다. 그리고 마지막에 비거는 화형을 받기 위해 전기의자로 보내진다.

백색과 눈의 이미지 또한 비거에게 있어서 공포의 상징으로서 이 소설의 도처에 편재해 있다. 예컨대 달튼 부인은 언제나 흰 옷을 입고 있으며 흰 고양이를 키우고 있다. 「미국의 아들」에서는 늘 눈이 오고 있으며 주위도 자주 하얀 눈에 덮여 있다. "끝없이 눈이 오고 있었다. 마치 태초부터 내렸고, 또 세상의 종말까지 눈이 내릴 듯이." 브리튼 탐정에게 불려간 비거는 눈이 '세상을 권력의 폭풍으로 가득 채우고 있다'고 느끼며, 그 후에도 '눈을 헤치며' 도망 다니게 된다.

'눈멂'의 이미지 역시 이 소설에서 주요한 상징으로 사용되고 있다. 예컨대 비거의 흑인 애인인 베씨는 눈물과 공포로 눈멀었으며, 비거 자신도 흰 눈과 밝은 빛과 분노에 눈멀었다. 또한 메리나 잰이나 맥스도 자신들의 피상적인 친절과 동정에 눈멀었으며, 달튼 부인은 신체적으로뿐만 아니라 정신적으로도 눈먼 상태에 있다. 그녀와 그녀의 남편은 자신들이 명목상으로는 흑인들을 위하는 자선사업을 한다고 생각하지만 실제로는 흑인들을 착취하고 있다는 것을 깨닫지 못하는 정신적인 장님들이다. 그러므로 눈이 먼 달튼 부인 앞에서 그녀의 딸 메리를 죽이게 되는 비거의 상황은 곧 흑백간의 근본적인 문제를 암시해 주는 좋은 은유가 된다.

「미국의 아들」은 또한 비거 토머스의 심리적 변천과정에 대한 고찰을 통해 인간의 개성과 사회환경의 함수관계도 살펴볼 수 있는 소설이며, 그런 의미에서 심리분석적인 비평방법의 적용도 가능한 작품이다. 「미국의 아들」에 대한 또 한 가지 가능한 접근방법은 실존주의적 시각에 따른 해석이다. 비거는 자신이 늘 '벽과 커튼 뒤에' 살고 있다고 느끼며, "살인을 생각할 때만 비로소 나 자신의 존재를 느끼게 된다."라고 말함으로써 실존주의적 인물의 특성을 잘 보여 주고 있다. 과연 비거는 현재 상황 속에서 자신이 처한 위치를 자각하고, 부조리한 사회에서 인간으로서의 정체성을 추구하며, 자신이 선택한 행위에 대해 책임을 짐으로써 실존주의적 주인공의 한 전형이 된다.

그럼에도 불구하고 「미국의 아들」은 출판되자마자 많은 비판을 받기도 했다. 예컨대 라이트의 가장 신랄한 비판자였던 데이빗 콘은 「미국의 아들」이 "증오에 눈먼 책"이라고 공격 했으며 (「흑인소설: 리처드 라이트」애틀랜틱 만슬리 CLXV(May, 1940), p.659), 또 한 사람의 비판자였던 버튼 라스코는 "비거 토머스는 흑인 히틀러가 아니면 흑인 스탈린이나 흑인 무솔리니일 뿐이다" 라고 비거를 공격 했다.(「흑인소설과 백인 서평자들」, 아메리칸 머큐리 L (May, 1940), p.116) 나중에는 제임스 볼드윈도 "모든 사람의 저항소설Everybody's Protest Novel"(1949) 및 "먼저 간 수천 명Many

Thousands Gone"(1951) 과 "아, 가엾은 리처드!"(1961) 같은 글을 통해서 계속 「미국의 아들」을 비판했으며, 랠프 엘리슨 역시 「그림자와 행동」라는 책에서 「미국의 아들」의 약점을 지적했다. 우선 볼드윈은 1949년에 "모든 사람의 저항소설"이라는 글에서, 비거의 비극은 그가 흑인이거나 가난해서가 아니라, 그가 자신의 인생을 스스로 부정하는 결정론을 받아들이고 스스로를 인간 이하로 인정한 데서 비롯되었다고 주장했다(〈파르티잔〉 리뷰 XVI(June 1949), p.585). 한때 라이트의 문하생이었던 엘리슨은 라이트가 자신의 정신적 아버지라는 어빙 하우의 말을 부정하면서 「그림자와 행동」이라는 자신의 에세이집 속에서 다음과 같은 유명한 말을 했다.

라이트는 소설이 무기라는 그릇된 생각을 믿고 있었다—그러한 생각은 대부분의 소수인종들이 믿고 있는 대로, 소설은 좋은 홍보의 도구라는 생각만큼이나 진부한 것이었다. 그러나 나는 진정한 소설이란, 가장 비관적이고 괴로운 때라도 인간의 삶을 찬양하는 충동에서 비롯되며, 따라서 핵심으로부터 의식적이고 예식적인 것이라고 믿고 있다.

하지만 라이트가 살았던 1930년 및 40년대의 시대상황과 볼드윈이나 엘리슨 이 작품을 썼던 1950년대의 시대상황을 비교해 볼 때(전후의 1950년대엔 이미 흑인 장군이 있었고 백악관에도 흑인 고위 공직자들이 진출해 있었다), 그리고 남부출신인 라이트와 북부출신인 볼드윈과 엘리슨의 출생 및 성장배경을 감안해 볼 때, 라이트의 사회저항 소설이 있었기에 이들의 예술소설들이 가능했던 것이 아닌가 생각된다.

과연 비거는 결코 단순히 '인간 이하의 괴물'이 아니라 엘리슨이 미화시킨 '보이지 않는 인간'의 원형이다. 왜냐하면 엘리슨의 「보이지 않는 인간」이 감추어져있어야만 되는 대학 주변의 리얼리티를 노튼에게 보여줌으로써 결정적인 실수를 하고 쫓겨나는 것처럼, 라이트의 비거 토머스 역시 감추어져 있어야만 되는 것을 만천하에 드러낸 죄로(살인 그 자체보다는) 처형당하기 때문이다. 그의 독자는 결국 백인이었을 뿐이라는 비판에도 불구하고, 흑인문학을 백인독자들 앞에 당당하게 제시하고 최초로 백인문학과 동등한 위치에 올려놓은 리처드 라이트의 공헌은 결코 과소평가되어서는 안 될 것이다.

라이트는 최초의 본격적인 흑인 사회저항 소설을 써서, 경제공황기에 문학의 명장면을 연출했다.

온건한 좌파작가

제임스 T. 패럴

「스터스 로니건」 삼부작

제임스 T. 패럴(아일랜드 이름으로, 아일랜드 사람들은 '파렐'이라고도 발음함)은 1910년대와 20년대에 청소년기를 보내고 25세 되던 해에 경제공황기를 맞게 된다. 그는 삼부작 「스터스 로니건」의 제1부인 "어린 로니건Young Lonigan"을 1929년에 시작해서 1931년에는 제2부인 "스터스 로니건의 청년시절The Young Manhood of Studs Lonigan"까지 완성했고, 이어서 1930년대 전반에는 제3부인 "심판의 날Judgment Day"을 집필했다. 1부와 2부에서는 스터스 로니건의 어린 시절이 20대 후반을 배경으로 묘사되고 있고, 3부에서는 청년 로니건의 좌절과 죽음이 30년대를 배경으로 제시되고 있다.

여기에서 중요한 것은, 이 소설이 미국의 20년대의 방탕과 방황이 어떻게 필연적으로 30년대의 물질적, 정신적 공황으로 이어지며, 그러한 와중에서 스터스 로니건이라는 한 꿈 많은 청년의 인

James T. Farrell 1904-1979

A Note on Literary
Criticism, 1938
Studs Lonigan, 1934

생이 어떻게 몰락해 갔는가를 보여 주고 있다는 점이다. 말을 바꾸면, 스터스 로니건의 비극적 실패와 죽음은 곧 당대 미국사회의 실패와 붕괴를 상징하고 있다는 것이다. 과연 1938년에 쓴 「스터스 로니건」의 서문에서 패럴은 스터스가 "정신적으로 궁핍한 시대에 태어난 평범한 미국의 소년으로서, 사회의 가치관이 곧 자신의 가치관이 되었던" 비극적 인물이라고 기록하고 있다.

이 소설은 비록 패럴이 시카고 대학 재학 중에 쓰기 시작했고 제이스 린 교수와 로버트 러벳 교수의 격려 하에 쓰여 졌지만, 사실 대학과는 거리가 먼 빈민가의 한 부랑아의 일대기이다. 패럴은 이 삼부작 소설을 통해 당대의 사회상을 훌륭하게 조감하고 있다. 스터스 로니건은 시카고 사우스 사이드의 빈민촌에서 살고 있는 가톨릭 아일랜드계 이민의 후손으로, 58번가의 부랑아들과 방탕한 생활을 하다가 비정한 사회에서 끝내 꿈을 펴보지 못하고 폐병으로 죽고 만다. 스터스의 교육은 당시 다른 보통 미국인들처럼 불우한 가정, 거친 거리, 그리고 제도화된 학교와 교회에서 이루어진다. 그들은 태어나면서부터 이미 비인간적인 환경과 사회에 의해 규정되고 지배받으며, 결국 일생동안 그 굴레에서 벗어나지 못한다. 그러므로 스터스의 실패는 곧 당시 미국사회의 실패를 의미한다.

그런 의미에서 이 소설은 결정론적 운명관에 근거한 자연주의 문학의 전통을 계승하고 있다. 과연 스터스 로니건은 거대하고 비정한 환경에 의해 필연적으로 파멸되어 가는 비극적 인물의 전형이라고 할 수 있다. 그럼에도 불구하고 이 삼부작은 단순한 자연주의소설이나 사회저항 소설에만 그치지 않고, 주인공의 심리묘사에도 탁월한 솜씨를 보여 주는 예술소설의 수준을 성취하고 있다. 비록 그 자신이 30년대 작가로 분류되기는 하지만, 패럴은 20년대에 이미 제임스 조이스의 「율리시즈」와 셔우드 앤더슨의 「와인스버그, 오하이오」의 영향을 깊이 받았으며, 자신의 대표작인 이 소설에서도 바로 그와 같은 수준의 심리묘사를 성취하기 위해서 노력했다. 그 결과로 이 소설에서는 시오도로 드라이저나 에밀 졸라의 자연주의소설에서는 찾아보기 힘든 서정성과 개인의 고뇌가 발견되고 있다.

그러한 이유로 해서 「스터스 로니건」은 단순한 공황소설이 아니고, 20년대와 30년대를 연결시켜 풍요와 궁핍의 시대에 미국사회가 안고 있었던 근본적인 문제들을 파헤쳤던 격조 높은 사회고발소설이며, 동시에 탁월한 심리소설이라고 할 수 있다. 정확히 말해 「스터스 로니건」은 1916년부터 1931년까지를 다루고 있다. 그렇다면 이 소설은 단순히 경제공황만을 다룬 소설이 아니라, 제1차 세계대전 이후부터 1930년대까지를 하나의 연속적인 과정으로 보고 그 사이의 전이를 다룬 작품이라고 할 수 있다.

패럴은 그 자신이 빈민가 출신은 아니었지만, 당시만 해도 차별의 대상이었던 아일랜드계 이민의 후예로서 미국사회의 문제들을 잘 파악할 수 있는 위치에 있었다. 그는 비록 스터스 로니건 같은 실패자는 아니었지만, 그래도 자신이 좀 더 불운했을 경우의 모습을 스터스를 통해 바라보고 있었다. 그런 의미에서 패럴은 이 소설을 통해 자신의 허구적 자서전을 쓰고 있다고 말할 수 있다. 그리고 그 자서전은 곧 자신의 사회를 제소하는 고발장이었다. 패럴은 좌파 지식인에 속했던 작가였지만, 문학이 정치나 이념의 도구가 되는 것에는 반대했던 사람이었다. 그는 30년대에 와서 마르크시스트 작가들이 조이스를 맹렬히 비난하자, 1938년에 조이스를 옹호하는 「문학비평에 대한 단상」이라는 책을 써서 「뉴 매시스」의 마이클 골드와 그랜빌 힉스로부터 비난을 받기도 했다. 그는 평론가 에드먼드 윌슨과 더불어 극좌와 극우를 경계했던, 그러나 다분히 좌파계열의 지식인으로서, 궁핍한 시대에 작가가 산출해낼 수 있는 작품의 한 귀감을 「스터스 로니건」을 통해 잘 보여준 작가였다.

제임스 T. 패럴은 급진적이 아니면서도, 온건하고 지적이고 수준 높은 성장소설을 통해 경제공황기의 미국사회를 잘 비판했다는 점에서 문학의 명장면을 만들어낸 작가로 기억되고 있다.

미국이란 무엇인가?

존 도스 패소스

　존 도스 패소스의 'U.S.A. 삼부작'은 20세기가 시작되는 1900년에 시작되어 "사코와 반제티Sacco and Vanzetti"가 처형당하는 1928년에 끝나고 있다. 그러나 실제로 이 삼부작은 모두 1930년대에 출판되었고, 2부와 3부는 30년대에 씌어졌으며, 내용 역시 30년대 공황기의 필연적 도래를 예견하고 있다. 그리고 바로 그러한 이유로 해서 U.S.A. 삼부작은 그동안 30년대 사회저항 소설로 분류되어 왔다.

　사실 어떤 의미에서 U.S.A. 삼부작은 20세기의 시작이 아니라 종말을 예견한 책이었다. 도스 패소스는 제1부인 「42도선」에서는 보이지 않는 선에 의해 두 개로 분열된 미국의 모습에, 제2부인 「1919」에서는 보다 나은 세상을 위한 혁명의 기운이 고조되던 해인 1919년의 좌절에, 그리고 제3부인 「거금The Big Money」(1936)에서는 타락한 자본주의의 모습에 절망하여, 그러한 사회의 필연적

John Dos Passos 1896-1970

The 42nd Parallel, 1930

The Big Money, 1936

인 붕괴와 종말을 예견한다. 그러므로 그에게 있어서 미국의 30년대는 방탕과 타락의 필연적인 결과였으며, 한 시대의 종말을 의미하는 것이었다.

과연 도스 패소스는 자신의 시대에 깊은 환멸과 좌절을 느꼈던 절망의 작가였다. 그리고 U.S.A. 삼부작은 자신의 조국에 대한 그의 신랄한 탄핵서였다. 미국에 환멸을 느낀 그는 1928년 커다란 희망을 갖고 혁명의 나라 러시아를 방문했다. 그러나 그 결과는 스탈린주의에 대한 또 한 번의 환멸이었다. 그가 'U.S.A.'라고 명명한 이 세 권의 소설을 통해 면면히 흐르고 있는 '보다 나은 세계'에 대한 좌절과 절망감은 그 자신의 바로 그러한 깨달음의 소산이었다.

그러므로 도스 패소스가 본 30년대는 단지 경제적 공황의 시기만은 아니었다. 그가 본 30년대는 그동안의 부패와 바탕으로 인해 야기된 정신적 공황기이기도 했다. 그렇게 함으로써 그는 경제적, 사회적 문제를 정신적, 문화적 문제의 차원으로까지 끌어올렸고, 미국의 사회와 정신의 건강을 동시에 논할 수 있었다. 그와 같은 작업을 위해서 그는 자신의 소설에 여러 가지 혁신적인 테크닉을 도입했다. 그는 자신의 소설에 뉴스 릴the Newsreel 기법과 카메라의 눈the Camera Eye 기법을 차용했으며, 신문기사의 제목, 유행가, 전기적 요소, 르포르타쥬, 논픽션 등의 수법을 이용하기도 했다.

도스 패소스의 수많은 등장인물들은 각기 상이한 배경을 가지고, 전 미국을 돌아다니며 당대의 사회상을 다각도로 조감해 주고 있다. 과연 도스 패소스의 주인공들의 특징은 부단한 이동성에 있다. 그들은 모두 끝없이 방랑하는 유랑아들이며 그러한 과정에서 미국의 정체를 탐색하고 있다. 이 소설의 장점은 역사와 개인의 인생이 부단히 서로 뒤엉키는 바로 그러한 특이한 구성에 있다고 볼 수 있을 것이다.

바로 그러한 의미에서 도스 패소스는 다른 프롤레타리아 작가들과 확연히 구분된다. 미국의 30년대는 헨리 제임스나 D. H. 로렌스 같은 작가들이 부패한 부르주아 예술가로 비난받던 시절이었으며, 예술은 사회개혁의 도구로 복무해야 된다는 견해가 지배적인 시기였다. 도스 패소스 역시 사회의식이 강한 좌파 지식인이었지만, 결코 문학과 프로파간다를 혼동하지는 않았다. 그는 미국역사를 조감하면서도 이념이나 집단의 강령보다는 작가 개인의 비전을 중요시했다. 그리고 그는 모든 권력 ─ 심지어는 이상 사회를 꿈꾸는 마르크시스트들의 권력까지도 포함해서 ─ 의 위험성을 통찰하고 있었다.

그럼에도 불구하고 도스 패소스는 등장인물들 개개인에 대해서보다는 그들이 탐색하고 보여주는 보다 더 큰 주제인 '미국의 정체'에 더 많은 관심을 갖고 있었다. 리오 거르코의 다음 언급은 도스 패소스의 바로 그러한 태도를 잘 보여 주고 있다.

이 세 권의 제목들은, 마치 삼부작 전체의 제목이 그렇듯이, 도스 패소스의 관심이 12명의 등장인물들의 사적인 운명보다는 더 큰 것에 있음을 말해 주고 있다. 예컨대 「42도선」은 공간의 개념을, 「1919」는 시간의 개념을, 그리고 「거금」은 가치의 개념을 나타내 주고 있다. 또한 「거금」에서의 거Big는 비단 큰돈뿐만 아니라, 무엇이든지 사이즈가 큰 것에 대한 미국인들의 가치부여까지도 의미하고 있다.

그렇다면 U.S.A. 삼부작은 20세기 초의 미국을 시간적, 공간적 그리고 가치판단적으로 탐색한 대하소설이라고 할 수 있다. 도스 패소스는 그러한 탐색을 위해 미국소설의 한 전형적 형태인 '여행 모티프'를 사용한다. 과연 이 소설은 거리에서 시작해서 거리에서 끝난다. 그리고 등장인물들 역시 모두 뿌리 뽑힌 방랑아들이다. 도스 패소스가 본 미국은 바로 그 끝없는 '길'이었고, 미국인들은 그 길을 헤매는 방랑아들이었으며, 30년대는 바로 그 여로의 끝이었다. 그런 의미에서 그에게 있어서 미국의 역사, 또는 U.S.A. 삼부작은 하나의 방대한 여행기였다.

존 도스 패소스는 미국이라는 나라의 숙명적인 분열을 최초로 영화기법을 통해 성찰했다는 점에서 문학의 명장면을 만들어낸 뛰어난 작가라고 할 수 있다.

SCENE 32
강렬한 사회의식의 작가
존 스타인벡

뉴욕과 시카고에서 문학의 사회성을 놓고 격론을 벌이고 있던 1930년대 초반에 존 스타인벡은 멀리 캘리포니아에서 인간과 대지의 관계를 신비주의적 관점으로 탐색한 소설 「미지의 신에게」를 집필하고 있었다. 그러던 그가 1941년 제4차 미국작가 회의에서는 좌파의 기수였던 마이클 골드로부터 30년대의 최대의 문학적 성과라는 평을 받을 만큼 사회의식이 강한 작가가 되어 있었다. 스타인벡은 30년대에 모두 일곱 권의 소설 ―「하늘의 초원」, 「미지의 신에게」, 「토틸라 플랫」, 「의심스러운 싸움」, 「생쥐와 인간」, 「긴 계곡」, 「분노의 포도」― 를 썼다.

그중에서도 「의심스러운 싸움」과 「분노의 포도」에서 스타인벡은 특히 강렬한 사회의식을 보여 주고 있다. 캘리포니아의 사과 농장에서의 파업을 다룬 전자와, 오클라호마 농부들의 집단 이주를 그린 후자는 비평가들에 의해 30년대 프롤레타리아 소설의 전

John Ernst Steinbeck 1902-1968

The Grapes of Wrath, 1939

Of Mice and Men, 1937

형으로 일컬어진다.

스타인벡 소설이 다른 프롤레타리아 소설들과 다른 점은, 우선 그것이 뉴욕이나 시카고의 거리나 사무실이 아닌, 경제공황 하의 농장에서의 저자의 직접적 경험에서 우러나왔다는 점이다. 두 번째 다른 점은, 스타인벡의 주된 관심이 좌파이데올로기에 있었다기보다는, 그러한 극한 상황 하에서 집단이 보여 주는 생물학적 반응에 있었다는 점이다. 사실 30년대는 개인의 윤리나 능력보다는 집단의 윤리나 능력이 중요시되었으며, 따라서 개인주의보다는 집단주의가 선호되던 시기였다. 그러한 시기에 자연주의 계열의 작가로서 스타인벡의 관심의 초점은 무엇보다도 우선 개인과 집단의 미묘한 차이점에 주어졌다. 예컨대, 「불확실한 싸움」에서 개인적으로는 비겁하고 게으르던 노동자들이 일단 공산주의자 맥에 의해 집단을 형성하게 되자 강력한 힘을 발휘하게 된다. 스타인벡은 이 놀라운 변화의 메커니즘에 주목한다.

그러나 「분노의 포도」에 이르면 집단 메커니즘에 대한 스타인벡의 생물학적, 사회적, 정치적 관찰은 신비적, 초월적 단계로 접어든다. 예컨대 캘리포니아로 대이주를 해가는 오키스(오클라호마 농부들)들은 집단파업을 일으키는 단계를 초월해, 생존을 위해 서사시적인 이동을 한다. 캘리포니아 인으로서 스타인벡의 관심은 크게 두 가지로 나누어진다. 첫째는 경제공황기라는 극한 상황이 만들어내는 생태학적 변화를 인간과 토지와의 원초적 관계를 통해 고찰하는 것이었고, 둘째는 약속된 땅—곧 캘리포니아—으로의 대이동의 은유였다. 그러나 그는 낙원이란 결국 아무 데에도 존재하지 않다는 것을 잘 알고 있었다. 비록 60년대 이후에는 독자들의 관심에서 사라졌기는 하지만, 한때 30년대 최대의 프롤레타리아 작가라는 찬사를 받았던 스타인벡은 경제공황기를 인간과 대지와의 단절, 그리고 개인과 집단의 갈등이라는 측면에서 탐색했던 작가였다.

SCENE 33

경제공황 르포르타주
제임스 에이지, 워커 에반스

1941년에 출판된 「이제 유명한 사람들을 칭송하자」는 1930년 대의 가장 완벽한 기록이라는 평을 받은 제임스 에이지의 현장 르포르타쥬이다. 그는 1936년 〈포춘〉지의 부탁을 받고 사진작가 워커 에반스와 함께 앨라배마의 어느 소작농가에서 한 달 동안 실제 기거하면서 이 책의 원고를 썼다. 그러나 잡지사에서는 에이지의 취재를 실패로 규정하고 원고를 반송했다. 에이지는 그 원고를 에반스의 사진들과 함께 보스턴의 출판사로 보냈고, 이윽고 그 책은 1914년 휴튼 미플린 출판사에 의해 간행되었다.

제임스 에이지는 이 책의 서문에서 "실제 존재하고 있는 삶의 양태를 인정하고, 그것을 기록하고 교류하고 분석하며 변호하기 위한 것"이라고 자신의 집필 의도를 밝히고 있다. 그는 이 책에서 어떤 해결책을 제시하기보다는 사실을 있는 그대로 드러내 보이기를 원했으며, 그러기 위해서 "과학적으로 분석하려고 하지도 않

James Rufus Agee 1909-1955

Let Us Now Praise Famous Men, 1941

았고, 예술적으로 묘사하려고 하지도 않았으며, 다만 온전한 의식을 가지고" 기록하려고 노력하고 있다. 일견 이것은 에이지가 자연주의적 전통 위에서 글을 쓰고 있다는 인상을 준다. 그러나 사실의 기록자로서 에이지는 완벽한 녹음기와 영사기의 역할을 해내지는 못했다. 모든 사건들과 사물들은 자동적으로 그의 시각과 경험에 여과된 후 기록되었으며, 따라서 에이지는 내레이터로서 이 책의 처음부터 끝까지 존재하고 있다. 또 소작농인 거지스 가족과 같이 살면서 에이지의 과거 경험과 그들의 현재생활은 자주 뒤섞이기도 한다. 그러므로 이 책의 중간 중간 에이지는 사실을 제대로 전달할 수 없다는 불안감을 토로한다. 그런 이유로 해서 이 책은 "소작농에 대한 책을 쓰는 것에 대한 책"이라는 평을 받기도 한다.

에이지는 이 책을 쓰는 것이 결국에는 실패할 것을 알고 이 책을 썼다. 그러나 저자의 바로 그와 같은 깨달음이 이 책을 탁월한 성공작으로 만들었다는 평을 받는다. 그는 '방어능력도 없이 비참한 삶을 사는 사람들의 생활을 잡지사의 이익을 위해 그리고 저널리즘이라는 구실로 엿본다는 사실'에 대한 도덕적 죄의식에 내내 시달렸다. 그러나 이 책을 다른 수많은 30년대의 다큐멘터리들과 달리 구별 짓는 것은 저자의 바로 그와 같은 윤리의식이었다. 그리고 그것이 바로 이 책을 자연주의적이면서도 낭만주의적 텍스트로 만들어 주었으며, 자칫 거칠고 메마르기 쉬운 다큐멘터리를 서정적 리얼리즘으로 승화시켜 준 요인이었다. 에이지의 이 책

Walker Evans 1903-1975

은 30년대같이 정치적, 사회적, 경제적으로 어려운 시절에 소설이 해내지 못하는 리얼리즘을 성취할 수 있었다는 점에서 그 가치를 찾아볼 수 있다. 그것은 60년대에 소설의 죽음이 논의되기 시작할 때, 많은 유능한 작가들이 뉴 저널리즘 또는 논픽션에 눈을 돌렸던 사실에서도 증명이 되고 있다. 제임스 에이지는 끔찍한 리얼리티 앞에서 허구적 상상력이 무력해질 수밖에 없었던 시절에 논픽션을 통해 당대의 사회를 효과적으로 묘사할 수 있었고, 그렇게 함으로써 한 시대를 조감하는 책을 썼다. 그리고 그것은 곧 시대를 초월하는 보편적 진리의 기록이 되었다.

제임스 에이지와 워커 에반스의 사진화보 로포르타주인 이 책의 등장은 경제공황기 미국 남부의 모습을 생생하게 담은 기록이자 강력한 사회고발이라는 점에서 1930년대 문학의 명장면으로 평가되고 있다.

폭력과 광기의 시대에
사적인 꿈을 꾼 블랙유머 작가

너새니얼 웨스트

헨리 밀러와 더불어 또 한 사람의 특이한 1930년대 작가가 바로 너새니얼 웨스트이다. 웨스트는 일생 네 권의 소설을 썼는데 그것들은 모두 30년대에 출판되었다. 그의 소설은 소위 1960년대 초에 블랙유머라고 불렸던 것들의 원형이라고 할 만큼 미국사회에 대해 절망적인 웃음을 선사했으며 시적 자연주의라고 할 만큼 초현실적 리얼리즘을 추구했다. 웨스트의 소설들은 기괴하고 어두운 폭력으로 점철되어 있다. 레슬리 피들러는 "그의 소설을 읽으며 우리는 리얼리티의 형태를 가진 악몽을 보는 것인지, 아니면 악몽처럼 불확실한 리얼리티를 보는 것인지 알 수 없게 된다."라고 말하고 있다.

웨스트에게 있어서 30년대는 폭력과 광기의 시대였다. 그는 그러한 시대를 블랙유머를 통해 성찰하려고 한 작가였다. 그래서 그의 유머는 웃음과 공포 사이의 경계선에 존재하고 있다. 그는 그

Nathanael West 1903-1940

Miss Lonelyhearts, 1933

The Day of the Locust, 1939

어떤 정치적 개혁이나 혁명의 결과에도 회의적이고 냉소적이었고, 인류와 문명의 진보를 믿지 않았던 작가였다. 그리고 과연 그것을 증명이라도 하는 듯, 그는 젊은 나이에 자동차 사고로 세상을 떠났다.

웨스트가 1931년에 발표한 첫 소설인 「발소 스넬의 꿈같은 인생」은 히스테리와 풍자와 자기 조롱이 뒤섞인 앤티히어로의 앤티 예술이라고 할 수 있다. 서정시인 발소는 트로이의 목마의 항문을 통해 들어가 미로 속을 헤매며 12세인 유대인 안내인과 그의 스승을 만나 여러 가지 얘기들을 듣는다. 그는 기나긴 꿈을 꾸고 있지만 동시에 그것은 현실에서의 그의 인생일 수도 있다. 웨스트의 오디세이는 목마 속의 미로가 되고, 목마에 의해 파멸하는 패리스는 20년대에 파리로 간 망명 작가들이 되며, 유대인 길잡이는 그들의 스승 거투르드 스타인이 되면서 이 소설의 아이러니와 풍자는 극에 달한다.

1933년에 나온 「미스 고독」 역시 미국사회의 일상의 공포와 광기가 악몽으로 변해 가는 과정을 보여 주는 소설이다. 이 소설의 주인공은 일간지의 한 칼럼을 통해 편지를 보내오는 사람들에게 충고를 해주는 일을 하다가, 자기가 의도치 않게 모욕한 사람에 의해 총에 맞아 죽는다. 이 소설의 주인공은 어떤 의미에서 그 능력을 상실한 구세주의 이미지이다. 그리고 그가 받는 거칠고 조잡한 편지들은 바로 커뮤니케이션을 차단당한 경제공황시대의 메시지라고 볼 수 있다.

헨리 밀러와는 달리, 웨스트의 의식의 배경에는 언제나 경제공황과 그 여파가 자리 잡고 있었다. 웨스트는 경제공황이 곧 정신적 공황을 초래했다고 믿었으며, 30년대의 반질서와 광기와 폭력에 대해 고뇌했다. 1934년에 발표한 「거금 백만 달러」과 1939년의 「메뚜기의 날」에서도 웨스트는 초현실적인 공포의 세계를 그렸다. 30년대의 경제공황기를 웨스트는 외면이 아닌 내면의 거울로 바라보았으며, 그 결과 그는 프롤레타리아 작가들이 보지 못했던 악몽의 현실을 바라볼 수 있었다. 그것이 왜 그의 작품들이 그처럼 강렬한 꿈의 속성을 띠고 있는가 하는 이유이다.

너새니얼 웨스트는 정치이데올로기로 인한 광기와 폭력의 시대였던 1930년대에 홀로 초현실주의적인 꿈을 꾸었던 특이한 작가였다. 그것이 바로 그의 등장이 문학의 명장면인 이유이다.

좌우통합/두 겹의 시각을 가진 비평가
에드먼드 윌슨

에드먼드 윌슨은 비단 1930년대뿐만 아니라, 20년대부터 40년 대까지의 미국사회와 문화를 가장 포괄적인 안목으로 비판하고 기록한 비평가로 알려져 있다. 윌슨은 분명예술의 사회성을 주장 했고 문화의 참여를 옹호했던 좌파지식인이었다. 1931년에 나온 책 「액슬의 성」에서 윌슨은 현실과 사회에서 스스로를 고립시킨 상징주의를 비판하면서, 예이츠, 엘리엇, 조이스, 프루스트 등이 창조한 인물들의 무정치성과 비현실성, 그리고 사회 부적합성을 지적하고 있다. 그러나 윌슨은 마이클 골드 같은 급진적 마르크스 주의자는 아니었다. 그는 정치이데올로기의 경직성에 대해 잘 알 고 있었으며, 그렇기 때문에 상징주의의 일방적 매도와 자연주의 의 일방적 찬양보다는 그 두 가지 양극의 조화와 화합을 추구했 다. 그렇기 때문에 「액슬의 성」의 마지막에 그는 다음과 같이 기 록하고 있다.

Edmund Wilson 1895-1972

To the Finland Station, 194
Axel's Castle, 1931

인간과 사회의 관계를 연구하는 작가들은 상징주의의 새로운 지성과 테크닉으로부터 이득을 취할 수도 있을 것이다. (…) 그러므로 자연주의와 상징주의가 결합한다면 아마 우리는 보다 더 미묘하고 보다 더 복합적이고 보다 더 완벽한 인생과 우주에 대한 비전을 가질 수 있을 것이다.

마르크시즘의 새로운 비전과 가능성에 이끌렸으나, 그것에 심취하기에는 너무나 안목이 컸던 윌슨의 복합적인 태도는 마르크시즘의 역사를 탐색한 그의 저서 「핀란드 역을 향하여」에서 잘 나타나고 있다. 이탈리아 사상가 비코의 역사관에서 시작되어 마르크스, 엥겔스, 레닌, 트로츠키로 이어지는 사회주의 사상의 역사와 혁명관을 추적하고 있는 이 책은 마르크스주의와 사회혁명에 대한 윌슨의 관심과 기대로부터 비롯되었다.

사실 30년대를 경제적 위기뿐만이 아닌 정신적 위기의 시대로 파악하고 있었던 윌슨은 당시 부르주아 자본주의의 쇠퇴와 사회주의의 도래를 절감하고 있었으며, 새로운 사회를 건설하기 위한 혁명의 필요성을 절감하고 있었다. 그러나 「핀란드 역으로」를 마무리 지을 때쯤에 윌슨은 이미 이상적 마르크시즘과 현실의 마르크시즘 사이의 괴리를 깨닫고 있었다. 트로츠키의 암살, 모스크바 재판의 지식인 대숙청, 그리고 소련과 나치의 조약 등 스탈린주의의 횡포는 당시 미국의 지식인들에게 큰 환멸을 초래했다. 1952년도 판 「핀란드 역으로」에 붙인 회고에서 윌슨은 다음과 같이 말하고 있다.

마르크시즘은 이제 다소간 사양길에 접어들고 있다. 마르크시
즘은 이제 한 시대의 막을 내린 것이다. (…) 마르크시즘이 신념
이라고 해서 다른 이념의 신념보다 더 신성한 지위를 갖는 것은
아니다.

30년대의 문학과 이데올로기 논쟁에서 마이클 골드나 그랜빌
힉스에 맞서 제임스 패럴 같은 보다 온건한 작가들을 옹호했던 윌
슨은 40년대에 오면 마르크시즘의 한계를 느끼고 마르크스주의
와 프로이트주의의 조화를 추구하게 된다. 윌슨에게 있어서 마르
크스주의나 프로이트주의는 모두 그의 역사적 안목과 사회적 관
심 속에 포함되는 것이었다. 그는 궁극적으로 마르크스주의자도
프로이트주의자도 아니었으며, 다만 인문주의자로서 30년대의 격
동기를 살았던 '세 겹의 사상가'였다. 그것이 바로 윌슨의 등장이
문학의 명장면이 되는 이유이다.

경제공황이 만든 문학의 명장면

1929년 10월, 뉴욕 월 스트리트의 주가 폭락이 그 시발점이 된
경제공황은 그후 10년간 미국문학의 방향을 바꾸어 놓은 한 중요
한 사건이었다. 미국의 1920년대는 전후의 호경기로 인한 물질적
풍요, 무분별한 사치와 향락과 과소비, 그리고 거기에 따른 도덕

적 타락으로 점철되었던 시기였다. 그러한 시기의 시대적 분위기는 피츠제럴드나 헤밍웨이 같은 전후의 "길 잃은 세대", 또는 파운드나 엘리엇 같은 전통문화의 수호자들을 탄생시켰으며, 그 결과는 모더니즘 문학의 르네상스였다.

매 시대의 작가들이 그랬듯이, 20년대의 작가들도 물론 자신들의 시대를 '위기의 시대'로 파악했다. 그러나 20년대의 위기가 다분히 정신적, 문화적 위기였다면, 30년대의 위기는 보다 더 직접적이고 현실적인 경제적, 정치적, 사회적 위기였다. 은행가들은 문을 닫았고 회사들은 도산했으며, 수많은 실업자들은 빈민급식을 타기 위해 줄을 서야만 했다. 당시 대도시들은 동유럽과 아일랜드에서 몰려 온 이민들, 유대계 이민들, 그리고 소위 '흑인 대이동The Great Migration'때 남부에서 올라온 흑인들로 가득 차 있었으며 그들의 대부분은 극빈자들이었다. 당시의 한 기록에 의하면, 1930년에 시카고 인구의 절반 이상이 영어를 잘 모르는 이민 1세들이었으며, 그들에게 주어지는 일자리란 기껏해야 거리의 막노동뿐이었다.

그러므로 당대의 문학 역시 더 이상 개인의 고뇌나 전통의 수호나, 질서의 회복에만 전념할 수는 없게 되었다. 20년대 문학의 주된 관심사였던 '현실과 이상', '순진과 경험'이나, '의식의 흐름' 등의 모더니즘의 기법들은 이제 공동체의 운명에 관심을 갖는 리얼리즘적인 사회저항 소설로 바뀌게 되었으며, 자본주의에 대한 환멸은 사회주의에 대한 동경으로 변하게 되었다. 이와 같은 시대적 요청은, 심지어 포크너나 헤밍웨이나 피츠제럴드 같은 20년대 작가들까지도 자신들의 문학적 성향이나 신념이나 재질과는 정반대인 30년대식 소설을 쓰도록 강요했다. 예컨대 포크너는 「비행탑」에서 스턴트 파일럿들의 계급투쟁을 다룸으로써 당대의 독자들의 취향에 자신의 문학을 맞추어 보려고 했다. 그리고 그러한 과정에서 그는 자신의 문학적 고향인 오크나파토파를 떠나 30년대의 도시취향에 따라 뉴올리언스를 작품의 무대로 삼았다. 그러나 포크너의 상상력 속에서 도시는 생소한 곳이었고, 그 결과로 오늘날 「비행탑」은 아무도 읽지 않는 참담한 실패작이 되었다.

헤밍웨이 역시 「누구를 위해 종은 올리나」에서 당대의 민중노선과 반파시스트노선의 압력에 의해 반전소설 대신 전쟁소설을, 그리고 반영웅 대신 영웅을 산출해 냄으로써 자신의 문학적 신념을 배반했다. 20년대의 「무기여 잘 있어라」에서 '분리된 평화 separate peace'를 추구하던 그가 이제는 시대의 요구에 따라 '공감과 동참의 전쟁'을 인정하게 된 것이다. 헤밍에이는 또 미국을 배경으로 한 「소유와 비소유」라는 소설에서 프롤레타리아적 가치관과 부르주아적 취향 사이의 갈등을 그림으로써 시대의 유행에 영합하고자 했다. 그러나 마치 포크너에게 도시가 그랬던 것처럼, 헤밍웨이의 상상력 속에서 미국은 생소한 곳이었고, 따라서 「소유와 비소유」 역시 실패작이 되는 운명에서 벗어나지 못했다.

피츠제럴드 역시 미완성 유작인 「마지막 대군」에서 시나리오 작가들 사이의 계급투쟁에 작품의 초점을 맞춤으로써, 자신의 재능을 전혀 살리지 못하고 결국은 실패작을 쓰고 말았다. 그의 진정한 재능은 차라리 「위대한 개츠비」 또는 프롤레타리아적인 결말을 의식적으로 피함으로써 성공한 「밤은 부드러워」 같은 작품에서 발견되었다. 그러므로 20년대의 작가들에게 있어서 경제공황기의 10년은 당혹과 좌절로 가득 찬 재난의 시기가 되었다.

30년대는 그런 작가들보다는 차라리 20세기 초의 스티븐 크레인Stephen Crane이나, 프랭크 노리스Frank Noris나 시어도르 드라이저Theodore Dreiser나 잭 런던Jack London의 사실주의적/자연주의적 전통을 이어받은 새로운 마르크스주의 작가들의 시대였다. 당시 미국 공산당은 자본주의의 종말을 예견하고 새로운 낙원을 꿈꾸며 투쟁하던 급진주의자들의 모임이었고, 아일랜드 인이나 유대인같은 당대의 소외계층의 전폭적인 지지를 받고 있었다. 또한 언제나 약자와 빈자와 피압박자의 편이었던 작가들 역시 대부분 좌파계열인 '작가동맹'에 가입해 저항문학 또는 경향문학을 산출해 냈다.

경제공황기는 「담배 길Tobacco Road」(1932)의 저자 어스킨 콜드웰Erskin Caldwell, 또 어두운 시대의식을 이데올로기화시키지 않고 표현했던 「그대 다시는 고향에 못 가리You Can't Go Home Again」(1940)의 저자 토머스 울프Thomas Wolfe 그리고 유대계 이민소년의 고통과 좌절과 비애를 심리적으로 묘사한 「잠이라 부르자Call It Sleep」(1934)의 저자 헨리 로스Henry Roth, 그리고 택시파업을 다룬 희곡 「레프티를 기다리며Waiting for Lefty」(1935)의 저자 클리포드 오뎃츠Clifford Odets 같은 작가들을 배출했다.

그러나 1930년대의 작가들 중 적지 않은 수가 급진적인 마르크시스트가 되기보다는 온건한 사회주의자가 되기를 선택했고, 경직된 이데올로기와 공산당의 강령으로부터 문학과 예술을 보호하고자 노력했다. 그 결과, 그들과 급진적인 작가들 사이의 충돌은 불가피했지만, 그러나 그것은 30년대 문학에 다양성과 차이를 제공해주는 장점도 갖고 있었다. 또 일군의 작가들은 당대를 어둠과 폭력과 광기의 시대로 파악하고 블랙유머가 가미된 소설을 쓰거나, 개인의 자유를 추구하는 극도로 비정치적인 소설을 쓰기도 했다. 미국의 30년대 문학은 당대의 사회적, 경제적, 정치적 문제들에 각기 다른 방법으로 접근했고 나름대로 해석하려고 노력했다. 그리고 그 결과, 30년대 미국문학은 그 어느 시대의 문학보다도 당대의 사회상을 더 충실히 반영하게 되었다.

미국의 경제공황은 1941년 12월 일본군의 진주만 공격으로 미국이 제2차 세계대전에 참전함으로써 비로소 막을 내렸다. 그때까지 30년대는 여러 가지 정치적 사건들 — 예컨대 1936년의 스페인 내란, 1937년의 모스크바 재판, 1939년의 러시아/ 독일 불가침 조약, 그리고 1940년 프랑스의 패배 등 — 을 겪었다. 이와 같은 와중에서 경제공황기는 사회의식이 강한 리얼리즘적 저항소설들을 산출하는 데 공헌했다. 그러나 그러한 경향에 대한 보수주의자들 또는 예술지상주의자들의 누적된 불만과 반발은 결국 1940년대와 50년대의 미국문학의 흐름을 비정치적인 '개인의 정체성 탐색'으로 이끌어갔다. 제2차 세계대전을 전후하여 남부 보수주의자들로 이루어진 신비평가들과 유대계 미국작가들이 떠맡았던 역할은 바로 그러한 역사를 갖고 있었다. 정치이념에 경도되었음에도 불구하고, 30년대의 경제공황은 작가의 사회적 책임과 도덕적 책임을 논할 때 좋은 예를 제공해 줄 수 있는 문학사의 한 기념비적 사건이었다.

III
고백시와 투사시/비트시와 뉴욕지성파시

시단의 명장면

미국 시단은 제2차 세계대전 이후부터 파운드와 엘리엇으로 대표되는 모더니스트 시인들의 막강한 영향력에서 벗어나 새로운 의식과 새로운 형태의 시를 쓰는 시인들을 배출하기 시작했다. M. L. 로젠솔 교수가 "새로운 시인들the New Poets"이라고 부른 이 전후의 미국시인들은 각기 나름대로의 특성을 갖고 '다양성' 있는 시들을 써 냈지만, 그들을 크게 두 그룹으로 나눈다면 고백시 계열과 투사시 계열로 분류할 수 있다.

물론 이 두 그룹 중 그 어느 곳에도 속한다고 보기 어려운 시인들도 있다. 예컨대 리처드 윌버 같이 다분히 파운드와 엘리엇의 모더니즘적 전통을 계승하고 있는 뉴잉글랜드 출신의 뛰어난 시인도 있고, 존 애쉬베리나 프랭크 오하라처럼 소위 "뉴욕 지성파 시인New York Intellectual Poets"이라고 불리는 계열의 시인들도 있으며,

로버트 블라이나 W. S. 머윈 같은 초현실주의 시인들도 있다. 그러나 대다수의 전후 시인들이 궁극적으로는 고백시 계열 아니면 투사시 계열의 시를 써왔으며, 전술한 예외의 시인들조차도 다분히 고백시적인 성향이나 투사시적인 성향을 띠고 있다는 것은 부인하기 어려우므로, 여기서는 고백시와 투사시를 중심으로 그 원조 시인 격인 로버트 로웰과 찰스 올슨에 대해 고찰해 보기로 한다.

  고백시Confessional Poetry가 무엇인가를 논하기에 앞서 우리는 먼저 2차대전 이전의 모더니즘 계열의 시들과 전후의 현대시가 어떠한 면에서 서로 다른가를 살펴볼 필요가 있다. 파운드나 엘리엇으로 대표되는 모더니스트들의 시는 우선 시인 자신과 시의 화자 사이에 거리를 인정한다. 다시 말해 그들의 시 속에서는 시인 자신의 감정이나 경험은 완전히 객관화되고 형상화된 형태로 여과되어서만 나타나고 있으며, 바로 그로 인해 그것들은 사적인 것으로부터 공적인 것으로 승화된다. 그러나 2차대전 이후의 미국시에서는 대부분의 경우, 시인과 시의 화자는 동일인이며 시의 소재도 시인 자신의 사적인 경험인 경우가 많다. 그래서 시인들은 마치 정신과 의사나 고해신부에게 또는 친한 친구에게 자신의 사적인 경험들을 고백하는 식의 시를 쓰게 되는 것이다. 시의 이러한 사물화 현상은 물론 시인에 따라 다양한 형태를 띠고 나타난다. 예컨대 앨런 긴즈버그나 프랑크 오하라 같은 시인들에게 있어서는, 시인 내면의 자아가 외부세계에 반응하는 데에서부터 시가 시작되지만, 로버트 블라이나 W. S. 머윈 같은 초현실주의 시인들에게 있어서는, 시란 곧 시인의 무의식을 외부에서부터 내부로 탐색해 나가는 과정이 된다.

전후 미국시의 한 특이한 흐름인 '고백시'는 바로 그러한 시의 사물화 현상에 그 뿌리를 박고 있다. 고백시 계열에 속하는 시인들은 자신들의 은밀한 사적 경험들을 생생한 언어와 폭력적일 만큼 솔직한 표현을 사용해 과감하게 기록했으며, 거칠고 속된 일상 언어를 사용하여 생동감 넘치는 현실비판적 시를 썼다. 그러나 시인의 사적 고백의 형태로 씌어졌다고 해서 고백시가 개인의 넋두리에 그치는 것은 결코 아니다. 왜냐하면 고백시는 사실 정선된 소재와 엄선된 시어를 사용하여, 인류의 공감을 불러일으키는 이 시대의 병폐들을 다루고 있기 때문이다. 그런 의미에서 고백시인들의 히스테리컬한 고백이나 신음이나 울부짖음은 사실 개인적인 몸짓이 아닌, 치밀하게 계산된 '공적인 제스처'라고 할 수 있는 것이다.

고백시의 원조

로버트 로웰

  고백시 계열의 원조, 로버트 로웰은 1917년 3월 1일 보스턴에서 전통 있는 뉴잉글랜드의 명문가정에서 태어났다. 하버드 대학교를 2년 다녔으며, 이어 1940년에는 케니언 칼리지를 최우등으로 졸업했다. 학부생 시절 로웰은 로마 가톨릭으로 개종하여 가톨릭 시인이 되지만, 그러나 그는 자신이 타고난 청교도적인 요소와 가톨릭적인 요소를 잘 조화시킨 시들을 써냈다. 케니언 칼리지에서 로웰은 시인이자 신비평가였던 존 크로우 랜섬John Crowe Ransom과 역시 시인 겸 비평가였던 랜들 재럴Randall Jarrell의 지도를 받아 시작詩作공부를 했으며 1944년 첫 시집「닮지 않은 땅」을 출판했다. 그리고 불과 2년 뒤에 나온 시집인「위어리 경의 성」으로 퓰리처 상(1947)을 수상했고, 이어서 같은 해 구겐하임 펠로우쉽을 받았다. 그리고 1959년에는 대표작「인생연구*Life Studies*」(1959)로 내셔널 북 어워드를 수상했다. 이어서 1974년에는 코페르니쿠스

Robert Traill Spence Lowell 1917-1977

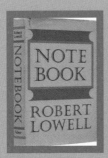

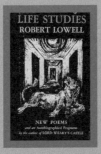

Note Book, 1967-1968

Life Studies, 1959

어워드를, 그리고 1978년 그의 사후에는 전미 도서비평가협회 상을 받았다.

로웰은 「죽은 북군을 위하여」, 「노트북」 등을 비롯한 약 17권의 시집과 3편의 희곡 그리고 그에게 볼링겐 번역 문학상을 안겨준 「모방」이라는 번역 시집을 남겼다. 그는 또 제2차 세계대전 중 미 해군에 세 번이나 지원했다가 불합격했으나, 나중에 징집되었을 때에는 미국이 민간인 주거지역을 폭격한다는 이유로 참전을 거부하여 양심범으로 미군형무소에 수감된 일도 있었다. 로웰은 진 스태포드라는 여성 소설가와 결혼했으나, 후에 이혼하고, 1949년 다시 소설가인 엘리자베스 하드윅과 재혼했다.

로웰의 작품 세계는 대략 세 단계로 나누어진다. 첫째는, 신비 평과 모더니즘의 영향 아래 시를 썼던 초기이며, 둘째는 「인생연구」로 대표되는 중기의 고백시 단계, 그리고, 셋째는, 「죽은 북군을 위하며」로부터 시작되는, 히스테리와 울부짖음이 제거된 평온한 관조의 시를 썼던 후기가 바로 그것이다. 1959년에 나온 「인생연구」에서부터 로웰은 신비평적인 요소와 엘리트적인 비전을 정면으로 거부한 채, 신랄한 사적 고백의 형식을 빌어 서구문명과 전통, 미국, 그리고 자신의 가문과 자아의 붕괴과정을 과감하게 추적하기 시작했다. 「인생연구」의 주제는, 자신의 가문에 흐르고 있는 알코올 중독, 마약복용, 성적 죄의식, 정신병 등을 고백의 형태로 기록함으로써, 미쳐버린 현대사회와 서구문명과 미합중국의 현재상황을 적나라하게 보여주고 고발하는 것이다. 즉, 시인과 시인의 가정은 곧 미쳐버린 이 시대의 모든 것의 메타포가 되는 것이다. 「인생연구」의 맨 마지막 시인 "스컹크의 시간Skunk Hour"에서 로웰은 "계절은 병들고 (…)/ 나 자신의 정신도 정상이 아니다.The season's ill (…)/ My mind's not right."라고 부르짖고 있다. 로웰에게 현대는 자아와 문화가 모두 몰락해버린 악취 나는 스컹크의 시간일 뿐이다.

자동차 라디오에서는
「사랑이여, 오 부주의한 사랑이여…」
라고 울어 댄다.
나는 내 병든 영혼이 하나하나의 혈구 속에서 흐느끼는 소리를
듣는다.
마치 내 손으로 목을 조르고 있는 것처럼…
나는 지옥에 있고 여기엔 아무도 없다.

달빛 아래 먹을 것을 찾는
스컹크만 있을 뿐
그들은 메인 스트리트를 따라 걸어 올라간다.
흰 줄무늬들, 그리고 미친 눈에서 붉은 불꽃을 튀기며 트리니타
리언 교회의
백악처럼 건조하고 빛나는 첨탑 아래서.

나는 우리의 뒤층계

꼭대기에 서서 풍성한 공기를 마신다―

어미 스컹크가 한 떼의 새끼들을 거느리고 쓰레기통을 뒤지고

있다.

어미는 쐐기처럼 생긴 머리통을 사우어크림 컵 속에 쑤셔 넣는

다. 타조 꼬리를 떨어뜨린 채,

그리곤 아무도 겁내지 않는다.

―「스컹크의 시간」

로웰의 「인생연구」는 이렇게 끝을 맺고 있다. 로웰은 자신과 자신의 정신적 유산에 대한 수치와 혐오 그리고 광기와 몰락을, 고통스러운 그러나 솔직한 고백의 형태로 기록했던 시인이었으며, 자의식과 소시민 의식과 사회의식이 강렬하게 조화된 시를 썼던 고백시의 원조로서, 이후 실비아 플라스(1932-1963), 앨런 긴즈버그(1926-), 존 베리만(1914-1972), 앤 섹스턴(1928-1974), 시어도르 뢰트키(1908-1963) 등의 고백파 시인들을 배출해 내는 데 큰 공헌을 했던 전후 미국시단의 중요한 시인이었다.

로웰을 비롯한 고백파 시인들은 비록 사적 고백의 형식을 빌어 시를 쓰긴 했지만, 그렇다고 해서 예술의 비개인적 속성을 잊은 것은 아니었다. 그들은 강렬한 심리적 에너지의 자유분방한 방출을 언제나 형식과 리듬과 객관성과 서로 조화시키는 노력을 게을리하지 않았다. 그런 의미에서 고백파 시인들의 내면세계의 한 부

분에는 파운드의 '절대적 리듬'이나 엘리트의 '객관적 상관물'의 개념이 자리 잡고 있었다고 볼 수 있다.

　　로버트 로웰의 등장은 고백시를 탄생시켰다는 점에서 문학의 명장면으로 기록되어 있다.

투사시의 창시자

찰스 올슨

파운드와 엘리엇에 정면으로 도전했으며, 모더니스트들의 질서에 대한 관념에 직접적인 반기를 든 전후 미국시단의 주요 그룹은 투사시 계열의 시인들이었다. 투사시 운동은 1950년 〈포에트리 뉴욕〉지에 찰스 올슨이 '투사시Projective Verse'라는 글을 발표함으로써 공식적으로 선언되었다. 윌리엄 칼로스 윌리엄스의 전통 위에서 파악되어지는 투사시의 구체적인 원리와 이론은 찰스 올슨과 로버트 크릴리가 당시 서로 주고받은 편지들에 의해 형성되었다. 투사시의 근본원리는, 우선 시란 경직된 시구들의 종합이 아니라 하나의 "열린 초원open field"으로 보는 것이며, 따라서 형식보다는 내용을 중시한다는 점에서 고백파 시들과는 성격을 달리한다. 그러므로 투사시의 대표적 시인 중 하나인 로버트 던칸이 자신의 첫 시집의 제목을 「초원의 열림」이라고 붙인 것도, 그리고 로버트 크릴리가 "형식은 내용의 연장일 뿐이다"라고 말한 것도 모두 그러한

Charles Olson 1910-1970

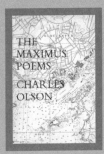

Maximus, 1953

맥락에서이다. 또한 투사시는 파운드나 엘리엇 식의 유럽적, 고전적 취향을 거부하고 윌리엄스 식의 미국적 토양에서 생성된 미국적인 리듬을 중요시하며, 무엇보다도 인식perception에 큰 비중을 둔다.

투사시 이론은 블랙 마운틴 칼리지Black Mountain College에 모인 소위 "블랙 마운틴 그룹" 시인들에 의해 형성되었으며, 이들의 정신적 지도자인 찰스 올슨은 1910년 1년 12월 27일 매사추세츠 주 워체스터라는 곳에서 태어나 웨슬레이언 칼리지와 예일대학을 졸업했고 하버드 대학에서 박사학위를 받았다. 1951년 올슨은 노스캐롤라이나 주에 있는 블랙 마운틴 칼리지에 부임해 1956년까지 재직하는 동안, 그곳에서 로버트 크릴리, 로버트 던칸, 드니스 레버토브 등을 불러 모아 같이 사를 쓰면 서 투사시 이론을 정립하게 된다. 그 후 올슨은 하버드와 버펄로 소재 뉴욕주립대학교의 교수를 역임했으며, 말년에는 고향 워체스터에서 장시 「맥시머스」를 집필했다.

찰스 올슨의 유명한 에세이 「투사시」는 파운드와 엘리엇 식의 모더니즘에 반기를 들며, 시에 대한 새로운 인식을 부르짖었던 전후의 혁명적인 선언문이었다. 올슨은 투사시 뿐만 아니라 당시 샌프란시스코를 중심으로 해서 일어나고 있었던 비트문학에도 큰 영향을 끼쳤으며, 평생을 '어떻게 쓸 것인가, 그리고 글을 쓴다는 것은 무엇인가?' 하는 문제에 깊은 관심을 가졌던 시인이었다. 인식과 심상과 언어에 대한 성찰로 일생을 보낸 올슨은 1970년 간

암으로 죽어가면서 '나에게는 꿈이라는 의사가 필요해'라고 말했다고 전해진다.

올슨의 투사시 이론의 핵심은 '시란 시인의 호흡과 청각의 어떤 법칙과 가능성을 포착하고 따라야 된다.'는 것이다. 그 구체적인 방법으로 올슨은 '열림'과 '초원' 속에서의 창작을 권유한다. 올슨이 말하는 열려진 초원에서의 시작은 다음 세 가지로 요약된다. 첫째, 시란 시인이 발견해서 시어라는 매개체를 통해 독자에게 전달되는 에너지이다(이것은 투사시의 원동력이 된다). 둘째, 형식은 내용의 연장에 불과한 것이다(이것은 투사시의 원칙이 된다). 셋째, 하나의 인식은 또 다른 인식으로 계속 연결된다(이것은 투사시의 생성과정이 된다). 이와 같은 원리에서 출발했던 올슨의 질서관은 물론, '질서란 개인으로부터 나와 공동체로 확산되어 나가는 것'이었고, 따라서 그는 '질서란 외부에서 개인에게 부과되는 것'이라는 견해를 가졌던 파운드의 질서관에는 강력하게 반발했었다. 그런 의미에서 올슨은 결코 파운드 같은 파시스트가 아니었고 제도나 공동체보다는 개인의 존엄성을 더 존중했던 시인이었다. 물론 개인에 대한 그와 같은 강조로 인해 투사시는 '개인의 심상에 관심이 있을 뿐, 그 속에 역사성이나 정치성이 없다.'라는 비판을 받기도 했다. 올슨과 더불어 투사시 계열에 속하는 시인들로는 전술한 던칸, 크릴리, 레보토브 외에도 폴 블랙번, 아미리 바라카 등이 있다.

올슨의 대표작 「맥시머스」는 투사시 이론이 집약된 기념비적

대작으로서 휘트먼의 「풀잎」, 파운드의 「캔토스」, 엘리엇의 「황무지」, 크레인의 「다리」 그리고 윌리엄스의 「패터슨」과 더불어 미국 시단의 금자탑으로 알려져 있다. 「맥시머스」에서 올슨은 다음과 같이 노래하고 있다.

맥시머스의 노래 – 제2노래

모든 것이
잘못되어 있다.
그리고 누군가가 내게 묻는다 – 아마도 나 자신이(나도 역시 그것의 찌꺼기를 뒤집어쓰고 있다)
우린 어디로 갈 것인가를, 그리고
무엇을 할 수 있을 것인가를
전차들까지도 노래 할 때?
어떻게 우리가 어디로 갈 수 있단 말인가,
마음을 가로질러
아무 데고 갈 수 있단 말인가(육체가 모두 얇은
무덤 속에 묻혀 있는데?)
– 「맥시머스」

뉴욕 지성파 시

프랭크 오하라

뉴욕 지성파 시인들에게는 로웰이나 올슨의 그러한 울부짖음도 가능성의 탐색도 없다. 프랭크 오하라, 존 애쉬베리 그리고 케네스 카치가 주축을 이루고 있는 뉴욕 지성파 시인들은 도시생활의 난잡함을 예술을 통해 미화시키거나 질서를 부여하는 것에 반발한다. 그들은 리얼리티를 있는 그대로 받아들이고, 보이는 그대로 묘사하려고 노력하며, 절대적인 진리의 존재를 부정한다. 그들에게 있어서 모든 것은 가변적이고 유동적이다. 또한 그들은 모든 문학적 정전Canon과 규범을 부인하며 반형식주의를 표방하고 열린 시를 추구한다. 그리고 그들 역시 비트작가들처럼 도시생활에 비판적이면서도 끝내 도시를 떠나지 않는 '도시의 시인들'이다.

프랭크 오하라는 뉴욕 지성파 시인들의 바로 그러한 특성을 극명하게 보여 주고 있는 좋은 경우가 된다. 우선 오하라에게 있어서 시 쓰기는 마치 도시생활처럼 일상적인 행위가 된다. 따라서

Frank O'Hara 1926-1966

Lunch Poems, 1964

그의 시들은 일상생활의 흐름 속에서 씌어 지며 그 결과는 예측할 수 없이 가변적이고 부단히 움직이는 하나의 '과정'이자 '움직임'이 된다. 그의 일종의 연작시인 「점심 시」 중 하나인 "그들로부터 한 발짝 떨어져서 A Step Away from Them"는 그 좋은 예다.

점심시간이어서 나는 덧칠을 한 택시들 사이를 거닌다.
우선, 벽돌이 떨어질까 봐, 노란 헬멧을 쓴 노동자들이
샌드위치와 콜라를 먹고 있는 길거리를 따라서,
그리곤 여자들의 스커트가 바람에 날리는 거리로,
햇볕은 뜨거웠지만 택시들은 쌩쌩 달린다.
나는 세일하는 시계를 구경한다.
톱밥 속에서는 고양이가 놀고 있다.

타임스 광장에서는 간판이 내 머리 위로 연기를 몰아왔고
그 위에는 분수가 가볍게 뿜어내리고 있다.
문간에서는 이쑤시개를 문 흑인이 권태로운 초조 속에 서있다.
금발의 코러스 걸이 혀를 찬다. 그는 웃으며 턱을 만진다.
갑자기 모든 것들이 경적을 울린다. 지금은 목요일 12시 40분.

이 시에서 발견되는 것은 우선 도시적 특성인 즉시성과 생동감과 충동적인 에너지이다. 따라서 이 시에서 '시간'은 현재 진행 중이고 또 부단히 변해가고 있는 존재로 파악되고 있다. 그런 의미

에서 오하라는, 자아반영적인 시들을 통해 도시적 서정을 '공간화'시킨 모더니스트들과는 달리, 끊임없는 진행을 통해 도시적 서정을 '시간화' 시킨 포스트모더니스트였다.

뉴욕의 현대 미술관의 관장이었던 오하라는 점심시간에 잠시 동료들을 떠나 순간순간 생동하고 변화하는 정오의 도시로 산책을 나선다. 그는 도시의 스피드와 템포로 진행한다. 그리고 그의 눈은 마치 영화 카메라처럼 도시의 풍경을 편견이나 강조나 해석 없이 제시해 준다. 탈신비화 되고 세속적이고 즉흥적인 도시의 거리를 걸어가면서 시인은 구태여 의식적으로 어떤 의미를 찾으려 하지는 않는다. 그는 우리가 어떤 고정된 불변의 의미를 찾을 여유를 주지 않고 빠르게 그리고 끊임없이 움직이고 진행한다. 문명의 비판자이자 파멸의 예언자였던 긴즈버그와는 달리 오하라는 경고의 사제도 분노의 심판자도 아니다. 그는 다만 '그들로부터 한 발짝 떨어져서' 도시를 걷고 있는 투명한 관찰자일 뿐이다.

모더니스트들이나 낭만주의자들은 어떤 고립된 순간에 포착되는 고정된 이미지나 진리의 현현을 믿었다. 그러나 오하라는 모든 시적 대상의 고정화나 영원화를 거부했다. 경험, 관념, 감정 — 이 모든 것들은 그에게 있어서 찰나적인 사건이자 순간적인 풍경일 뿐이다. 그리고 모든 것은 언제나 급속도로 변해가고 있었다. 그리고 그것은 곧 시인이 보는 도시의 삶이었다. 오하라는 그러한 도시생활의 편린들을 서로 연결시키지 않은 채, 있는 그대로 제시하고 있다.

물론 그러한 파편들이 잠시 통합되는 순간은 있다―'갑자기 모든 것들이 경적을 울린다/ 지금은 목요일 12시 40분.' 마치 이상의 「날개」에서의 정오의 사이렌처럼 오하라의 하오의 경적은 중요한 의미를 갖는 것 같지만, 그러나 오하라의 그 멈춤의 순간은 다만 멈춤의 덧없음만을 다시 한 번 독자에게 강조해 주고 있을 뿐이다―왜냐하면 하나의 정점이 되는 정오와는 달리 12시 40분은 곧 12시 41분으로 흘러갈 수밖에 없기 때문이다.

뉴욕이라는 거대한 도시에서 오하라는 순간적인 변화와 역동적인 움직임과 생동하는 에너지를 본다. 그러나 그와 동시에 시인은 도시생활의 단절과 고립과 한계를 느낀다. 그런 의미에서 그가 파악하는 리얼리티이자 그가 선택하는 시적 전략인 도시의 '덧없음' 또는 '찰나성'은 즐거움이자 동시에 괴로움이 된다. 바로 그러한 이유로 해서 오하라는 긴즈버그와는 달리, 성급한 결론도 분노의 질책도 내리지 않는다. 왜냐하면, 오하라가 보는 도시의 딜레마는 너무나 강렬하고 너무나 편재해 있어서, 결국 가능한 것은 그것의 인식과 초월뿐이기 때문이다. 그러므로 오하라는 모순과 상충과 불완전과 다원성을 포용하는 벌거벗고 열린 시를 씀으로써 현대 도시의 리얼리티와 대면했던 뛰어난 도시의 서정 시인이었다. 그것이 바로 프랭크 오하라가 문학의 명장면이 되는 이유이다.

IV
유대계 미국문학

SCENE 39
산업사회의 소외된 지식인들
솔 벨로우

솔 벨로우는 1930년대를 지배하던 좌파문학이 점차 사라져가고, 인간이 사회의 산물이라는 신념이 서서히 약해져 가던 1940년대 중반부터 작품 활동을 시작했다. 당시 미국문화의 중심은 시골에서 도시로 옮겨가기 시작했고, 막 부상하기 시작한 미국의 유대인들 역시 도시로 모여들기 시작했다. 그리고 1940년대와 1950년대에 급속도로 진행되고 있었던 산업화와 도시화는 미국사회에 물질주의와 마키아벨리즘과 소외의식을 확산시키고 있었다.

그러므로 초기 소설에서부터 벨로우는 산업도시 속에서 느끼는 개인의 소외문제에 비상한 관심을 갖고 있었다. 그의 접근법은 물론 사회 경제적인 요인에 근거한 프롤레타리아 소설과는 달리, 다분히 심리적인 것이었다. 왜냐하면 그에게 있어서 외부세계란 알프레드 케이즌의 말처럼, "영혼의 고향이 아닌 영혼의 표피"였기 때문이다. 벨로우는 사회를 기본적으로 개인을 억압하는 존재

Saul Bellow 1915-2005

Seize the Day, 1956

Dangling Man, 1944

로 파악했다. 그 결과 그의 모든 주인공들은 개인의 가치가 급속도로 축소되어 가는 사회현실의 무게로 인해 고통 받는 인간들로 그려져 있다. 산업화는 현대의 도시인들에게 자유를 주었다. 그러나 벨로우의 주인공들은 그러한 의미 없는 자유 대신, 참을 수 없는 소외의 무게로부터 그들을 구해 줄 진정한 의미의 자유를 추구하는 사람들이다. 그래서 마커스 클라인Marcus Klein의 지적대로, 그들에게 있어서는 우선 "외부세계의 무게를 벗어 던지는 것"이 가장 절실한 급선무가 된다.

그러므로 벨로우의 주인공들은 모두 정신적인 구원을 위해 필수적인 자유를 추구하는 것처럼 보인다. 토니 태너Tony Tanner는 벨로우의 문학세계를 이해하는 데 있어서 자유의 모티프가 얼마나 중요한가를 다음과 같이 말하고 있다.

인간은 자유롭게 태어나는가, 아니면 멍에를 메고 태어나는가? 만일 짐을 지고 태어난다면 그는 어떻게 스스로를 자유롭게 할 수 있을 것인가?

그러면 벨로우의 초기 네 작품인 「허공에 매어달린 사나이」, 「피해자」, 「기회를 잡아라」, 「비의 왕 헨더슨」의 분석을 통해 그의 주인공들이 어떻게 자유를 추구하고 또 획득하는지 살펴보기로 한다.

「허공에 매어달린 사나이」

1944년에 발표된 벨로우의 첫 소설 「허공에 매어달린 사나이」는 군 입대를 기다리고 있는 스물 일곱의 젊은이, 조셉의 일기체로 되어 있다. 그의 일기는 1942년부터 1943년까지 계속된다. 조셉은 군 입대 예고통지를 받고 자신이 근무하던 여행사에 사표를 낸다. 그러나 금방 나올 줄 알았던 소집영장이 그가 캐나다 출생이라는 이유로 지연되자, 그는 도서관 사서인 아내의 수입에 의존한 채, 기약 없이 군대에 갈 날만을 기다리며 살게 된다. 그러므로 사회의 일원이 되지도 못하고 군대의 일원도 되지 못한 채, 그는 '허공에 매어달린 사나이'가 된다.

그의 아내 이바는 기다리는 동안 완벽한 자유를 누려 보라고 그에게 권한다. 처음에 그는 아내의 충고대로 읽고 쓰고 생각하며 시간을 보내지만, 곧 그것에 싫증을 느끼게 된다. 그는 집필 중이던 계몽주의시대의 사상가들에 대한 전기도 중단한 채, 마치 도스토옙스키의 '지하생활자'처럼 점점 더 자의식적이 되어가고 점점 더 고립되어 간다. 그는 이렇게 말한다—"나는 하루 열 시간씩이나 내 방에서 혼자 지낸다. 할 일이라고는 아무것도 없이 말이다. 다만 기다림과 매어달림과 의기소침함만을 빼고는." 그는 스스로를 '전쟁의 정신적 부상자'로 생각하게 된다. 사르트르에 의하면, 이제 그는 "자유로 인해 저주받은 자"가 된 것이다.

조셉은 '선한 사람은 어떻게 살아야만 하고, 또 무엇을 해야만 하나?'하는 문제를 늘 생각한다. 그러한 문제에 대한 답을 얻기 위해 그는 자신이 "정신의 집단a colony of the spirit"이라고 부르는 좋은 친구들과의 교제를 시도한다. 그러나 그는 곧 자신이 '정신의 집단'으로 생각했던 사람들에게서도 연약함과 부패함을 발견하고 실망하게 된다. 해리와 미나가 벌인 파티에서 친구인 앱트 모리스가 의도적으로 미나를 최면에 빠뜨리고 모욕하는 것을 보고 그는 친한 친구에게도 실망을 느낀다. 그는 아무리 이상적인 집단이나 이상적인 이데올로기도 문제 해결이 될 수 없으며, 오히려 그러한 것이 인간을 타락시킬 수도 있다는 것을 깨닫게 된다. 그것은 전에 한때 공산주의자였던 조셉에게는 하나의 획기적인 변화이자 커다란 깨달음이다. 그는 또 거리에서 만난 병든 기독교인 여자를 통해 종교도 아무런 구원이 되지 못한다는 것을 깨닫게 된다. 조셉이 삶의 무의미함을 느껴가는 동안, 그와 아내 이바와의 사이도 점점 소원해지게 된다. 그는 창녀 키티에게서 위안을 찾는다.

그러던 어느 날 이바는 그가 키티에게 빌려준 조이스의 소설 「더블린 사람들」의 행방을 찾는다. 그것은 곧 방황의 기간 동안, 또는 의미 없는 자유의 기간 동안 지성을 버리고 기껏 창녀로부터 위안과 즐거움을 찾는 조셉에 대한 신랄한 비판처럼 보인다(특히 「더블린 사람들」의 주제가 마비와 마취로부터 깨어나지 못하고 살고 있는 사람들의 이야기라는 점은 대단히 시사적이다). 그는 조이스의 책을 찾으러 키티의 집으로 간다. 그러나 그는 키티가 다른 남자와 같이 침대에 있는 것을 발견하고 자신의 자리가 타자에 의해 찬탈되었다고 느낀다.

조섭은 자신이 자유라고 생각했던 것이 사실은 방종과 혼란과 혼돈뿐이었다는 것을 깨닫게 된다. 즉, 그는 절대적 자유를 누릴 수 있는 기회가 사실은 또 다른 형태의 속박이었음을 깨닫게 된 것이다. 주어진 자유 속에서 아무런 의미도 문제의 해결도 찾지 못한 조섭은 드디어 병무청에 찾아가서 한때는 자유의 끝이라고 생각했던 군대에 자원입대하게 된다. 군대에서 그는 다른 사람들과 더불어 같은 운명과 공감을 나누는 진정한 의미의 자유—곧 주어진 자유가 아니라 자신이 선택한 자유—를 발견하게 될 것이다.

　조섭이 이와 같이 자유 속에서 실패한 이유는 그 자유가 자신의 의지에 의해 선택된 것이 아니라, 외부의 상황에 의해 주어진 것이기 때문이다. 그러므로 그는 그 가짜 자유를 포기하기로 결정한다. 그는 "이런 자유는 진정한 자유가 아니라, 다만 근본적인 자유일 뿐이야"라고 말한다. 처음에 그는 그 자유를 가지고 자신의 내면의 정체성을 발견할 수 있으리라고 생각한다. 그러나 그는 곧 자신이 형식적으로 자유로울 뿐, 사실은 또 하나의 감옥 속에서 살고 있음을 발견하게 된다. 그러므로 그의 자유는 아이러니컬하게도 그를 '허공에 매어달린 사나이'로 만들었으며, 그로 하여금 더욱 더 사회로부터 소외되도록 만들었다고 볼 수 있다. 조섭은 진정한 자유를 가지려면 우선 자기 자신을 다스릴 수 있어야만 된다는 것을 깨닫는다. 자신을 지배하기 위해 조섭은 자신의 자유로운 의지로 새로운 환경을 선택 한다.

　이 소설의 그러한 방향은 물론 이 작품이 실존주의와 도스토옙스키의 「지하생활자의 수기」의 영향을 받았음을 말해 주고 있다. 그리고 더 나아가, 조셉의 그러한 선택은 그의 정신적인 죽음과 재생을 암시해 주고 있다. 사실 이 작품에는 죽음에 대한 많은 암시들이 있다. 예컨대 조셉은 거리에서 그의 발치에 다가와 죽는 어느 남자를 만나게 되고, 또 그의 모친의 죽음을 회상하기도 한다. 그러나 가장 강렬한 죽음의 모티프는 이 소설이 계속되는 내내 조셉의 아파트 밑에서 죽어가고 있는 노파이다. 키퍼부인이라고 불리는 그 여자가 죽자마자, 조셉은 새로운 상황을 선택한다. 과연 그녀의 장례식 날 조셉은 징집통지서를 받는다. 그렇다면 죽어가는 그녀는 사실 또 다른 의미에서 죽어가고 있었던 조셉의 이미지라고도 볼 수 있을 것이다. 존 제이콥 클레이턴은 다음과 같이 말한다.

그러나 죽음은 이 소설의 마지막 장에서 보듯이, 특별한 의미를 지니고 있다. 죽음을 겁내는 조셉은 인간의 필연성과 인간성을 외면하고 눈을 감았다. 그러나 죽음은 부정적인 것만은 아니다. 우선 형이상학적 죽음은 부분적으로 옛 자아의 죽음—곧 조셉이 인간이 되기 위해서는 죽어야만 하는 이기적 자아의 죽음—을 의미한다. 둘째로 그것은 조셉이 대면해야만 하는 신체적 죽음을 의미한다.

조셉이 선택된 새로운 상황인 군대도 죽음과 상통한다는 의미에서 클레이턴의 위와 같은 지적은 정확하다고 할 수 있을 것이다.

「허공에 매어달린 사나이」에는 또 다른 중요한 이미지가 있는데, 그것은 '단추'이다. '단추'는 자유의 개념과 밀접하게 연결되어 있다. 그것은 우리가 자유롭기 위해서는 풀어야만 하는, 그러나 동시에 인간의 존엄성을 위해서는 채워야만 되는 존재이다. 그것은 어떤 것이 진정한 자유인가를 논할 때 아주 적절한 은유가 된다. 아마도 그러한 이유로 해서 이 소설에는 특히 '단추'에 대한 삽화가 많다. 예컨대 1월 15일자 일기에서 조셉은 양복수선공에게 셔츠에 단추를 달아 달라고 부탁하며 15센트를 준다. 그는 "지난 수 주일 동안 안 떨어지려고 했던 단추의 안정성을 손가락으로 가늠해 보면서 걸어갔다."라고 쓰고 있다. 남자를 부축하자 '단추 한 개가 그의 칼라에서 떨어져'나간다. 1월 31일, 조셉은 세탁소에서 보내 온 그의 셔츠가 단추가 하나도 없는 채 돌아온 것을 발견하다. 그리고 군에 입대하기 전날 밤, 그는 에타와 달리로부터 단추를 선물로 받는다. 이와 같은 것들은 조셉에게 있어서 공허한 자유와 진정한 자유의 의미를 상징해 주는 역할을 하고 있는 것처럼 보인다.

「허공에 매어다린 사나이」의 마지막 장면은 비평가들의 많은 논란의 대상이 되어 왔다. 예컨대 키스 옵달Keith Opdahl은 마지막 장면을 긍정적으로 보고 있다. 그는 다음과 같이 말한다.

조셉의 사회로부터 후퇴는 재진입을 위한 준비이며 그의 자원

입대 역시 긍정적인 결정이라고 할 수 있다. 군대에 입대함으로써 조섭은 역사적 한계를 받아들이게 되고, 다른 인간들의 어려움에 동참하게 되며, 육체적 한계를 받아들이게 되고 결국에는 사회에 합류하게 된다.

그러나 앨런 구트만 같은 비평가는 마지막 장면을 부정적인 것으로 평가한다. 그는 군대에 입대하는 것은 "자유의 추구를 포기하고 억압적이고 제도적인 구조를 받아들이는 것을 의미한다."고 말한다. 그렇다면 이 소설의 마지막을 자세히 살펴볼 필요가 있을 것이다. 조섭은 다음과 같이 말한다.

우리의 위엄과 자유를 책임지는 것은 우리의 인간성이다. 나라고 해서 전쟁으로부터 면제받을 수는 없다. 나는 마치 어렸을 때 모든 질병과 사고의 위험으로부터 살아남아 오늘날 조섭이 되었듯이, 전쟁에서도 살아남는 모험을 해야만 한다.

그래서 자원입대를 하기로 결심한 후, 조섭은 '안도의 한숨'을 쉬며, '그 결정은 전혀 고통스럽지 않았다. 그것은 나를 괴롭히지도 않았고 오히려 감사한 느낌마저 가져다 주었다'라고 말한다. 입대 전날 밤, 그는 자신의 심정을 이렇게 기술하고 있다.

아마도 전쟁은 내게 방 속에서 배우지 못한 것을 폭력을 통해 가르쳐 줄는지도 몰라. 아마도 나는 군대에서 무엇인가를 창조할 수 있을는지도 몰라. 나는 후회하지 않을 거야.

드디어 군대에 입대하는 날, 그는 '아내와 헤어지는 것 외에는 전혀 섭섭하지 않은 채' 떠나간다. 얼핏 보아 그는 스스로 주어진 자유를 거부하고, 오히려 자유가 없는 조직 속으로 떠나는 것처럼 보인다. 그러나 군대와 전쟁은 그에게 있어서 인간의 고통에 동참하는 공동체를 의미하며, 그는 자신의 의지로 그것을 선택한다. 그리고 바로 그 순간, 그는 진정한 자유를 획득한다. 그것이 바로 벨로우가 보는 실존주의적 자유관이다. 즉 벨로우는 개인의 소외 속에서의 이기적 자유보다는 사회와의 화해 속에서의 타애적 자유를 더 중요시하고 있다고 볼 수 있다. 그런 의미에서 마커스 클라인이 「소외 이후」라는 책에서 소외와 화해의 맥락에서 벨로우의 작품들을 해석하고 있는 것은 타당한 것처럼 보인다. 2월 22일자 일기에 조셉은 다음과 같이 쓰고 있다.

결국 추구해 온 것은 언제나 같은 것이었다. 나는 그러한 충동을 이해할 수는 없지만, 그러나 그것의 궁극적 목표는 순수한 자유였다. 우리는 결국 같은 정신에 이끌린다—즉 우리의 목적을 알고 추구하는 것 말이다.

그러므로 군에 입대하는 조셉의 마지막 결정은 패배의 인정이 아니라, 순수한 자유의 추구라고 할 수 있다. 그는 인간이 무엇이며 무엇을 위해 존재하는가에 대한 답을 찾기 위해 진정한 자유를 필요로 한다. 진정한 자유를 추구하는 과정에서 그는 다시 태어난다. 그런 의미에서 이 소설이 만물이 소생하는 4월에 끝나고 있다는 사실은 대단히 상징적이다.

드디어 조셉은 "선이란 진공상태에서가 아니라, 다른 사람들과의 유대에서 생긴다는 것"을 깨닫고, 동료들과 생사를 같이 하기 위해 전쟁으로 떠난다. 그는 진정한 자유를 위해 개인의 자유를 포기한 것이다. 그리고 바로 그 순간 그는 그를 허공에 매단 소외와 유보의 밧줄로부터 자유로워진 것이다.

「피해자」

벨로우의 두번째 소설인 「피해자」는 1947년에 출판되었다. 「피해자」는 중년의 유대인이자 뉴욕의 조그만 무역잡지 편집인인 에이사 레븐솔의 이야기이다. 아내 메어리가 친정에 가고 혼자 살고 있던 어느 날, 그에게 커비 올비라는 사람이 찾아온다. 올비는 자기가 레븐솔 때문에 직장을 잃었고, 그 결과로 아내도 잃고 파멸했다고 말한다. 유대인인 레븐솔은 처음에는 올비가 유대인을 싫어하는 미친 사람이라고 생각한다. 그러나 점점 더 시간이 갈수록 그는 올비의 현 상황에 대해 다소간의 죄의식과 책임감을 느끼게 된다.

한편, 집세를 낼 돈이 없는 올비는 레븐솔의 아파트까지 몰래 들어와 더럽혀 놓고, 창녀까지 끌어들이고 심지어는 레븐솔의 부엌에서 가스를 틀어 놓고 자살까지 시도한다. 하마터면 자신까지도 죽을 뻔 했다는 것을 알게 된 레븐솔은 드디어 올비를 밖으로 내쫓는다. 수년 후, 그들은 다시 극장에서 만나게 된다. 곧 그들은 서로가 많이 변해 있음을 발견한다. 그들은 다시 헤어진다. 올비는 여자친구인 이본느에게, 그리고 레븐솔은 아내 메어리에게 돌아가면서 이 소설은 끝이 난다.

이 소설의 스토리는 이렇게 간단하다. 그러나 그 간단한 이야기 속에 벨로우는 복합적인 메시지를 깔아 놓고 있다. 우선 이 소설은 두 개의 에피그라프를 갖고 있다. 첫 번째 것은 「아라비안 나이트」에 나오는 이야기로서, 상인이 무심코 대추씨를 던진 것이 마신의 아들의 눈을 멀게 하는 에피소드이고, 두 번째 것은 바다가 사람의 얼굴로 변하는 것을 묘사한 드 퀸시의 한 구절이다. 첫 번째 것은 '인간의 책임의 한계'를 다루고 있다. 예컨대 인간은 자신이 의도하지 않은 것까지에 대해서도 책임을 져야만 하는가, 하는 문제가 첫 번째 에피그라프의 의미이다. 두 번째 것은 개인과 다수와의 관계에 대한 성찰이다. 즉, 개인은 혼자 존재할 수 있는가, 아니면 집단의 한 구성원으로서만 존재하는가, 하는 문제가 두 번째 에피그라프의 의미이다.

조셉처럼 레븐솔 역시 외부세계로부터 고립되어 살고 있는 친구 없는 우울한 사람이다. 그는 자신이 유대인이기 때문에 사람들이 자기를 싫어한다는 강박관념을 갖고 있으며, 따라서 스스로를 피해자라고 생각한다. 그런 그에게 어느 날 갑자기 올비가 마치 아리비안 나이트의 마신처럼 나타나 자신도 모르는 일에 대해 책임을 추궁한다. 올비는 레븐솔이 취직 면접시험에서 의도적으로 자신의 상관을 모욕해 자신이 해고되었으며, 그 결과 아내마저 떠나가 죽게 되어 파멸하게 되었다고 항의한다.

처음에는 적극 자신의 책임을 부인하고 자신을 광기와 편견의 피해자로만 생각하던 레븐솔은 점차 올비도 가해자가 아닌 자신과 같은 피해자라는 것을 깨닫게 된다. 그리고 그것을 깨닫는 순간, 레븐솔은 올비에게서 자신의 모습을 본다. 사실 이 소설에서 두 사람이 서로의 다른 자아를 반영하고 있다는 것에 대한 암시를 찾는 것은 그리 어렵지 않다. 예컨대 기억력이 나쁜 레븐솔은 이상하게도 올비를 처음 보는 순간 그의 이름을 기억해 낸다. 또한 동물원에서 레븐솔은 올비와 자신을 동일시한다.

레븐솔은 누군가가 자신을 바라보고 있다는 것을 느끼고 수동적으로 그것을 견디고 있었다. 필립과 이야기하는 동안에도 내내 그는 올비가 자기를 바라보고 있다는 것을 의식하고 있었다. 그는 마치 이상한 능력을 가진 눈을 가진 것처럼 올비의 옆얼굴, 목의 맥박, 피부의 결, 그의 신체, 그리고 흰 구두를 신은 그의 발까지도 볼 수 있었다. 그러다가 그는 자신이 관찰자가 되어 올비의 옆에 바짝 붙어 그의 세부적인 모습까지도 볼 수 있게 되었다. 그는 올비의 코트의 주름, 귀 근처 핏줄의 색깔까지도 볼 수 있었고 심지어는, 그의 머리칼과 피부의 냄새까지도 맡을 수 있었다. 그 정확함과 밀접함이 그를 놀라게 했고, 억눌렀으며, 취하게 했다.

나중에 올비가 그의 머리칼을 만지자, 레븐솔은 움직이지도 못한 채 그것을 받아들이며 자신과 올비의 사이의 어떤 친밀감을 느낀다. 다음 구절은 두 사람이 서로를 비추는 각기 다른 자아라는 것을 잘 나타내 주고 있다. 올비는 몸을 굽혀 레븐솔의 머리칼에 손을 얹어 놓았다. 잠시 두 사람은 서로를 바라보았으며, 레븐솔은 이상하게도 그에게 애정을 느꼈다. 그것은 그에게 혐오감을 주었다. 그는 어찌해야 좋을지 몰랐다. 그렇지만 그는 그러한 감정을 환영했다.

「허공에 매어달린 사나이」에서는 바나커가 조셉의 부정적 자아를 상징하고 있다고 볼 수 있다. 즉 바나커는 계속해서 소외와 고립의 삶을 사는 조셉의 미래의 모습이다. 바나커가 이바의 향수와 조셉의 양말을 훔치는 것도 그와 조셉의 동일성을 시사해 주고 있다. 「피해자」의 올비 역시 바나커처럼 실패했을 때의 레븐솔의 모습을 보여 주고 있다. 그는 레븐솔의 정신적 실패의 모습을 보여 주고 떠난다. 그와 레븐솔의 동일성은 그가 열쇠를 발견해 레븐솔의 아파트를 무상출입하는 데에서 더욱 극명하게 드러난다. 올비는 심지어 레븐솔의 침대에서 여자와 잠을 자기도 하고, 부엌에서는 자살도 시도한다. 그리고 그의 옷을 입고 그의 밥을 먹으며 그의 편지들을 읽어 본다.

「피해자」에서 중요한 또 한 가지 모티프는 '죽음'이다. 과연 이 소설의 시작부터 레븐솔은 죽음에 이르는 질병에 관련된다. 예컨대 「피해자」는 레븐솔이 처제로부터 자기의 아들이 아프니 빨리 와 달라는 전화를 받으며 시작된다. 결국 그 아이는 병원에서 죽는다. 지하철에서 레븐솔은 교통사고로 다친 사람이 피를 흘리며 죽어가는 모습을 본다. 그리고 올비의 아내 역시 교통사고로 죽는다. 거기에다가 올비의 자살소동이 있었고 그 와중에서 레븐솔 역시 죽을 뻔한다. 이와 같은 모티프를 통해 벨로우는 죽음을 대면하고 받아들여야 하는 것으로 제시하고 있다.

죽음의 모티프와 더불어 「피해자」에서도 역시 '단추'의 모티프가 나타난다. 예컨대 처제 엘레나로부터 아이가 더 아프다는 두번째 전화를 받고 스테이튼 아일랜드로 가면서 레븐솔은 '단추를 꼭 채운 주름진 자켓'의 호주머니에 손을 넣는다. 또 필립을 뉴욕으로 데리고 갈 때에도 그의 옷은 비뚤어지게 단추가 채워져 있고, 맥스와 대합실에서 작별하고 아파트로 돌아올 때에도 레븐솔은 '단추를 채우며' 칼라를 올린다. 이와 같은 단추의 이미저리는 아마도 외부세계와 단절하고 폐쇄된 자신만의 내면세계 속에서 칩거하려는 레븐솔의 성향을 나타내 주고 있는 것처럼 보인다.

「피해자」에서 중요한 또 한 가지 모티프는 '공원'이다. 올비는 레븐솔을 공원으로 불러 내고 레븐솔은 올비를 '공원'에서 만난다. 레븐솔은 또 처제의 아들 미키가 죽은 후에도 공원으로 간다. 공원은 아마도 삭막한 도시에 남아있는 유일한 자연의 공간 또는 녹지를 상징하는 것처럼 보인다. 왜냐하면 올비는 결국 레븐솔에게 소외된 도시의 생활—타인에게 무심하고 자기만의 방에서 칩거하는—에서 벗어나 타인과 사회에 책임을 느끼는 새로운 삶의 존재를 알려 주기 때문이다.

올비는 레븐솔을 계속 협박하면서도 한 번도 구체적인 요구를 하지는 않는다. 그는 레븐솔이 아내와 떨어져 혼자 있는 동안 나타난다. 올비의 존재는 레븐솔에게 그 자신과 타인들과의 관계를 성찰할 수 있는 기회를 준다. 그는 올비가 가지고 온 더러움과 무질서와 혼란도 타인과 공유하는 삶의 일부로 받아들여야 한다는 것을 배우게 된다. 올비와의 만남을 통해 그는 그동안 의식적으로 또는 무의식적으로 피해 왔던 악과 공포와도 대면하게 된다.

그는 이제 비로소 책임감을 갖게 되고 타인과 더불어 사는 것을 배우게 된다. 레븐솔은 새롭게 태어난다. 그는 드디어 소외를 끝내고 사회와 화해를 하게 된다. 그는 다시 아내를 부르고 아내는 곧 임신하게 된다. 아내의 임신은 그에게 새로운 가능성과 새로운 삶을 의미한다. 레븐솔 역시 조셉처럼 타자와의 공감을 통해 진정한 자유를 얻게 된다. 수년 후, 레븐솔은 올비를 극장에서 만난다. 둘 다 변한 그들은 이제 서로를 이해하고 각자 인생이라는 연극의 관람석으로 되돌아간다.

「기회를 잡아라」

1956년에 나온 소설 「기회를 잡아라」는 많은 비평가들로부터 벨로우의 대표작이라는 좋은 평을 받았다. 이 소설의 주인공은 한 순간의 결정 미숙으로 피해자가 된 44세의 전직 배우 겸 판매원인 토미 윌헬름이다.

> 그는 할리우드로 가는 것이 잘못이라고 생각했지만, 결국에는 그곳으로 갔다. 그는 현재의 아내와 결혼하지 않기로 결심했지만, 결국 둘이 달아나 결혼하고 말았다. 그는 또 탐킨과 더불어 돈을 투자하지 않기로 결심했지만, 결국 그에게 수표를 주고 말았다.

윌헬름은 위의 인용에서 보는 것처럼 우유부단한 인물이다. 그는 할리우드로 가서 배우가 되기 위해 펜실베이니아 주립 대학을 그만두지만 실패한다. 겨우 단역배우로 몇 년을 허비한 후, 그는 다시 동부로 돌아가 판매원이 된다. 그러나 자기 대신 다른 사람이 승진하게 되자 그는 그 직장도 그만둔다. 그는 또 뚜렷한 이유도 없이 다만 그렇게 해야 된다는 강박관념에서 결혼생활을 그만둔다. 그 결과로 그는 아내와 두 아이에게 계속해서 생활비를 보내야만 했다.

이제 그는 자기 부친인 내과의사 애들러 박사와 함께 글로리아나 호텔에서 살게 된다. 그의 인생이 자신이 묵고 있는 호텔 이름과는 달리 전혀 '영광스럽지' 못한 것은 물론이다. 윌헬름은 부친의 도움을 바라지만, 애들러 박사는 냉정하게 그의 요청을 거절한다. 그래서 그는 그에게 경제적, 정신적 도움을 주겠다고 유혹하는 사기꾼 탐킨 박사에게 끌리게 된다. 윌헬름은 주식에 투자하라는 유혹에 따라 탐킨 박사에게 자신의 전 재산인 700달러를 건네주지만, 탐킨 박사는 그 돈을 다 잃고 어디론가 사라진다. 절망한 윌헬름은 도망치는 탐킨 박사를 잡으려고 거리로 뛰어 나가지만, 몰려드는 인파에 밀려 자기도 모르는 사이에 어느 유대인의 장례식장으로 들어가게 된다. 사람들에게 밀려 그는 죽은 사람의 관 앞으로 가게 되고, 그 앞에서 갑자기 그는 울기 시작한다. 처음에는 조용히, 그러나 곧 큰 소리로 그는 자신과 죽은 자와 온 인류를 위해 운다.

윌헬름도 한때는 용기 있고 야망 있는 사람이었다. 그러나 현재 그는 완벽한 실패자일 뿐이다. 그는 직장에서도, 결혼생활에서도 실패한, '단 한 번도 성공한 적이 없는' 사람이다. 어떤 의미에서 그는 물질주의적이고 마키아벨리적인 산업사회의 희생자이다. 이 소설 속에서 그의 모습은 내내 물질주의적 사회 속에서 억압받는 피해자로 그려져 있다. 그는 "사람들이란 얼마나 돈을 사랑하는지! 거룩한 돈! 아름다운 돈!"이라고 불평한다. 그는 물론 이 물질주의적 세계가 삶의 최후의 목적은 아니라고 생각하고, 그러한 속박으로부터 벗어나려고 한다. 그럼에도 불구하고 그의 좌절은 계속된다.

내게 자유스러운 것에 대해 말하지 말라. 부자는 수입이 많아 자유스러울 수 있을 것이다. 가난한 사람은 아무도 관심을 가져

주지 않아서 자유스러울 수도 있을 것이다. 그러나 나 같은 사람은 죽을 때까지 그것 때문에 애를 먹는다.

외면적으로는 윌헬름도 조셉이나 레븐솔처럼 자유롭게 살고 있다. 그러나 그의 자유 역시 벨로우가 주창하는 진정한 자유는 아니다. 예컨대 그는 결혼의 속박에서 자유스러운 것 같지만, 그는 그 공허한 자유의 대가로 매달 돈을 지불해야만 한다. 그렇다면 그것은 결국 또 하나의 속박 일뿐이다. 그래서 그는 탐킨에게 "우린 언제 자유스러워지나요?" 하고 묻는다.

윌헬름은 우선 이름을 바꿈으로써 자유를 얻으려고 노력한다. 조부가 지어준 이름인 벨벨이라는 이름을 바꿈으로써 그는 자신의 유대성을 거부하고, 부친이 지어준 윌헬름 애들러라는 이름을 거부함으로써 그는 사랑이 없는 물질주의를 거부한다(그와 그의 부친의 관계는 이미 물질주의적인 것으로 축소되어 있다). 그래서 그는 토미 윌헬름이라는 새로운 이름을 갖게 된다. 토니 태너는 이렇게 말한다.

벨로우의 다른 주인공들처럼 토미 역시 억압과 결정론적인 것들로부터 자유스러워지기를 원한다. 이름을 바꾸고 영화배우가 되고자 했던 것도 사실은 '자유를 위한 기구'라고 볼 수 있다.

그러나 배우가 되려고 했던 것은 윌헬름의 실수였다. 왜냐하면 앨런 구트만의 지적대로 "윌헬름은 자신의 목표를 너무 높은 곳에 두었기" 때문이다. 여기에서 높다는 것은 아마도 현실과 괴리되어 있다는 것을 의미할 것이다. 윌헬름의 또 다른 실수는 탐킨에게 의지해 주식투자를 하려고 했다는 점이다. 탐킨의 충고는 다만 윌헬름으로 하여금 갑작스러운 성공과 기회만을 추구하도록 해준다. 탐킨은 다음과 같이 충고한다.

과거는 아무런 쓸모가 없어. 미래는 다만 근심뿐이야. 현재만이 진짜지 ― 바로 지금 여기 말야. 기회를 잡아라.

탐킨은 이 세상에는 '가짜 영혼'과 '진짜 영혼'이 있다고 말한다. 사실은 탐킨이 가짜 영혼이고 윌헬름은 그 사이에서 방황하고 있다고 볼 수 있다.

「기회를 잡아라」를 심리분석적으로 연구하면서 대니얼 와이스는 이 소설의 중심 모티프는 '아버지와 아들'이라고 말한다. 과연 이 소설의 첫 세 장은 윌헬름과 부친 애들러 박사와의 관계를 고찰하고 있으며, 두 번째 세 장은 윌헬름과 그의 아버지를 대신하고 있는 탐킨 박사와의 관계를 묘사하고 있다. 그런 의미에서 이 두 아버지가 각기 육체적, 정신적 질병을 치료하는 의사라는 점은 대단히 시사적이다(탐킨은 자신이 정신과 의사라고 주장한다). 윌헬름은 결국 이 두 아버지 모두에게 실망한다. 미국문학에 있어서 아버지와 아들간의 불화는 물론 전혀 낯선 것이 아니다. 그러나 벨로우는 「기회를 잡아라」에서 아버지와 아들 사이의 사랑 문제를 곧 인간과 인간 사이의 보다 큰 사랑으로 확대시키고 있다. 윌헬름은 애들러 박사와 탐킨 박사, 그리고 자기 아내로부터 사랑을 기대하지만 얻지 못하고 실패한다.

벨로우의 주 관심이 '자유의 추구'이기 때문에 「기회를 잡아라」에서도 역시 '단추'의 이미저리는 나타난다. 예컨대 갖고 있던 돈 모두를 탐킨에게 주어버린 후, 윌헬름은 자기 셔츠의 작은 '단추가 부서져 있는 것을 발견'한다. 그리고 나중에 탐킨은 윌헬름에게 "바로 여기에서 나는 단추를 본다. 바로 여기에서 나는 단추를 꿰는 실을 본다"라고 말함으로써 단추가 어떤 의미를 지니는지에 대해 언급하고 있다.

「기회를 잡아라」에서 중요한 또 한 가지의 이미저리는 '물'이다. 사실 이 소설은 물로 시작해 물로 끝나고 있다. 예컨대 소설의 첫 부분에서 윌헬름은 호텔 엘리베이터를 내려가면서 도시가 온통 바다 밑에 가라앉아 있다고 느낀다. 그리고 사실 엘리베이터를 타고 내려가는 것 역시 물속으로 빠져 들어가는 것을 상징하고 있다고 볼 수 있다. 이 소설의 마지막에 윌헬름은 장례식에 들어가면서 마치 바다 속으로 들어가는 것 같은 느낌을 갖는다. 그리고 그의 눈물 역시 바닷물처럼 흘러내린다. 이와 같은 것은 윌헬름의 상징적인 익사를 의미한다고 볼 수 있다. 그리고 그의 상징적 익사는 그의 실패와 승리를 동시에 의미한다고 볼 수 있다. 왜냐하면 그의 익사는 그의 증오와 좌절을 끝내는 상징적 자살과 그의 재생과 정화를 동시에 의미하고 있기 때문이다. 그리고 윌헬름의 상징적 죽음과 재생은 그가 남의 장례식에 밀려들어가서 울게 되는 날이 바로 다름 아닌 유대의 대 속죄일인 '욤 키퍼'라는 점에서 보다 더 명확해진다.

이 소설의 마지막 장례식 장면에서, 윌헬름은 고통 그자체가 이미 하나의 성취라는 것(왜냐하면 고통은 이해와 공감과 동정을 수반하기에), 그래서 비록 모르는 사람들이지만 우리는 타인의 고통에 동참해야만 된다는 것을 깨닫는다. 그는 이제 자신의 실수까지도 긍정적으로 받아들일 수 있게 된다. 그러므로 장례식장에서 윌헬름은 자신의 실수와 자신처럼 고통 가운데 죽어가야만 하는 인간들을 위해 운다. 길버트 포터의 지적처럼, 윌헬름의 눈물은 "개인적 차원을 초월했기 때문에 기쁨의 눈물"이 된다. 새러 코헨 역시 윌헬름은 이제 이상과 현실 모두를 포용할 수 있게 되었으며, 자기 자신이나 인간성을 더 이상 부정하지 않게 되었다고 말하고 있다. 윌헬름은 리얼리티를 회피하지 않고 대면하고 포용하고 초월하고 긍정함으로써 진정한 자유를 얻게 된다. 그러므로 장례식에서 그는 울면서 끊임없이 고개를 끄덕거린다. 그것은 곧 새로운 자유를 얻게 된 그의 긍정과 이해의 표시일 것이다.

「비의 왕 헨더슨」

벨로우의 다섯 번째 소설인 「비의 왕 헨더슨」은 문명세계가 아닌 아프리카의 자연 속에서 구원을 추구하는 어느 실망한 이상주의자의 정신적 탐색을 그리고 있는 소설이다. 이 소설의 첫 세 장은 그를 아프리카로 몰아낸 심리상태와 아프리카에서의 생활이 묘사되고 있다. 미국의 도시생활에 적응하지 못하는 중년의 백만장자 유진 헨더슨은 모든 것을 다 버리고 자유와 구원과 리얼리티를 떠나 어느 날 아프리카로 간다. 아프리카에서 그는 두 부족과 만나게 된다. 첫 번째 만나는 부족인 아네위 족은 친절하고 온순하지만 가뭄에 시달리고 있다. 핸더슨은 그 부족의 추장인 이텔로에게 가축이 마실 물을 오염시키고 있는 개구리들을 쫓아 주겠노라고 큰소리친다. 그는 수제 폭탄을 던져 개구리들을 죽이는 데에는 성공하지만, 댐까지도 파괴함으로써 물을 고갈시키고 만다. 이것은 테크놀로지를 이용해 다른 나라를 도우려다가 늘 실수하는 미국인들의 전형적인 모습을 잘 보여 주고 있다.

수치심 때문에 핸더슨은 그곳을 떠난 이웃 부락인 와리리 족에게로 간다. 와리리 족은 사납고 적대적이지만, 그들도 역시 가뭄에 시달리고 있다. 처음에 핸더슨은 환영받지 못한다. 그러나 기우제에서 그들의 우상인 '머마'를 들어 올림으로써 핸더슨은 '비의 왕 성고'라는 칭호를 받고 그들의 존경을 얻게 된다. 핸더슨과 그들의 추장 '다푸'는 곧 친구가 된다. 다푸의 충고에 따라 핸더슨은 길들인 사자를 만나 그를 통해 인간의 한계를 받아들이고 공포심을 극복하는 법을 배우게 된다. 그러나 다푸는 다른 사자에게 거세당한 후 죽임을 당하고, 그 결과 핸더슨이 추장이 된다. 이윽고 핸더슨은 그곳을 떠나 다푸의 정신이 담겨 있다고 믿어지는 새끼 사자를 데리고 다시 문명세계로 돌아온다. 자기내면 속으로의 극적인 여행을 통해 인생의 궁극적인 목표를 깨달은 핸더슨은 이제 사람들을 치료하기 위해 의과대학에 입학한다.

6피트 4인치의 키와 230파운드의 체중, 그리고 의심스러워하는 눈과 커다란 코를 가진 거한 핸더슨은 인간의 욕망을 상징하고 있는 것처럼 보인다. 도널드 마르코스는 핸더슨이 "크고, 안절부절못하고, 부자이고, 혼란스럽고, 죽음을 두려워하고, 그리고 무엇보다도 구원을 찾고 있다는 점에서 오늘날 미국의 모습을 상징하고 있다"고 말한다. 과연 미국처럼 핸더슨은 아네위 족의 부락에서는 과학적 기술을 과시하고, 와리리 족의 부락에서는 신체적인 힘을 과시한다. 그러나 그는 결국 실패한다.

핸더슨에게 있어서 아프리카는 그 자신의 은유이며, 따라서 그의 여행은 강력한 상상력에 의한 자신의 정신 속으로의 여행이라고 말할 수 있다. 과연 핸더슨은 "사람은 누구나 자신의 아프리카나 자신만의 바다를 갖고 있다."라고 말한다. 그렇다면 그가 아프리카로의 모험 속에서 만나는 두 부족은 인간본능의 두 측면―곧 사랑과 공포―이라고 말할 수도 있을 것이다. 벨로우는 이 두 가지 상충하는 인간성이 서로 부딪치기보다는 서로 화해해야만 된다고 말하고 있는 것처럼 보인다. 과연 다푸 추장은 핸더슨에게 아네위와 와리리는 원래 한 부족이었다고 말해준다. 와리리의 부락에서 사자와 대면함으로써 핸더슨은 자신의 자아를 깨뜨리고 리얼리티와 대면하는 법을 배우게 된다. 왜냐하면 리얼리티는 언제나 아름다움과 두려움으로 이루어져 있기 때문이다. 그래서 다푸 추장은 핸더슨에게 "실험해 보게. 그러면 사자(리얼리티)가 피할 수 없는 존재라는 것을 깨닫게 될 걸세. 그게 바로 자네에게 필요한 것이야. 자네는 그동안 회피자였으니까."라고 말한다. 이제 핸더슨은 더 이상 회피하지 않고 현실과 대면하는 법을 배우게 된 것이다.

리얼리티와 공포를 대면하기 위해서 핸더슨은 용기뿐만 아니라 사랑과 상상력도 필요함을 느낀다. 다푸 추장은 완벽한 자연인을 상징하고 있다. 그는 모든 도시의 오염과 좌절로부터 자유스러운 인간이다. 그러나 핸더슨은 거기에서 만족하지 않고 자연과 더불어 인간적인 이해와 공감까지도 추구한다. 그러므로 다푸는 핸더슨을 구원할 수 있는 요소는 되지 못한다. 그러므로 다푸는 사자에게 죽게 되고 그 순간 핸더슨은 정신적인 죽음과 재생을 경험하게 된다―"내가 그의 상처를 지혈시키려고 하자, 그의 피가 내 온몸을 덮었고 금방 말라 붙었다." 죽음과 재생의 모티프는 그 외에도 이 소설의 도처에서 발견된다. 예컨대 핸더슨이 나무로 된 우상을 들어올리자, 와리리 족들은 그의 옷을 벗기고 진흙을 바른다. 나체와 진흙이 고대의식에서 풍요와 재생의 의미를 갖고 있다는 것은 이미 잘 알려진 사실이다. 그러한 의식을 통해 핸더슨은 상징적인 죽음과 재생을 경험하고, 돼지에서 사자로 다시 태어나게 된다.

아프리카로의 여행을 통해, 핸더슨은 내적 및 외적 리얼리티와 대면하는 용기를 갖게 된다. 그리고 아네위 족의 왕비인 윌라테일로부터 슬픔 가운데에서도 기쁘게 사는 법을, 그리고 와리리 족의 왕인 다푸로부터는 위험과 공포 가운데에서도 조용히 사는 법을 배우게 된다. 벨로우는 한 인터뷰에서 핸더슨이 아프리카에서 찾았던 것은 "구원받는 죽음"이라고 말한 적이 있다.

핸더슨이 진정으로 찾았던 것은 죽음에 대한 근심을 치유할 수 있는 것이었습니다. 그가 견딜 수 없었던 것은 사실 바로 그 근심이었으니까요. 우리가 당연하게 받아들이고 있는 그 불확실한 근심에 대해 그는 바보처럼 저항했습니다. 만일 우리가 끝없는 의심을 품고 있다면 인생은 견딜 수 없으리라는 것을 저는 말하고 싶었습니다.

그러므로 핸더슨은 정신적인 여행을 통해 죽음에 대한 근심에서 벗어나 비로소 진정한 자유를 찾았다고 볼 수 있다. 그러므로 일요일 아침, 눈으로 뒤덮인 '뉴펀들랜드'에서 핸더슨이 고아와 사자새끼를 데리고 자유롭게 비행기 주위를 달려가는 장면으로 이 소설은 끝이 난다.

지금까지 살펴본 대로, 자유를 찾는 탐색여행을 통해 벨로우의 주인공들은 자신의 내적 세계와 자신을 억압하는 힘의 정체를 파악하게 된다. 오랜 탐색 끝에, 그들은 모두 동료인간들에 대한 사랑, 리얼리티와의 대면, 책임의식의 인정, 일상생활의 긍정, 그리고 선악의 포용을 통해 진정한 자유를 획득하고 자신들의 문제에 대한 궁극적 답을 얻게 된다.

사실 벨로우는 절망으로부터 긍정으로, 그리고 소외로부터 화해로 움직여 나가는 작가라고 할 수 있다. 물론 그는 그와 같은 긍정이 쉽게 얻어지지 않는다는 사실을 잘 알고 있지만, 그래도 그 가능성만큼은 믿고 있다. 인간의 커뮤니케이션조차 불가능해진 현대사회에서 벨로우의 소설들이 공동체 속에서 살고 있는 현대인들의 책임문제와 사회 속에서의 진정한 자유의 문제를 다루고 있는 이유도 사실은 가능성에 대한 바로 그러한 희망과 신념 때문이라고 할 수 있을 것이다.

노벨문학상 수상자인 솔 벨로우는 반 모더니즘과 반 마르크스주의 문학을 대표하는 소설가였고, 경제공황시대 이후에 등장한 산업사회 시대에 소외되어 가는 힘없고 외로운 주인공들을 등장시켜 당대의 문제점을 날카롭게 비판한 작가였다. 그리고 그것이 그의 등장을 문학의 명장면으로 만들어주었다.

SCENE 40
포스트모던 소설의 등장
존 바스

    존 바스는 1956년에 첫 번째 작품 「선상 악극단」이 '내셔널 북 어워드' 수상 후보작으로 추천되면서 문단에 데뷔한 이래 전후 미국문단의 가장 영향력 있는 포스트모던 작가 중의 한 사람으로 부상했다. 특히 1967년에 그가 〈애틀랜틱 먼슬리〉지(8월호)에 발표했었던 글 「고갈의 문학」은 전통적 소설의 고갈과 새로운 소설의 도래를 천명한 한 기념비적인 선언문이 되었으며, 또 1980년 같은 잡지 1월호에 발표한 「소생의 문학」 역시 포스트모더니즘 소설의 개념 및 지표를 정립해 준 글로써, 미국문학의 방향 설정에 큰 도움을 준 에세이로 평가되고 있다. 그의 이 두 영향력 있는 에세이와 특이하고도 탁월한 여덟 권의 소설들은 소위 '바스학파The Barth School'라는 용어를 만들어 내게 되었으며, 많은 작가들이 그의 견해에 동조하여 비슷한 양식의 소설들을 쓰게 되었다.

    단편 「밤바다 여행」은 바스가 1968년에 발표하여 극찬을 받았

John Barth 1930-

Lost in the Funhouse, 1968

Chimera, 1972

던 「미로에서 길을 잃고」에 수록된 열네 편의 단편들 중, 맨 처음 수록된 이야기로서, '어떻게 소설을 쓰는가에 대해 쓰는 소설'인 소위 메타픽션metafiction에 속하는 작품이다. 대개의 메타픽션이 그렇듯이 이 작품도 대단히 자아반영적self-reflexive이며, 예술과 인생에 대한 저자 자신의 끊임없는 고뇌와 내적 성찰을 잘 보여 주고 있다. 이 단편을 처음 읽는 독자는, 그 속에 무슨 특별한 스토리나 액션이 없기 때문에 다소간 당황할는지도 모른다. 그러나 이러한 픽션이 씌어지게 된 배경과 상황을 알고 읽으면 사실은 이것이 대단히 절실하고 또 재미있는 작품이라는 것을 알게 된다.

이 작품의 내레이터(또는 주인공)는 이제 갓 아버지를 떠나 새로운 생명체를 탄생시키고자 난자를 찾아 헤엄쳐가는 정자ᵃ spermatozoon이다. 그리고 이 작품의 내용은, 새로운 생명을 생성시킬 수 있는 잠재력 외에는 아무것도 갖고 있지 못한─즉 자신이 난자와 만나 결합할 수 있으리라는 확신도, 또 난자가 실제 존재하리라는 확신도 갖지 못한─어느 정자가 의지할 곳 없는 고아로서의 회의와 고뇌 속에서, 익사하지 않고 살아남기 위한 필사적인 사투를 벌이며 계속 헤엄쳐 나가는 '밤마다 여행'을 묘사하고 있다. 이것은 전통적인 낡은 소설 형태를 거부하고 난 다음, 아직 새로운 소설형태를 찾지 못하고 회의와 고뇌를 계속하고 있는 그러나 끝내 희망을 포기하지 않고 있는 현대 미국소설가들의 모습을 정자의 상황에 비유해 탁월한 솜씨로 소설화시킨 것이다.

현대판 '젊은 예술가의 초상'이라고도 할 수 있는 「미로에서 길을 잃고」로 대표적인 소설가로서의 확고한 위치를 차지한 바스는 그 다음 작품인 「카이메라」로 드디어 '내셔널 북 어워드'를 수상했다. 바스의 초기작인 「선상 악극단」과 「길의 종말」은 실존주의와 부조리문학의 영향을 받아 쓴 비교적 전통적인 주제와 기법의 작품들이다. 그러나 다음 작품인 「연초 도매상」과 「염소소년 자일스」부터 바스는 포스트모더니스트 특유의 역사관과 신화관을 보여 주기 시작했다.

「연초 도매상」은 17세기 말과 18세기 초에 실존했던 영국인 에베네저 쿠크의 미국행과 미국 내에서의 여행을 소재로 삼아 공식적인 미국의 역사를 신랄하게 패러디한 방대한 소설이다. '미국이란 과연 무엇인가?'하는 미국문학 특유의 주제를 추적하면서 「연초 도매상」은 포스트모더니즘 소설 특유의 전략인 '과거로의 여행'을 통해 과연 원래 무엇이 잘못되어 현재의 문제가 발생하게 되었는가를 탐색하고 있다. 이 소설의 극적인 효과를 위해 바스는 18세기 소설의 양식을 빌어 18세기의 영어로 「연초 도매상」을 쓰고 있다. 부친의 토지를 상속하고 매릴랜드의 계관시인이 되기 위해 신대륙으로 건너갔던 에베네저는 결국 환멸과 실망 가운데에서, 원래 계획했던 서사시 "메릴랜드의 노래"를 쓰지 못하고 다만 「연초 도매상」이라는 소설만을 쓰게 된다.

다음 소설인 「염소소년 자일스」에서 바스는 역사와 더불어 신화까지도 패러디함으로써 정전의 탈신비화를 추구하는 포스트모더니즘 소설의 한 전형적인 예를 보여 주고 있다. 이 소설의 주인공 자일스는 염소들과 더불어 크면서 자신을 염소로만 알고 있다가, 어느 날 자신이 인간임을 깨닫고 자신의 출생의 근원을 향해 '과거로의 여행'을 떠난다. 그것은 물론 자신의 현재문제의 근원을 찾아 역사와 신화 속의 세계로 탐색의 여행을 떠나는 것을 의미한다. 그는 마치 에디퍼스처럼 자신의 근원을 찾아 시간을 거슬러 올라가는데, 결국에는 자신을 탄생시킨 모체가 거대한 컴퓨터라는 것을 알게 된다. 드디어 컴퓨터의 한가운데에서 그는 자신의 본질과 삶의 진리를 깨닫게 된다. 포스트모더니즘 소설의 결말에서 해피엔딩은 없다. 거기에는 다만 열린 결말만이 있을 뿐이다.

과거로의 여행은 그의 다음 작품들인 「미로에서 길을 잃고」와 「카이메라」에서도 계속된다. 「카리메라」에 수록된 「듀나자드 이야기」에서 바스는 고갈된 작가의 상상력을 회복하기 위해 지니가 되어 「아라비안 나이트」의 시대로 되돌아간다. 그러나 거기에서 그가 발견한 것은 스토리텔러의 원조인 세헤라자드의 딜레마가 현대작가들의 딜레마와 같다는 것이었다. 세헤라자드는 살아남기 위해서 이야기를 창작해야만 한다. 그래서 그녀는 모두가 잠든 밤에 홀로 깨어 죽음을 유보시키기 위한 필사적인 노력으로 이야기를 만들어 낸다. 상상력이 고갈되어 이야기를 그치는 순간 그녀는 죽임을 당한다. 그래서인지 세헤라자드의 이야기 속에 등장하는 「아라비언 나이트」의 주인공들은 모두 한결같이 재미있는 이야기를 제시함으로써 목숨을 구한다. 츠베탕 토도로프가 지적하고 있는 대로, 그들은 "저를 죽이기 전에 잠깐 제 이야기를 들어보십시오"라고 말하며, 상대방은 언제나 "그래, 만일 네 이야기가 더 재미있다면 살려주지만 그렇지 못하면 목을 베겠다."라고 대답한다. 즉 내러티브의 부재는 곧 죽음을 의미하는 것이다.

바스가 보는 세헤라자드의 문제는 곧 모든 작가들의 문제로 확대된다. 그녀는 독자로서의 왕과 비평가로서의 동생 듀냐자드 앞에서 이야기를 계속한다. 이야기의 행위 전에는 언제나 왕과의 사랑이 선행된다. 즉 사랑하기love making와 소설쓰기fiction making는 작가에게 있어서 궁극적으로는 같은 의미를 갖고 있는 것이다. 왕(독자)은 싫증이 나면 언제라도 세헤라자드(작가)를 죽일 수가 있다. 천 일하고 하루가 지난 다음, 세헤라자드는 드디어 사면을 요청하고 왕은 그녀의 소청을 허락한다. 중요한 것은 세헤라자드가 왕에게 사면을 요청하면서 내세운 것이 자신의 공이나 노력이 아닌, 왕과의 사이에서 태어난 어린 아이들(독자와 저자와의 합일의 결실)이라는 사실이다.

한편 세헤라자드의 동생 듀냐자드의 딜레마에서 바스는 오늘날 포스트모더니스트 작가들의 딜레마를 본다. 즉 듀냐자드는 형부인 샤리아 왕의 동생인 쟈만 왕과 결혼을 하게 되는데, 쟈만 왕역시 듀냐자드에게 밤마다 이야기해 줄 것을 요구한다. 듀냐자드의 문제는 쟈만 왕이 이미 세헤라자드의 이야기를 자기 형한테 들어서 다 알고 있다는 사실이다. 그렇다면 듀냐자드에게 있어서 이야기의 소재는 이미 다 고갈되어 버린 것이나 다름없다. 그러므로 바스는 오늘날의 작가들은 새로운 시대에 걸맞는 새로운 형태의 문학을 창출해 내야만 된다고 주장한다. 그것이 곧 바스가 의미하는 포스트모더니즘 소설이다.

「카이메라」의 두번째 이야기인 「페르세우스 이야기」에 오면 작가의 글쓰기에 대한 바스의 성찰은 더욱 심오해진다. 이제 40세의 중년이 된 페르세우스는 자신의 몸이 굳어져 가고 있으며, 천마 페가수스도 날지 못하게 되었다는 사실을 깨닫고 고민한다. 그는 혹시 예전에 메두사를 죽일 때 쬐인 방사능 때문이 아닌가 의심하고 아테네 여신에게 도움을 요청한다. 아테네 여신은 그에게 예전에 무엇을 잘못했는지 알아내기 위해 다시 한 번 과거로 되돌아가 볼 것을 권한다. 그래서 상상력이 고갈된 중년의 작가의 상징인 페르세우스는 '과거로의 여행'을 떠난다.

과거로 되돌아간 페르세우스는 비로소 자신의 젊었을 적의 모험에 문제가 있었음을 발견하게 된다. 여신의 저주를 받아 흉한 모습을 하게 되었지만, 진정으로 자신의 추한 모습을 대면하고 사랑으로 키스를 해 주는 남자가 나타나면 불멸을 얻게 되리라는 신탁을 받고 있었던 메두사는 페르세우스가 온다는 사실을 알게 되고, 그가 자기에게 키스해주기를 기대한다. 그러나 아무것도 모르는 페르세우스는 거울 방패를 사용해 메두사를 죽이고 말았던 것이다. 예전의 작가(페르세우스)는 추악한 리얼리티(메두사)와 직접 대면하지 않고 거울에 반영된 모습(미메시스 이론)만을 보고 예술작품. 즉 페가수스를 만들어냈다. 그러나 바스는 오늘날 포스트모던시대의 작가들은 불멸의 생명 ― 곧 새로운 상상력 ― 을 얻기 위해서는 추악한 현실과 대면하고 키스까지 해야 한다고 말한다. 그러므로 과거로 돌아간 중년의 페르세우스는 이번에는 추한 메두사와 정면으로 대결한 다음 그녀에게 키스한다. 그 순간 두 사람은 하늘로 올라가 불멸의 성좌가 된다.

마지막 이야기인 「벨레르폰 이야기」에서도 작가의 상상력과 글쓰기에 대한 바스의 성찰은 계속된다. 역시 중년의 벨레르폰은 날지 못하는 페가수스와 더불어 상상력이 고갈된 작가를 대표하고 있다. 젊었을 때, 그는 괴수 카이메라를 퇴치한다. 머리는 사자이고 몸은 염소, 그리고 꼬리는 뱀인 카이메라는 그 신성(사자)과 인성(염소)과 수성(뱀)으로 인해 이 세상의 리얼리티를 상징한다. 그 리얼리티와의 싸움에서 벨레르폰은 끝에 납을 단 창을 불을 뿜는 괴수의 입에 넣는데, 그러자 납이 녹아 카이메라는 죽는다. 이것은 위협적인 리얼리티와 대면해 펜, 즉 연필(납)을 가지고 싸우는 작가의 모습을 은유적으로 보여 주고 있다고 할 수 있다. 그러나 과거로 다시 돌아가 문제해결의 열쇠를 찾는 페르세우스와는 달리 벨레르폰은 실패한 작가를 상징하고 있다. 그는 사랑의 키스를 한 페르세우스와는 달리 아마존의 여자를 겁탈함으로써 불멸의 상상력을 얻는 데 실패하고 있다.

자신의 포스트모더니즘론이 원숙해져 가면서 바스는 「편지들」, 「안식년」, 「조수 이야기」, 「프라이데이 북」을 출간했다. 이어서 그는 「선원 섬바디의 마지막 항해」, 「옛날에: 선상 악극단」, 「이야기와 더불어」, 「개봉박두: 내러티브」, 「십일야화」, 「세 길이 만나는 곳」, 「발전」, 「매 세 번째 생각: 5계절의 이야기」, 「마지막 금요일들」(2012), 「존 바스 선집」을 펴냈다.

에세이 「고갈의 문학」을 통해 1960년대에 '소설의 죽음'을 선언했던 바스는 전통적인 문학양식의 고갈의식을 느끼고, 새로운 시대를 위한 새로운 문학양식과 새로운 상상력을 미로 속에서 탐색하다가, 드디어 토머스 핀천, 로버트 쿠버 등과 더불어 오늘날 미국 포스트모더니즘문학의 원조작가로 평가받고 있다. 존 바스의 등장은 미국문학에 포스트모더니즘 소설의 시작을 알리는 문학의 명장면으로 남아있다.

부록

『문학의 명장면』 속 작가와 작품들

* 작가의 정렬은 본문에 등장하는 순서로, 한 작가의 작품들은 발행
된 순서로 되어있습니다.

* 작품 옆의 연도는 해당 작품의 최초 발행일입니다.

Part 1

사건으로 본 명장면

1. 에즈라 파운드 – 위대한 시인인가, 국가의 반역자인가?

에즈라 파운드*Ezra Pound*(1885-1972)

휴 셸윈 모벌리*Hugh Selwyn Mauberley*(1920)

캔토스*The Cantos*(1917-1969)

2. 윌리엄 포크너 – 사라져 가는 전통

윌리엄 포크너*William Faulkner* (1897-1962)

대리석의 판 신神*The Marble Faun* (1924)

병사의 보수*Soldier's Pay* (1926)

모기*Mosquitoes* (1927)

사토리스*Sartoris* (1929)

소음과 분노*The Sound and the Fury* (1929)

내가 누워 죽어갈 때*As I Lay Dying* (1930)

도피처*Sanctuary* (1931)

8월의 빛*Light in August* (1932)

압살롬, 압살롬*Absalom, Absalom!* (1936)

정복되지 않는 자*The Unvanquished* (1938)

야생의 종려나무*The Wild Palm* (1939)

모세여, 내려가라*Go Down, Moses* (1942)

기사의 함정*Knight's Gambit* (1949)

수녀를 위한 진혼곡*Requiem for a Nun* (1951)

우화*A Fable* (1954)

춘락*The Hamlet* (1940)

마을*The Town* (1957)

저택*The Mansion* (1959)

습격자들*The Reivers* (1962)

3. 어니스트 헤밍웨이 – 전쟁의 폐허와 "길 잃은 세대"

어니스트 헤밍웨이Ernest Hemingway (1899-1961)

세 편의 단편과 열 개의 시*Three Stories and Ten Poems* (1923)

우리들의 시대에*In Our Time* (1924)

봄의 급류*The Torrents of Spring* (1926)

해는 또 다시 떠오른다*The Sun Also Rises* (1926)

흰 코끼리 같은 언덕*Hills Like White Elephants* (1927)

무기여 잘 있어라*A Farewell to Arms* (1929)

아프리카의 푸른 언덕*Green Hills of Africa* (1935)

프랜시스 매컴버의 짧고 행복한 생애

　　The Short Happy Life of Francis Macomber (1936)

누구를 위하여 좋은 울리나*For Whom the Bell Tolls* (1940)

강을 건너 숲속으로*Across the River and Into the Trees* (1950)

노인과 바다*The Old Man and the Sea* (1952)

물 위의 섬*Islands in the Stream* (1970)

에덴동산*The Garden of Eden* (1986)

4. 제임스 조이스 – 작가의 망명과 조국

제임스 조이스James Joyce (1882-1941)

더블린 사람들*Dubliners* (1914)

젊은 예술가의 초상*A Portrait of the Artist As A Young Man* (1916)

율리시스*Ulysses* (1922)

피네간의 경야*Finnegan's Wake* (1939)

5. F. 스콧 피츠제럴드 – 개츠비는 왜 위대한가?

F. 스콧 피츠제럴드F. Scott Fitzgerald (1896-1940)

위대한 개츠비*The Great Gatsby* (1925)

6. 헨리 밀러 – 미국의 금서들

헨리 밀러Henry Miller (1891-1980)

북회귀선*Tropic Of Cancer* (1934)

남회귀선*Tropic Of Capricorn* (1939)

7. J. D. 샐린저 – "비트 세대"와 "성난 젊은이들"의 등장

앨런 긴즈버그Allen Ginsberg (1926-1997)

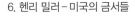

울부짖음*Howl* (1956)

잭 케루악Jack Kerouac (1922-1969)

길 위에서*On The Road* (1957)

앨런 실리토Alan Sillitoe (1928-2010)

장거리 주자의 고독*The Loneliness Of The Long Distance Runner* (1959)

J. D. 샐린저Jerome David Salinger (1919-2010)

호밀밭의 파수꾼*The Catcher In The Rye* (1951)

8. 레슬리 피들러 – "소설의 죽음"과 인종 간의 화해

레슬리 피들러Leslie A. Fiedler (1917-2003)

헉 핀이여, 다시 뗏목으로 돌아와 다오!

Come Back to the Raft Ag'in, Huck Honey! (1948)

양극을 피하는 중간*The Middle Against Both Ends* (1955)

미국소설에 나타난 사랑과 죽음*Love and Death in the American Novel* (1960)

경계를 넘고, 간극을 좁히며*Cross the Border, Close the Gap* (1972)

9. 매카시즘과 이데올로기 대립 시대의 문학

리처드 매드슨Richard Matheson (1926-2013)

나는 전설이다*I Am Legend* (1954)

잭 피니Jack Finney (1911-1995)

신체 강탈자들*The Body Snatchers* (1955)

필립 딕Philip K. Dick (1928-1982)

신분 위장자*Imposter* (1953)

리처드 콘돈Richard Condon (1915-1996)

만주가 보낸 대통령 후보*The Manchurian Candidate* (1959)

10. 토머스 핀천과 에드워드 사이드 – 포스트모던 소설과 탈식민주의

토마스 핀천Thomas Pynchon (1937-)

브이를 찾아서*V* (1961)

제49호 품목의 경매*The Crying of Lot 49* (1965)

중력의 무지개*Gravity's Of Rainbow* (1973)

에드워드 사이드Edward Said (1935-2003)

오리엔탈리즘*Orientalism* (1978)

문화와 제국주의*Culture and Imperialism* (1993)

어셔 가의 몰락*The Fall of the House of Usher* (1839)

검정고양이*The Black Cat* (1843)

아몬틸라도 술통*The Cask of Amontillado* (1846)

2. 너새니얼 호손 – 청교도주의 비판과 미국의 정체성 탐색

너새니얼 호손Nathaniel Hawthorne (1804-1864)

젊은 굿맨 브라운*Young Goodman Brown* (1835)

주홍글자*The Scarlet Letter* (1850)

칠박공의 집*The House of the Seven Gables* (1851)

블라이스데일 로맨스*The Blithedale Romance* (1852)

대리석의 판 신*The Marble Faun* (1860)

3. 허먼 멜빌 – 흰고래 추적의 의미

허먼 멜빌Herman Melville (1819-1891)

모비 딕*Moby Dick* (1851)

타이피*Typee* (1846)

오무*Omoo* (1847)

하얀 자켓*White‑Jacket* (1850)

피에르*Pierre* (1852)

사기꾼*The Confidence‑Man* (1857)

빌리 버드*Billy Budd, the Foretopman* (1924)

4. 랄프 월도 에머슨 – 초월주의

랄프 월도 에머슨Ralph Waldo Emerson (1803-1882)

자연*Nature* (1836)

자기 의존*Self‑Reliance* (1841)

5. 헨리 데이비드 소로 – 개인의 자유와 비폭력주의

    헨리 데이비드 소로Henry David Thoreau (1817-1862)

        시민 불복종*Civil Disobedience* (1849)

        월든*Walden*(1854)

6. 월트 휘트먼 – 개인과 자아의 찬양

    월트 휘트먼Walt Whitman (1819-1892)

        풀잎*Leaves of Grass* (1855)

        나 자신의 노래*Song of Myself* (1855)

        북소리*Drum Taps* (1865)

7. 에밀리 디킨슨 – 일상과 명상 시

    에밀리 디킨슨Emily Dickinson (1830-1886)

        시들*Poems* (1890)

8. 마크 트웨인 – 미국이라는 이름의 뗏목

    마크 트웨인Mark Twain (1835-1910)

        순진한 사람들의 해외여행*The Innocents Abroad* (1869)

        고난의 길*Roughing It* (1872)

        도금시대*The Gilded Age* (1873)

        톰 소여의 모험*The Adventures of Tom Sawyer*(1876)

        왕자와 거지*The Prince and the Pauper* (1882)

        미시시피 강에서의 생활*Life on the Mississippi* (1883)

        허클베리 핀의 모험*Adventures of Huckleberry Finn*(1885)

        아서왕 궁전의 코네티컷 양키

          A Connecticut Yankee in King Arthur's Court (1889)

자본가*Financier* (1912)

타이탄*The Titan* (1914)

미국의 비극*An American Tragedy* (1925)

금욕주의자*The Stoic* (1947)

Part 3

현대문학의 명장면

I. 모더니즘 시대

1. 로버트 프로스트 – 미국 국민시인의 등장과 전원시

로버트 프로스트Robert Lee Frost (1874-1963)

어느 소년의 유언*A Boy's Will* (1913)

보스턴 북부*North of Boston* (1914)

가지 않은 길*The Road Not Taken* (1916)

마운틴 인터벌*Mountain Interval* (1916)

솔직한 선물*The Gift Outright* (1941)

눈 오는 저녁 숲가에 서서*Stopping by Woods on a Snowy Evening* (1923)

뉴햄프셔*New Hampshire* (1923)

더 먼 범위*A Further Range*(1936)

2. T. S. 엘리엇 – 모더니즘 시의 문명비판

T. S. 엘리엇Thomas Stearns Eliot (1888-1965)

프루프록과 다른 성찰들*Prufrock and Other Observations* (1917)

제론션*Gerontion* (1920)

시집*Poems* (1920)

성림*The Sacred Wood* (1920)

전통과 개인의 재능*Tradition and the Individual Talent* (1921)

황무지*The Waste Land* (1922)

대성당의 살인*Murder in the Cathedral* (1935)

가족상봉*Family Reunion* (1939)

4중주*Four Quartets* (1943)

칵테일 파티*The Cocktail Party* (1949)

은밀한 일을 하는 직원*The Confidential Clerk* (1953)

원로 정치가*The Elder Statesman* (1958)

3. 월러스 스티븐스 – 질서와 화합의 시

월러스 스티븐스*Wallace Stevens* (1879-1955)

조화*In Harmonium* (1923)

질서에 대한 생각들*Ideas of Order* (1935)

올빼미의 클로버*Owl's Clover* (1936)

푸른 기타의 사나이*The Man with the Blue Guitar* (1937)

세상의 일부*Parts of a World* (1942)

수프림 픽션에 대한 단상들*Notes Toward a Supreme Fiction* (1942)

악의 미학*Esthetique du Mal* (1944)

여름으로의 이동*Transport to Summer* (1947)

세 개의 학문적 시들*Three Academic Pieces* (1947)

눈처럼 오래 된*A Primitive Like an Orb* (1948)

가을의 오로라*The Auroras of Autumn* (1950)

필요한 천사: 현실과 상상에 대한 글들

The Necessary Angel: Essays on Reality and Imagination (1951)

시 선집*Selected Poems* (1953)

시 모음집*The Collected Poems* (1954)

사후 작품집*Opus Posthumous* (1957)

4. 윌리엄 칼로스 윌리엄스 – 영혼치유의 시

윌리엄 칼로스 윌리엄스William Carlos Williams (1883-1963)

시들*Poems* (1909)

기질*The Tempers* (1913)

신 포도*Sour Grapes* (1921)

봄*Spring and All* (1923)

위대한 미국의 소설*The Great American Novel* (1923)

미국의 토양에서*In the American Grain* (1925)

패터슨*Paterson* (1946, 1948, 1949, 1951, 1958, 1963)

II. 마르크스주의 시대: 경제공황기의 문학

1. 마이클 골드 – 경제공황 소설

마이클 골드Michael Gold (1894-1967)

돈 없는 유대인*Jews Without Money* (1930)

2. 리처드 라이트 – 사회저항 소설

리처드 라이트Richard Wright (1908-1960)

톰 아저씨의 후예들*Uncle Tom's Children* (1936)

미국의 아들*Native Son* (1940)

나는 공산주의자가 되려고 노력했다*I Tried to Be a communist* (1944)

실패한 신*The God That Failed* (1949)

3. 제임스 T. 패럴 – 온건한 좌파작가

제임스 T. 패럴*James T. Farrell* (1904-1979)

스터스 로니건*Studs Lonigan* (1934)

문학비평에 대한 단상*A Note on Literary Criticism* (1938)

4. 존 도스 패소스 – 미국이란 무엇인가?

존 도스 패소스*John Dos Passos* (1896-1970)

42도선*The 42nd Parallel* (1930)

1919 (1932)

거금*The Big Money* (1936)

5. 존 스타인벡 – 강렬한 사회의식의 작가

존 스타인벡*John Steinbeck* (1902-1968)

하늘의 초원*The Pastures of Heaven* (1932)

미지의 신에게*To A God Unknown* (1933)

토틸라 플랫*Tortilla Flat* (1935)

의심스러운 싸움*In Dubious Battle* (1936)

생쥐와 인간*Of Mice and Men* (1937)

긴 계곡*The Long Valley* (1938)

분노의 포도*The Grapes of Wrath* (1939)

6. 제임스 에이지와 워커 에반스 – 경제공황 르포르타주

　제임스 에이지James Agee (1909-1955)

　　이제 유명한 사람들을 칭송하자

　　　Let Us Now Praise Famous Men (1941)

7. 너새니얼 웨스트 – 폭력과 광기의 시대에 사적인 꿈을 꾼 블랙유머 작가

　너새니얼 웨스트Nathanael West (1903-1940)

　　발소 스넬의 꿈같은 인생*The Dream Life of Balso Snell* (1931)

　　미스 고독*Miss Lonelyhearts* (1933)

　　거금 백만 달러*A Cool Million* (1934)

　　메뚜기의 날*The Day of the Locust* (1939)

8. 에드먼드 윌슨 – 좌우통합/두 겹의 시각을 가진 비평가

　에드먼드 윌슨Edmund Wilson (1895-1972)

　　액슬의 성*Axel's Castle* (1931)

　　핀란드 역을 향하여*To the Finland Station* (1940)

III. 고백시와 투사시/비트시와 뉴욕지성파 시

1. 로버트 로웰 – 고백시의 원조

　로버트 로웰Robert Lowell (1917-1977)

　　닮지 않은 땅*Land of Unlikeness* (1944)

　　위어리 경의 성*Lord Weary's Castle* (1946)

　　인생연구*Life Studies* (1959)

　　죽은 북군을 위하여*For the Union Dead* (1964)

　　노트북*Notebook* (1968)

　　모방*Imitations* (1961)

2. 찰스 올슨 - 투사시의 창시자

찰스 올슨Charles Olson (1910-1970)

맥시머스Maximus (1953)

3. 프랭크 오하라 - 뉴욕 지성파 시

프랭크 오하라Frank O'Hara (1926-1966)

점심 시Lunch Poems (1964)

IV. 유대계 미국문학

1. 솔 벨로우 - 산업사회의 소외된 지식인들

솔 벨로우Saul Bellow (1915-2005)

허공에 매어다린 사나이Dangling Man (1944)

피해자The Victim (1947)

기회를 잡아라Seize the Day (1956)

비의 왕 헨더슨Henderson the Rain King (1959)

V. 포스트모더니즘시대

1. 존 바스 - 포스트모던 소설의 등장

존 바스John Barth (1930-)

선상 악극단The Floating Opera (1956)

미로에서 길을 잃고Lost in the Funhouse (1968)

카이메라Chimera (1972)

길의 종The End of the Road (1958)

연초 도매상The Sot-Weed Factor (1960)

염소소년 자일스*Giles Goat-Boy* (1966)

편지들*Letters* (1979)

안식년*Sabbatical* (1982)

조수 이야기*Tidewater Tales* (1987)

프라이데이 북*The Friday Book* (1984)

현대 영미 문학 40

문학의
명장면

초판 인쇄 2017년 11월 13일
초판 발행 2017년 11월 17일

지은이 김성곤
펴낸이 김철종 · 박정욱
책임편집 김성은
마케팅 오영일
인쇄제작 정민문화사

펴낸곳 에피파니
출판등록 1983년 9월 30일 제1 - 128호
주소 03146 서울시 종로구 삼일대로 453(경운동) KAFFE빌딩 2층
전화번호 02)701 - 6911 **팩스번호** 02)701 - 4449
전자우편 haneon@haneon.com **홈페이지** www.haneon.com

ISBN 978-89-5596-826-2 03840

이 도서의 국립중앙도서관 출판예정도서목록(CIP)은
서지정보유통지원시스템 홈페이지(http://seoji.nl.go.kr)와 국가자료공동목록시스템
(http://www.nl.go.kr/kolisnet)에서 이용하실 수 있습니다.
(CIP제어번호: CIP2017029391)